삶이란, 우주의 룰렛

삶이란, 우주의 룰렛

최미래 소설집

도서
출판 북인

소설쓰기는 두 번째 삶

어쩌다가 내가 소설을 쓰게 된 걸까?

글쎄, 잘 모르겠다.

우연히 그리된 것도 같고, 운명의 손이 이끈 것도 같다.

여기에 실린 단편들은 지난 몇 년간 내 시선에 포착된 삶의 한 단면들이자, 인생에 대한 내 관점의 일부분이다. 이 소설들이 독자의 마음에 조금이나마 울림을 준다면 그건 피차 즐거움일 것이다.

소설쓰기는 하늘이 내게 준 두 번째 삶이 아닐까? 하는 생각을 가끔 한다. 왜냐하면 더러 힘겹고 고통스러운데도 그 작업을 멈출 수가 없기 때문이다. 그래서 자주, 소설쓰기는 재밌고 심장 뛰는 일이다, 라고 내 자신에게 거짓말을 한다. 앞으로도 계속 거짓말을 할 참이다. 그러다보면 언젠가 정말로 그렇게 되는 날이 기적처럼 올지 누가 알겠는가. 그때까지 그저 담담하게 계속 걸어보는 것도 괜찮지 않을까 싶다.

첫, 소설집이어서 그럴까. 조금은 쑥스럽기도 하고, 가슴 벅차고 설레기도 한다. 그 때문일까. 내 인생에 '사랑'으로 존재했고, 존재하는 인연들이 이 순간 하나둘 꽃으로 다가온다. 그들에게 두 손 모아 고마움을 전한다.

모두에게 축복이 가득하기를….

2021년 초가을
최미래

Contents

아내의 반전

아내의 반전

며칠 전부터 아내가 이상했다. 우선 눈에 확, 띄게 부쩍 말수가 줄었다. 아니, 아내는 거의 입술을 떼지 않고 지냈다. 그런 모습은 평소 아내와는 거리가 있었다. 아내는 말하는 걸 즐겨했다. 마치 경환의 얼굴만 보면 말이 자동으로 튀어나오도록 설정된 태엽 인형 같았다. 하지만 아내의 말은 대체로 다정다감하고 상냥했다. 그는 그런 아내의 성정이 좋았다. 어떤 면에서는 나름 그 자신의 부족한 면을 채운다고까지 생각한 적도 있었다.

그런 아내였기에 아내가 연 이틀 말문을 닫았을 때 경환은 은근히 신경이 쓰였다. 아내에게 자신이 뭘 잘못했는가? 스스로 돌아봤다. 딱히 생각나는 것도 없었다. 설령 아내가 자신에게 뭔가로 화가 났거나, 불만이 생겼다손 치더라도 그로선 크게 문제될 일은 아니었다. 그간의 경험으로 봐선 그럴 땐 아내의 신경을 건드리지 않는 게 상책이었다. 그는 그저 마음을 느긋하게 가지고 아내의 저기압이 스르륵, 사라지도록 가만히 놔두면 되는 거였다. 그러면 아내는 머잖아 자신이 속상했던 연유를 자신의 입으로 그에게 털어낼 것이다. 그럴 때 그는 화내지 않고 아내의 말을 듣기만 하면 되었다. 그러면 아내는 본래 컨디션으로 돌아오곤 했었다.

그런데 이번 아내의 침묵은 좀 길었다. 나흘이 지나도록 계속됐다. 그런 태도가 그에 대한 시위인지는 그로선 여전히 잘 알 수 없었다. 아내가 한마디도 안 한 것은 아니었다. 단지 아내의 언어는 일상에 꼭 필요한 한두 마디에 그치고 있었다. 의식적으로 절제하는 것 같았다. 그런 모습은 여느 때의 아내와는 사뭇 달랐다.

반면 아내의 표정에는 수많은 말이 난무했고, 만감이 교차했다. 아내는 자신의 그런 기분을 그에게 감추려고 애쓰는지, 들키려고 애쓰는지, 그로선 잘 감이 잡히지 않았다. 어쨌든 감정의 기복이 시시각각 얼굴에 그대로 드러났다.

그는 말수가 퍽 적은 사람이었다. 말주변도 없었지만, 어쩌다 말을 좀 많이 했다싶으면 뭔지 모르게 헛헛한 기분에 사로잡히곤 하는 거였다. 그런 터라 꼭 해야 할 말 외는 되도록 하지 않고 지내는 편이었다. 게다가 그를 빼닮았는지 중학생 아들까지 붙임성이라곤 약에 쓰려고 봐도 없을 정도였다. 그런 아들은 사춘기에 접어들자 묻는 말에 대답하는 것조차 귀찮아했다.

아내는 말에 양념을 쳐서 감칠맛나게 하는 재주가 있었다. 말의 수위도 잘 조절해서 범람시키지도 않았다. 아내가 그를 잡고 하는 얘기들은 들어도 그만 안 들어도 그만인 일종의 그런 거였다. 하지만 아내는 어떤 이야기라도 매우 유쾌하게 했다. 아내는 그에게 비난이나 지적질 따위는 하지 않았다. 잔소리도 별로 없었다. 단지 재밌게, 살아가는 이웃들의 얘기들을 그에게 들려줄 뿐이었다. 그래서일까. 그는 아내와 있으면 그 누구보다 편안했다. 때로는 그런 아내를 만난 것이 자신의 인생에 가장 큰 횡재橫財가 아닐까 여긴 적도 있었다.

그런 아내의 침묵으로 며칠째 집안은 정적이 떠돌고 침묵이 먼지처럼 쌓여갔다. 그렇게 쌓여진 침묵은 그에게 오히려 소음처럼 느껴지기도 했다. 그래서일까. 아내와의 어색한 분위기를 그로선 조금 감당하기 힘들어지기 시작했다.

그렇게 한 주가 흘렀다.

아내의 태도는 여전히 변화가 없었다. 그는 영문을 모른 채 아내의 눈치만 살피는 꼴이 되었다. 아내와 싸운 적이 없었지만 뭔가 화해를 해야 할 것 같았고, 잘못한 것이 생각나지 않았지만 용서를 빌어야 할 것 같았다.

그는 저녁 밥상머리에서 국을 한 술 입속에 털어넣으며 조심스럽게 아내에게 말을 붙였다.

"저기… 진우, 엊그제 친 시험, 어떻게… 잘 쳤다고 해?"

예사롭게 하려고 의식해서 말하니 더 어색했다.

아내는 묵묵부답이었다. 평소 아내라면 달랐다. 그가 한 어떤 말이라도 반드시 몇 마디는 응수했을 것이다.

그는 고개를 들어 아내를 넌지시 바라보았다. 아내는 뭔가에 빠져 있는 것 같았다. 얼핏 고민에 짓눌린 듯 안색이 수척해 보이기까지 했다.

"내 말을 듣긴 한 거야?"

그제야 고개를 수그리고 젓가락질을 하던 아내가, 가매 상태에서 막 깨어난 듯한 멍한 표정으로 그를 바라보았다. 아내는 그의 말을 듣지 못한 듯했다. 잠시 공백을 둔 후에 그는 다시 한번 물었다.

"뭐에 정신이 그토록 팔려 있는 거야? … 무슨 일 있어?"

아내는 소금에 팍, 절인 배추 같은 표정으로 그의 눈길을 슬그머니 피했다. 그리곤 고개를 좌우로 가볍게 한번 젓고는 시무룩하게 고개를 다시 떨어뜨렸다. 아내의 젓가락이 허방을 짚는 듯 젓가락과 음식이 겉돌고 있었다. 아내의 얼굴에는 복잡하기 이를 데 없는 표정이 서려 있었다. 분명 아내에겐 그가 모르는 뭔가가 있다는 직감이 들었다. 평온한 일상의 적신호였다. 하지만 그간의 경험으로 봐서 아내 스스로 말하지 않는다면, 그가 물어서 얻어낼 것은 없다는 것을 알고 있었다. 아내에게 무슨 말 못할 사정이 생긴 걸까. 그는 곰곰이 생각해보았으나 도통 알 수가 없었다.

아내의 성품은 '외유내강'에 가깝고, 그는 '내유외강'에 가까웠다. 그는 성격이 급해 벌컥, 화를 잘 낼 때도 있지만 천성적으로 마음이 여렸다. 그에 비해 아내는 화를 잘 내지도 않고 다정하고 상냥했지만 한번 화가 나면 살얼음이 얼게 냉담해지곤 했다. 그런 아내였기에 그는 번번이 아내에게 지고 들어가는 게 속 편한 일이 되곤 했다.

아내는 밥을 먹는 둥 마는 둥 하더니 허깨비처럼 일어나 방으로 가는 거였다. 그는 좀 더 있어보는 게 낫겠다는 생각으로 잠자리에 들었다.

아침에 출근하니 옆 자리의 김 대리가 죽을상을 하고 있었다.

여기도 한랭 저기압이군. 그는 속으로 중얼거리며 자신의 책상 위 컴퓨터를 켰다. 실시간 검색 1위는 엊저녁 뉴스에서 떠들던 박 회장

기사였다. 뉴스에서 박 회장은 다단계 방식으로 자본을 끌어들여 1,000억 원대 사기를 치고 해외로 날랐다고 했다. 안도의 한숨이 저절로 새어나왔다. 그곳은 지인이 그에게 끈질기게 투자를 종용했던 곳이었다. 믿을 만한 곳이라고 했고, 그도 구미가 당겼다. 이자가 시중 은행보다 꽤 높아 유혹적이었다. 그 당시 아내 몰래 대출받아 투자해볼까 갈등도 꽤나 하다 그만둔 터였다. 그는 매우 소심한 사람이었다. 뒷감당을 할 베짱이 없었다. 옆의 김 대리를 흘깃 쳐다보았다. 여전히 이맛살에 잔뜩 주름을 모으고 컴퓨터 자막의 박 회장 기사를 뚫어져라 보고 있었다. 김 대리도 그곳에 투자를 한 걸까? 그는 지나가는 말처럼 가볍게 말을 건넸다.

"김 대리, 아침부터 컨디션이 여엉 안 좋아 보이네."

김 대리는 아무런 대꾸가 없었다. 그래도 그는 개의치 않았다. 기분도 별로 나쁘지 않았다.

얼핏, 행복과 불행은 반대개념처럼 보이지만 일상에서는 반드시 그렇지도 않았다. 행복하지 않다고 해서 불행한 것도 아니고, 불행하지 않다고 해서 반드시 행복한 것도 아니었다. 하지만 그 순간 그는 그곳에 투자를 하지 않았다는 단지 그 사실만으로 자신이 충분히 행복한 사람이라는 생각이 들었다. 뿐만 아니라 그곳에 투자를 하지 않은 것 자체가 행운이라는 생각도 들었다.

문득 집에 여전히 누워 있을 아내가 생각났다. 현재 자신의 마음을 아내와 교감하고 싶어졌다. 평소의 아내라면 그가 어떤 말을 해도 잘 받아줬을 것이다. 그는 어쩔까 망설이다 집으로 전화를 걸었다. 아내는 받지 않았다. 휴대폰도 받지 않았다. 아내가 그의 전화를 받지 않은 적은 드문 일이었다. 내친 김에 아내에게 문자를 날렸다. 좀체 하지 않는 낯간지러운 말과 하트 이모티콘도 첨가했다.

'화 풀어. 내가 더 잘할게. 사랑해 ♥~'

아내에게선 답이 없었다. 그래도 괜찮았다. 불행하지 않으면 행복한 거라 여기니 세상 모든 것에 대해 한없이 너그러운 마음이 되었다.

점심나절이었다. 회사 근처 식당에서 점심을 먹고 이쑤시개를 물고 나오는 길이었다. 건너편을 지나는 아내를 발견했다. 아내는 다른 두어 명의 여자랑 함께 움직이고 있었는데, 집에서 보인 태도와는 달리 발놀림이 무척 잽싸고 날렵했다. 일순 환각인가 싶어 손등으로 눈을 비비기까지 했다. 분명 자신의 아내였다. 그녀는 옆의 동행들과 무슨 말인가를 주고받고 있었는데, 약간 흥분된 모습이었다. 아내는 좀체 흥분하는 사람이 아니었다. 화가 나면 오히려 입을 다무는 스타일이었다. 그는 자신의 눈을 의심했다. 집에서는 입술을 완고히 닫고 다 죽어가는 시늉을 하던 아내가 아니었던가. 그는 일순 발목이 땅에 붙박인 듯 멀거니 서서 멀어져가는 아내를 망연히 바라볼 뿐이었다. 그 순간 불현듯 전화가 생각났다. 그는 주머니에서 휴대폰을 꺼내 단축번호 1을 눌렀다. 아내가 가방에서 휴대폰을 꺼내 확인하는 게 눈에 들어왔다. 하지만 아내는 그의 전화를 받지 않고 그냥 가방에 도로 넣는 거였다. 아내의 태도를 이해할 수 없었다. 그는 자신이 뭘 잘못했는지 다시 한번 생각해보았다. 딱히 떠오르는 게 없었다. 갑자기 머릿속이 뜨끈뜨끈해지고 가슴팍이 뻐근해졌다. 오전에 아내에게 날렸던 문자가 머리에 떠올랐다. 그 순간 자신이 세상에 다시없는 머저리 같았다. 오늘은 뭔가 반드시 결판을 봐야 한다는 생각이 들었다.

오후 내내 일이 손에 잡히지 않았다. 오전의 불행하지 않기에 행복하다는 느낌은 가뭇없이 사라졌다. 그런 순간이 그에게 있었기나 했는지 잠시 꾼 꿈 같기도 했다. 그는 오후 내내 불행이라는 이름의 방석에 앉아 안절부절못하며 퇴근 시간을 가슴 졸이며 기다렸다.

그는 아파트 주차장에 차를 세운 뒤에도 한참동안 선뜻 걸음을 떼지 못하고 망연자실한 기분으로 자신의 집을 올려다보았다. 집안엔 불이 밝혀져 있었다. 그는 걷잡을 수 없는 묘한 기분에 사로잡혔다. 미궁 속을 헤매는 것 같았다. 현재의 아내가 십수 년을 함께 살아온 아내가 맞는지도 일순 헷갈렸다. 아내로 변장한 요물이 아닐까 하는 어처구니없는 상상까지 했다. 아내가 낯설었다. 그 순간만큼은 그에게 아내가 세상 그 누구보다 먼 타인처럼 느껴지는 것이었다. 그는 집안으로 들어서 아내를 마주할 용기가 도무지 나지 않았다.

그는 어디로 가야 하나 잠시 고민했다. 딱히 갈 곳이 생각나지 않았다. 그는 차를 세워둔 채 집 근처 공원으로 발걸음을 옮겼다. 어스름이 내려앉고 있는 공원에는 사람들이 그다지 많진 않았다. 가볍게 걷거나 벤치에 앉아 있는 몇몇 사람이 다였다. 다행이다 싶었다. 그는 혹시 아는 사람이라도 만날까 염려했었다. 그는 현재 그 누구와도 마주치는 게 성가셨고, 특히 말을 섞고 싶지는 더더욱 싫었기 때문이었다.

그는 벤치에 앉아 담배를 물었다. 그 공원은 금연구역이었음에도 그는 무시했다. 다행히 주변에 사람은 없었다. 담배를 태우며 그는 낮의 아내 모습과 집에서의 아내 모습을 떠올려보았다. 그러자 마치 자신이 하나의 연극을 보는 듯했다. 그런데도 그는 그 연극의 주제와 목적이 뭔지는 도저히 감을 잡을 수가 없었다.

그는 평소 하던 대로 비밀번호를 누르려다 마음을 바꿔 초인종을 눌렀다. 기척이 없었다. 다시 눌렀다. 아내가 문을 열었다. 낮에 본 아내의 표정은 사라지고 며칠째 이어지고 있는 우울 모드로 돌아와 있었다. 문을 열어주고 아내는 곧장 부엌으로 들어가 다시 뭔가를 하는 것 같았다. 그의 머리에 다시 한번 낮에 길거리에서 본 다소 들뜬 아내의 모습이 떠올랐다. 그러자 아내의 지금 표정과 태도가 작위라는 확신이 들었다. 그로선 아내가 왜 이러는지도 알 수 없었으며, 그것을 어떻게 이해하고 받아들여야 할지도 몰랐다. 그는 무슨 시비를 걸어서라도 오늘은 기필코 아내의 꿍꿍이속을 캐내야겠다는 결의를 다시 한번 다졌다.

저녁을 먹는 동안에도 아내는 무슨 생각에 잠긴 채 밥에 코를 박고 있었다. 여전히 아내는 그의 눈길을 의식적으로 피했다. 그런 태도에는 그가 무슨 말을 붙일까봐 사리는 듯한 느낌마저 주었다. 그는 얼른 침묵을 깨서 분위기를 바꿔야겠다는 충동에 사로잡혔다. 하지만 생각에만 그쳐 결국 시도하지 못했고, 그들은 어색한 침묵 속에서 식사를 끝냈다.

식사 후 답답한 속을 달래려고 그는 베란다로 나가 담배를 한 대 물었다. 왼팔을 베란다에 걸친 채 깊이 빨아들인 연기가 허공으로 흩어지는 걸 멍하니 바라보고 있었다. 그의 눈에 맥주를 들고 들어가는 앞 동의 남자가 들어왔다. 그 순간 그는 아, 그렇지! 하며 무릎을 쳤다. 술이 번쩍 생각났던 것이다. 그는 얼른 지갑을 챙겨 마트로 내달렸다. 마트는 지척에 있었다.

사실 그는 술을 즐겨하는 편은 아니었다. 아니, 술을 잘 마시지 못했다. 그런 그에 비해 아내는 주량도 그보다 셌고 술자리를 갖는 걸 꽤나 좋아했다.

그는 아내를 위해서 맥주 두 병과 아내가 좋아하는 마른 오징어 두 마리를 샀다. 계산을 하고 부리나케 마트를 나서는데 불현듯 아내가 소맥(소주와 맥주를 섞은 것)을 좋아한다는 사실을 기억해냈다. 그는 다시 돌아가 소주 한 병을 추가했다.

아내가 있는 방문을 살짝 여니 아내는 이불을 뒤집어쓰고 있었다. 그는 오징어를 가스레인지에 올려 살짝 구워 접시에 담았다. 마요네즈와 고추장도 종지에 담았다. 선반에 있던 땅콩과 김도 꺼냈다. 잔까지 다 완벽하게 준비한 뒤 그는 아내에게로 갔다. 아내는 순순히 나와 식탁에 앉았다. 그는 소맥을 만들어 잔 가득 채운 후 아내 앞에 놓았다. 그리고 자신의 잔에는 맥주만 반쯤 채워서 단숨에 들이켰다. 여전히 아내는 침묵했다. 그 역시 무슨 말부터 꺼내야 대화를 망치지 않을 수 있을까 고민되어서 쉽게 말문이 열리지 않았다. 어색한 침묵이 고무줄처럼 늘어졌다. 뭔지 모르게 상당히 불편했다. 한 이

불을 덮고 십수 년을 산 부부가 맞는지 순간 의심스러울 지경이었다. 그는 다시 잔에 맥주를 가득 채워 단숨에 들이켰다. 그는 어쩌면 아내의 침묵만이 아니라 타인의 침묵, 그 자체에 약한 사람인지도 모르겠다. 그는 술기운을 빌려 아내에게 호기롭게 말했다.

"당신, 나한테 무슨 불만 있어? 내가 또 뭘 잘못한 거야? 말해봐. 내가 뭐든지 다 고칠게."

그의 말이 끝나자 아내가 가볍게 한숨을 내쉬더니 자신의 앞에 놓인 잔을 단숨에 들이켰다. 그러더니 연거푸 한 잔 더 마셨다. 그런 후 아내는 결심한 듯 고개를 들어 그의 눈과 마주했다. 아내는 입술을 살짝 깨물고 있었다. 아내의 눈은 어딘지 모르게 불안하고 초조해보였다. 아내가 식탁에서 힘겹게 일어섰다. 그러더니 그의 앞에 와 무릎을 꿇는 것이었다. 전혀 예상치 못한 갑작스런 아내의 행동에 그는 몹시 당황했다. 그때였다. 갑자기 아내가 어깨를 들먹거리며 감정을 억제하듯 흐느끼기 시작했다.

"미안해 여보! 정말 미안해!"

도대체 뭐가 미안한 건지는 몰라도 아내는 울음을 머금고 고개를 절레절레 저으며 미안하다는 말만 되풀이했다. 무릎을 꿇은 아내와 달리 그는 자리에서 벌떡 일어나 아연실색한 채 아내를 바라보았다. 도무지 영문을 모르는 그런 상황에서 그는 뭘 어찌해야 할지 알 수 없었다.

"왜 그래? 도대체 무슨 일이야? 울지 말고 말을 해봐."

그의 속이 바짝바짝 타들어갔다.

"정말, 답답해 죽겠네. 그냥 말해보라니까."

그의 신경이 궁금증과 조바심으로 팽팽해졌다. 그래도 아내는 묵묵부답이었다. 그렇게 망설임의 극한을 보여주던 아내는, 더는 그의 채근에 못이기겠다는 듯이 조심스러움과 절제를 담은 목소리로 말문을 열었다.

"요 며칠 저녁 뉴스에서 내내 떠들던 사기 건, 당신도 봤잖아요."

오래 망설이던 것치고는 아내의 음성은 담담했다.

아내의 말에서 '뉴스'라는 말을 듣는 순간, 무슨 까닭인지 김 대리의 얼굴이 그의 뇌리를 스쳤다. 아내를 뚫어지게 바라보았다. 감이 좋지 않았다. 아내의 눈빛이 심하게 흔들렸다. 설마, 그건 아니겠지. 아닐 거야. 불길한 생각이 뿌연 안개처럼 그의 머리에 자욱해졌다. 그는 자신의 머리를 좌우로 몇 번 흔들었다.

"도대체 무슨 소리를 하는 거야? 아니지, 그거 아니지…?

아내는 대답 대신 다시 그의 눈길을 피했다. 믿기 힘든 상황이었다. 그가 아는, 안다고 믿고 있는, 아내는 그런 사람이 아니었다. 그는 대뜸 소리를 질렀다.

"무슨 말도 안 되는 소릴 지껄이는 거야? 당신이 무슨 돈으로 그런 곳에 돈을 넣어? 그런 곳을 어떻게 알고?"

"종기 씨 와이프…."

아내의 입에서 종기,라는 동창의 이름을 들었을 때, 그는 사태를 직감했다. 지난 번 동창회 모임 때 동창들 사이에서 종기 와이프의 이름이 나왔던 걸 기억해냈다. 그녀가 어딘가 돈되는 데 투자해서 꽤나 재미본다고.

"지금 그걸 말이라고 해?"

그는 귀청이 떨어져 나가도록 고함을 질렀다.

그는 아내의 얼굴을 더는 마주하고 있을 수가 없었다. 믿은 만큼 몇 갑절로 참을 수 없는 심한 배신감이 몰려들었다. 그 동안 아내가 보인 태도와 침묵은 위기를 모면하기 위한 하나의 전략이었단 말인가. 그것도 모르고 아내의 침묵을 자신과 결부시켜 끝없이 스스로를 돌아보며 아내에게 전전긍긍했던 자신이 너무나도 등신 같았다.

그는 베란다로 나가 담배를 한 모금 깊이 빨았다. 온몸에 기가 썰물처럼 빠져나갔다. 담배 한 개비의 무게가 마치 야구방망이처럼 힘겨웠다. 담배를 신경질적으로 비벼 껐다. 화를 주체할 수 없었다. 화가 치밀어 숨이 컥컥 막혔다. 폭발하기 직전에 화장실로 달려갔다. 문을 걸어 잠그고 세면기 위의 거울을 바라보며 화를 누르느라 눈을 힘껏 치떴다. 진정되지 않았다. 칫솔에 치약을 뭉텅 짰다. 있는 힘껏 이를 박박 문질렀다. 진정하자고, 정신을 차리자고 스스로에게 몇 번이나 주문을 걸었다.

그는 아내가 차린 아침을 거들떠보지도 않고 출근했다.

감정을 주체할 수 없어 밤새 잠이 오지 않았다. 자신과 한마디 상의도 없이 그런 짓을 한, 아내를 도저히 용서할 수 없었다. 어떻게 장만한 아파트인데…. 그는 아내를 사랑했다. 그래서 그 집을 아내 명의로 해주고 싶었다. 그는 그 자신보다도 아내를 믿었다. 아내는 그럴 필요 없다 했다. 그런데도 굳이 그가 우겨서 그걸 아내 명의로 등기를 한 것이었다. 그걸 담보로 대출을 받아 아내가 투자를 하리라고는 꿈에도 생각해본 적이 없었다.

사무실에 앉아서도 그는 자기에게 닥친 현재 상황을 어떻게 받아들여야 할지 어떻게 처신해야 할지 판단이 서지 않았다. 그는 침착하자고 스스로를 달래고 또 달랬다.

퇴근을 한 시간 남겨두고 그는 아내에게 전화를 걸었다. 이번엔 아내가 받았다. 거두절미하고 그가 물었다.

"날린 돈이 얼마야?"

할 수 있는 한 최대한 건조하게 말했다. 말에서 바스락거리는 소리가 났다.

아내는 그의 어조에 약간의 충격을 받은 듯 대답이 없었다.

"얼마냐니까?"

그의 목소리엔 신경질이 묻어났다. 전화기 너머로 아내의 한숨이 삼켜지는 소리가 어렴풋이 전해져왔다.

"오천."

아내는 그 한 단어를 말하고 더 이상 말을 잇지 않았다. 오천이라니. 자신의 쥐꼬리 같은 월급으로 먹고살고 남은 돈으로 모은다면, 오천은… 계산도 할 수 없는 금액이었다. 아내가 미웠다. 자신을 그토록 불행하게 만들고도 오히려 덤덤해보이는 아내가 원망스러웠다. 그게 평소의 아내 성정이라는 걸 모르진 않았다. 하지만 평소에 장점으로 여겨졌던 아내의 그런 면이 참으로 뻔뻔함으로 느껴지는 건 어쩔 수 없었다. 아내와의 지나온 인생이 덧없고 앞날이 적막해서 비감함과 서글픔이 가슴팍에 쌓여갔다. 그로선 한순간에 아내에 대한 믿음과 아내로 가는 마음의 길을 잃어버린 꼴이었다.

그는 사무실 너머로 금빛으로 사위며 사라져가는 가을 햇살을 바라보았다. 황홀하도록 아름다웠다. 그래서일까, 그는 자신이 세상에서 가장 불행한 사람일 거라는 생각이 들었다.

또 한 주가 지나갔다. 그는 집안에서도 아내와 거의 마주치지 않았다. 아내 역시 그림자처럼 조용히 지냈다. 그러나 아내는 그의 눈치를 그다지 보는 것 같지는 않았다. 그는 가끔 불현듯 화가 치밀어 아내에게 소리를 지르곤 했다. 그렇게 또 한 주가 흘렀다.

퇴근 무렵이었다. 아내가 문자를 보내왔다. 할 말이 있다는 거였다. 그는 일부러 평소보다 두 시간이나 늦게 집에 도착했다. 그날따라 아내는 근래의 모습과는 조금 다른 분위기였다.

아내는 냉장고에서 캔 맥주 두 개와 그가 좋아하는 골뱅이무침을 꺼내 식탁에 놓았다. 그리곤 먼저 식탁 의자에 앉는 거였다. 그가 그대로 서 있자 아내는 아내 특유의 차분한 어조로 할 말이 있어요, 라고 다시 한번 말했다. 늘 그래왔듯이 그는 그런 아내의 기氣에 눌리는 편이었다. 그는 그런 자신이 너무 못나보여 자리에 앉자마자 캔을 따서 벌컥벌컥 단숨에 들이켰다. 아내는 캔을 따지 않았다. 아내는 무슨 말인가를 하려고 뜸을 들이는 것 같았다. 아내는 식탁에 팔꿈치를 괴고 두 손바닥을 세워 붙여 입술에 갖다댔다. 아내의 눈은 식탁의 어느 한 부분을 초점 없이 응시하고 있었다.

"내가 진지하게 생각해봤는데요… 이러는 건 어때요?"

그는 아내가 무슨 말을 하나 그냥 듣고 있었다.

"내가 아는 언니가 대전에서 큰 식당을 하거든요. 그곳에 전화했더니 먹고 자고 한 달에 150만 원씩 주겠다하네요. 한푼도 쓰지 않고 매달 당신한테 부쳐줄게요. 진우는 그동안 당신이 좀 챙겨요. 그 돈 다 만회할 때까지만요."

뭐야, 이건?

한번도 예측하지 못한, 아내의 히든카드였다. 그로선 죽었다 깨어나도 상상 못할 일이었다. 그 말을 듣는 순간 그나마 남아 있던 그의 희미한 머릿속이 완전히 먹통이 되어버렸다. 아내의 말은 그를 꽉 조였다가 바로 풀어주면서 오직 그에게만 존재하는 어떤 공기를 호흡하게 했다. 그 말은 그의 여린 영혼을 낚아채기 위해 탁, 하고 내려진 희망의 밧줄이자 덫이었다. 그는 넋을 잃고 멍하니 아내를 바라볼 뿐이었다.

아내는 덧붙었다.

"나도 모르겠어요. 어째야 될지."

아내는 허공을 짚는 듯한 음성으로 더듬더듬 말했다.

"진우, 당신 아들이잖아요."

아내는 이미 그가 다 알고 있는 사실을 다시 확인시켜주었다.

사람은 본질적으로 이기적이다. 누구나 자기중심적으로 상황이나 사건을 보고 그것에 접근한다는 것을 그가 모르진 않았다. 하지만 아내의 제안은 정말 애매모호했다. 그것이 그를 진정으로 생각해서인지, 아니면 자신의 위기를 모면하기 위한 수작인지, 그는 판단이 서지 않았다. 완전히 꼬리를 내린 듯해 보이는 아내의 치마폭에는 아흔 아홉 개의 꼬리가 달려 있지 않을까, 그는 순간 섬뜩했다. 소위 아내의 제안이라는 것은 아내가 의도했건 아니건 간에 그를 고약한 딜레마 구간으로 몰아넣었다.

아내의 상냥하고도 다정다감한 어조. 신의 한 수에 가까운 희망을 담보로 한 제안.

그가 아내를 만난 게 그의 생각대로 진짜 그의 인생 최대의 횡재橫財일까? 아니면, 횡재橫災일까? 그는 무조건 아내에게 백기를 들지 않을 수 없었다.

은근한 낭만

은근한 낭만

> 삶의 구원은 운명에 저항하거나 순응하는 것이 아니라
> 운명을 예술적으로 가꾸는 것이다.
>
> — 니체

진주성 동문 앞에 도착하니 오전 9시 40분이었다.

은수는 그곳에서 JK를 10시에 만나기로 했다. 시간적 여유를 충분히 두고 출발한 덕분에 시간뿐 아니라 마음도 여유가 생겼다. 은수는 진주성 앞 공영주차장에 차를 주차했다. JK는 아직 안 왔는지 보이지 않았다. 하기야 은수가 그동안 지켜봐온 JK의 태도로 보아 미리왔을 리는 만무했다. 그는 답사 때마다 매번 출발 임박한 시간에 아슬아슬하게 도착하곤 했다. 그 점은 은수가 JK에게서 본 유일한 빈틈이었다. 그런데 은수는 JK의 그런 빈틈이 인간적으로 느껴져서 그다지 싫진 않았다.

은수는 진주성 쪽으로 걸어가 성벽 위를 올려다보았다. 은수는 오늘 진주성 안에 있는 여러 문화재들을 JK와 함께 둘러볼 작정으로 이곳에 왔다.

은수는 논개시비 옆에서 남강 너머에 시선을 던진 채 복잡한 심정으로 몇 년 전 답사 때 기억을 잠시 떠올렸다. 그때였다. 문자가 날아

들었다. 은수는 가방에서 휴대폰을 꺼내들었다.

"차가 엄~청 막혀요. 좀 늦겠어요."

JK의 문자였다. 시간을 보니 10시 8분이었다. 역시나 싶었지만, 늘 있던 일이라 대수롭지 않게 여겼다.

"천천히 와요. 뭐 급할 것 있나요."

답을 보낸 후 은수는 주차장 쪽으로 시선을 돌렸다. 그런데 차가 막혀 늦겠다던 JK가 거짓말처럼 주차장에 서 있었다. 은수가 딴 곳에 정신이 팔려 있는 동안에 도착한 모양이었다. JK는 은수와 눈이 마주치자 멋쩍게 웃으면서 오른손을 위로 조금 치켜들었다. JK가 은수 쪽으로 걸어왔다. 이미 도착했으면서도 차가 엄청 막혀 늦겠다는 문자를 날린 JK의 장난기에 픽, 웃음이 나왔다.

"차가 엄~청 막힌다더니 어떻게 된 거예요?"

그의 농담에 장단 맞추듯 은수는 '엄'을 살짝 늘이며 말했다.

"글쎄요. 어떻게 된 거지 저도 모르겠는데요."

그가 또 다시 장난스럽게 말했다. 그러면서 덧붙였다.

"그런데 반응이 왜 그래요?"

JK는 맥락 없는 엉뚱한 소리를 했다. 은수는 무슨 말이냐는 듯 JK를 바라보았다.

"내가 늦겠다는데도 화를 내길 하나, 급할 것 없다고 천천히 오라고 하질 않나, 나한테 너무 후한 것 아닙니까?"

JK는 늦어져 미안한 걸 그런 식으로 무마할 모양이었다.

"싱거운 소리 그만하시고 제가 표 끊어놨으니 들어가기나 해요."

은수는 촉석문 입구 쪽을 바라보며 말머리를 돌렸다.

JK는 그 특유의 미소를 담고 오른손 엄지와 검지를 붙여 동그라미를 만들어 보이더니, 호주머니에서 휴대폰을 꺼냈다.

"오늘 멋진데요. 거기 서보세요. 기념사진을 남겨야죠."

그들은 각자 폰으로 서로에게 사진을 찍어주었다. 그런 뒤 촉석문 입구 쪽으로 발걸음을 옮겼다.

진주성 내부가 마치 널찍한 목장인 듯 시원스럽게 펼쳐져 있었다. 남강가 벼랑 위에 있는 촉석루에 도착했다. 누각은 아름다우면서도 웅장한 자태를 간직하고 있었다.

그곳에는 단체 관광객으로 보이는 사람들이 있었다. 중년 남자의 목에 걸고 있는 이름표를 슬쩍 보니, 아마도 동네 친목회에서 온 모양이었다. 나이 드신 어르신 몇이 촉석루 안에서 쉬고 있었다. 내부 출입이 금지되어 있는 다른 문화재와 달리 촉석루는 안에 들어갈 수 있도록 개방되어 있었다. 은수와 JK도 촉석루 안으로 들어갔다. 내부를 살펴보니 천정에 다양한 글들이 적혀 걸려 있었다. 모든 예술 분야가 그러하겠지만, 문화와 역사도 제대로 감상하기 위해선 사전에 어느 정도 지식이 필요했다. 그 사실은 몇 년 전에 가입했던 '문화유적답사' 모임에서 확실히 깨쳤다.

은수가 그 단체에 들게 된 것은 오랜만에 만난 고등학교 친구를 통해서였다. 친구는 그 모임의 장점을 부각시키며 은수가 가입하기를 적극 권유했다. 사실 그 전까지는 은수는 그런 분야에 전혀 관심이 없었다. 하지만 그 즈음 은수로서도 자신의 생활에 뭔가 변화를 주고 싶다는 열망을 품고 있던 터라 흔쾌히 가입했다.

그 단체는 이미 6년 전에 결성되어 이제껏 진행되어 오고 있었다. 가입된 회원은 많았지만 매달 빠지지 않고 답사에 참석하는 회원은 서른 명 남짓이었다. 그다지 많지 않은 인원 때문인지 답사 때 분위기가 대가족모임 같았다.

사실 JK도 그 단체에서 만났다. 은수가 그의 존재를 의식하기 시작한 것은, 답사에 세 번째 참석했을 때였다. 점심 식사 시간이었다. 도시락은 각자 준비해오는 게 원칙이었다. 마침 그가 은수 근처에 앉았다. 인연이 닿으려고 그랬을까. 점심을 먹으면서 옆 사람과 대화를 나누고 있는 그의 나직한 음성이 마치 성우 같았다. 그 탓이었을까. 단번에 좋은 사람처럼 느껴졌다.

은수가 가입한 단체의 문화유적답사는 한 달에 한번씩 있었다. 공교롭게도 대부분의 답사 장소가 은수가 가보지 않은 곳이었다. 그래서 불가피한 사정이 생기지 않는 한 은수는 매번 참석했다. JK도 매달 거의 빠지지 않고 참석했다.

답사지에 오고가는 관광버스 안에서 은수와 JK는 가끔 함께 앉을 때도 있었다. 그러다보니 자연스럽게 친해졌다. 그러던 어느 날 은수는 갑자기 그 모임에 발길을 뚝, 끊어버렸다. 관계자로부터 문자와 전화가 여러 번 왔다. 은수는 바쁘다는 핑계를 댔다. JK에게서도 한 번 전화가 걸려왔다. 받지 않았다. 친구에게도 불가피한 바쁜 일이 생겼다고 둘러댔다. 그렇게 모임에 나가지 않게 되자 그곳에서 만난 사람들과도 자연스레 멀어졌다.

그렇게 이 년이 지난 시점이었다. 문화센터에서 하는 '문학강좌'에서 은수는 JK를 우연히 다시 만났다. 다시 만난 것에 뭔지 모를 불편함을 느낀 은수와는 달리 JK는 은수를 다시 만나자 몹시 반가워했다. '문학강좌'는 시, 수필, 소설로 나뉘어져 있었다. 공교롭게도 JK와 은수는 둘 다 '소설'을 신청한 상태였다. 그것은 1년 과정으로 1주일에 한번씩 수업이 있었다. 강사는 소설창작보다는 단편소설을 읽어와서 토론을 하는 방식으로 수업을 진행했다.

그렇게 7개월이 지난 어느 시점이었다. JK가 은수에게 뜬금없는 제안을 했다. 그것은 한 달 안에 각자 소설 한 편씩을 써오자는 거였다. 작품 완성도는 일단 제쳐두고, 소설 형식에 입각해서 단편소설의 분량을 채우기만 하면 된다는 거였다. 은수는 단번에 거절했다. 이제껏 소설이라는 것을 한번도 써본 적이 없었기도 하거니와 쓸 자신도 없었기 때문이었다. 그런데도 JK는 포기하지 않았다. 자꾸 은수에게 도끼질을 해댔다. "열 번 찍어 안 넘어가는 나무 없다"는 말이 힘을 발휘한 것일까. 은수는 어떤 힘에 이끌리듯 어느 날 JK의 제안을 수락하고 말았다.

"안 써오는 사람은 벌칙이 있습니다."

JK는 장난스럽게 말했다.

"벌칙은 무슨… 그러면 저는 안 해요."

"아, 또, 왜 그러세요. 벌칙 별 거 없어요. 그저, 안 쓴 사람이 쓴 사람의 가벼운 소원 하나 들어주는 정도죠."

JK가 어린애처럼 웃으며 말했다.

"들어주기 곤란한 부탁이면 어떡해요?"

"아, 그럼 소원은 상식선에서 가능한 것으로, 됐죠?"

"부탁할 내용, 미리 알려주기로 하죠."

"에이. 그러면 재미없죠. 그렇게 겁나면 소설 쓰시면 되잖아요."

JK가 그렇게까지 나오자 은수는 못이기는 척 수락을 하고 말았다. 그리고 잠깐 생각해보니 까짓 거 작정하면 못 쓸 것도 없다 싶었다.

한 달은 눈 깜짝할 사이에 지나갔다. 은수는 써보려고 나름 애를 썼다. 하지만 한번도 써보지 않은 소설을 쓰는 건 생각처럼 쉬운 일이 아니었다. 결과는, 은수는 원고지 40장에서 멈춘 반면 JK는 어쨌든 원고지 80장을 채워 써왔다. 소설 형식만 갖추면 완성도는 문제 삼지 않는다는 전제가 있었기에 은수는 몹시 난감했다. 사실 마음 한편에는 어차피 JK도 못 썼을 거라는 안이한 생각도 있었다.

"제가 이겼으니 이제 제 소원을 들어줄 차렙니다."

JK가 넉살스러운 목소리로 말했다.

"무리한 부탁은 안 된다고 했었죠, 우리?"

은수는 방어막을 치듯 말했다.

"아, 네. 기억하고 말고요. 제 소원은 간단해요."

JK는 잠깐 뜸을 들이더니 가볍고 경쾌하게 말했다.

"제 소원은요. 은수 씨와 문화답사 한번 가는 겁니다. 쉽죠?"

정말 예상 밖이었다. 그 순간 은수는 난감한 표정을 지었고 JK는 갖고 싶은 걸 손에 넣은 아이처럼 신나했다. 어쨌든 이미 약속을 한 터이니 번복하기도 뭣해서 은수는 못이기는 척 수락했었다.

은수와 JK는 촉석루 내부를 살펴본 후 남강 너머의 시가지를 건너다보았다. 강에 자그마한 나룻배 한 척이 떠 있었다. 마침 강 쪽에서 기분 좋은 상쾌한 바람이 불어왔다.

"이곳에는 처음 온 겁니까?"

JK가 시선을 여전히 남강에 두고서 물었다. 몇 년 전 그의 존재를 의식하게 만들었던 바로 그 목소리였다.

"아뇨. 아주 오래 전에 한번 왔었어요. 기억은 별로 없지만. 처음 오신 거예요?"

대답 없이 그가 고개를 옆으로 가볍게 한번 저었다. 그러더니 잠시 후 말을 이었다.

"이곳 촉석루는 바로 앞에서 보는 것보다 남강 너머 반대편에서 봐야 더 멋집니다. 한 폭의 산수화 그 자체죠. 계절마다 멋스러움이 다르고 날씨 따라 운치가 다릅니다. 밤에 오면 진주성과 촉석루의 매력을 한층 더 느낄 수 있어요."

인터넷을 검색한 덕분에 은수도 그 정도는 알고 있었지만 가만히 듣고 있었다.

문화유적에 대해 거의 문외한이었던 은수가 약간의 지식을 쌓은 것은 순전히 문화유적답사모임 덕분이었다. 답사모임에는 팀장이 따로 있었다. 팀장은 항상 답사할 장소와 문화재 관련 자료를 사전에 프린트해 와서 회원들에게 나누어주었다. 뿐만 아니라 답사지에 도착해서는 직접 건축물을 보면서 또 보충 설명을 했다. 그리고 돌아오는 차 안에서는 그날 관람한 문화재에 대한 퀴즈를 내어 선물을 증정하곤 했다. 무엇보다 그 모임이 좋았던 건, 그 모임의 임원진의 태도였다. 그들은 넘치지도 모자라지도 않게 그 회를 잘 이끌고 있었다. 그래서 은수가 그 모임을 빠져나올 즈음에는 인원이 많아져서 정회원과 비회원을 구분해 따로 관리를 할 정도였다.

JK의 제안으로 그들은 촉석루에서 각자 사진을 찍고 그곳을 내려와 바로 옆에 있는 '의기사'로 갔다. 사당 안에는 관기 논개의 초상화 한 점이 있었다. '의기사'는 논개사당으로 영조 때 논개의 넋을 기리기 위해 만들어졌다고 했다. 그들은 '의기사'를 살펴본 뒤 '의암'이 있는 곳으로 갔다. 내려가는 계단이 있었는데 경사가 좀 가팔랐다. 도착해서 주변을 둘러보니 '의암사적비'가 시선에 들어왔다. 원래의 명칭은 위험한 바위라 하여 '위암'이라 일컬었는데, 임진왜란 이후 논개의 의로운 행동을 기리기 위해 '의암'이라고 불렀다고 했다. 얼핏 보기에 '의암'은 물 위에 떠 있는 볼품없는 자그마한 바위에 지나지 않았건만, 그 의미가 특별해서일까. '의암'에 올라가 묵상하듯 고개를 숙이고 있는 남자가 눈에 들어왔다.

은수는 의암이 있는 곳에서 촉석루가 있는 곳을 올려다보았다. 남강을 끼고 절벽 위에 서 있는 촉석루의 위치가 사람살이와 어딘가 닮아 있다는 생각이 들었다. 그때였다. JK가 느닷없이 말했다.

"사람은 확실히 찬스를 잘 잡아야 한다는 생각, 안 듭니까?"

JK의 느닷없는 말에 은수는 강에 두었던 시선을 거두어 그를 바라보았다. 무슨? 하고 묻는 듯한 은수의 시선에 그가 입꼬리를 귀에 걸고 눈길을 은수에게 살짝 부딪혀왔다. 순간 기시감이 잔물결처럼 몰려왔다. 은수는 시선을 다시 강으로 돌렸다.

"그 시절에 논개 말고도 애국심 넘치는 관기가 없었겠어요? 내 말은, 그들이 다 찬스를 놓쳐서 논개처럼 역사에 길이길이 이름을 남기지 못했다, 그 말이죠."

전혀 예상치 못한 JK의 엉뚱한 발언이었다. 그러나 은수는 말의 내용보다 JK 특유의 목소리가 자꾸 의식되었다. JK의 음성은 사람의 마음을 끄는 묘한 매력이 있었다. 그래서일까. 그의 말이 그럴 듯하게 들렸다.

은수는 다시 눈길을 돌려 그를 가만히 쳐다보았다. JK는 자신의 농담이 스스로도 썰렁하게 느껴졌는지 하, 하고 웃었다.

"어떻게 상상하시든 내 참견할 바는 아니지만, 논개의 애국심에 흠집이 안 가는 선에서 마무리해주시면 고맙겠네요."

말이 되든 안 되든 JK의 농담은 그들 사이에 이어지던 어색한 분위기를 부드럽게 해주는 윤활유 역할을 했다.

그들은 이어서 임진대첩계사순의단과 촉석정충단비, 김시민장군 전공비 등을 둘러보았다. 그런 다음 성벽 주위를 걸었다. 산책하기 좋은 길이었다. 진주시가지와 진주교가 한눈에 들어왔다. 저만치서 천천히 걷고 있는 연인이 눈에 들어왔다. 남자는 여자의 어깨에 오른팔을 걸치고 있고, 여자는 왼팔로 남자의 허리를 감싸고 있었다. 다정해보이는 모습이 보기 좋았다.

그들은 북장대에서 박물관 뒤쪽으로 난 성벽을 따라 돌았다. 그리고 '창렬사'와 '호국사'를 살펴보았다. 창렬사는 김시민 장군의 신위와 진주성 싸움에서 순국한 39명의 신위를 모셔놓은 사당이었다. 그리고 호국사는 고려 때 건립되어 본래는 내성사로 불렸는데, 임진왜란 후 제2차 진주성전투에서 순국한 승병들의 넋을 기리기 위해서 호국사로 재건한 절이었다.

그다음 그들은 박물관으로 들어갔다. 이 박물관은 1984년에 개관해 1998년에 임진왜란 전시실을 마련하여 임진왜란 전문역사박물관으로 재개관하였다고 했다. 박물관 안에는 임진왜란 당시와 관련된 것들로 채워져 있었다. 그 외에도 신석기, 청동기, 가야시대의 유물, 근대 민중운동에 이르기까지 다양한 문화와 유물이 전시되어 있었다.

박물관을 둘러보고 나오자 갑자기 JK가 물었다.

"배 안 고파요?"

"뭐 그다지. 배고프세요?"

"조금요. 사실 아침을 안 먹었거든요."

JK가 오른손으로 자신의 배를 만지는 시늉을 했다.

그들은 간 길을 돌아나와 근처 식당가를 찾았다. 은수는 '진주비빔밥'을 시켰고, JK도 같은 것을 시켰다. 그들은 점심을 먹고 나서 진양호로 향했다. 진양호는 1970년 7월에 완성된, 남강과 덕천강이 합류하는 지역에 만들어진 인공호수라고 했다.

그들은 진양호공원으로 발걸음을 옮겼다. 공원은 잘 조성되어 있었다. 공원 산책길로 접어들자 철쭉이 마치 관광객을 반기기라도 하듯 흐드러지게 피어 눈앞을 가로막았다. 진양호 호반전망대로 갈라지는 사거리에 도착해서 그들은 '우약정'으로 갔다. 우약정 앞쪽에는 사자 두 마리가 조각돼 있었고, 우약정 천정에는 용이 두 마리 장식되어 있었다.

진양호 호반전망대에 도착했다. 3층 규모의 현대식 건물이었다. 은수는 호반전망대에 오르면서 지난 날의 혼란을 떠올리며 JK와 거리를 유지하기 위해 의식적으로 노력했다.

때는 은수가 그 모임에 들고 나서 9개월쯤 지난 시점이었다. 답사와 관련해 궁금한 것이 문득 생각나 친구에게 전화를 걸었다. 친구의 휴대폰 전원이 꺼져 있었다. 그때 문득 떠오른 사람이 JK였다. 답사지에 오가는 길에 몇 번 같이 앉아 이런저런 얘기를 편하게 나누었던 터라 부담이 별로 없었다. 그리고 나름 가벼운 친밀감도 없지 않았다. 그러나 그때까진 딱 그 정도 선에서 머물렀다. 약간의 호감을 가진 정도. 그 때문이었을 것이다. 망설임 없이 전화를 돌렸다. 일요일 오전 9시가 조금 넘은 시간이었다. JK가 전화를 받았다.

"여보세요?"

목소리로 보아 잠결에 전화를 받는 듯했다. 약간 잠긴 듯하면서도 맑고 나직한 음성이었다. 바로 그 순간이었다. 은수는 저도 모르게 숨이 턱, 막혔다. 난생 처음 겪는 느낌이었다. 갑자기 왜 그런 것인지는 잘 알 수 없었다. 설명할 수 없는 현상에 은수는 몹시 당혹스러웠다. 그래서인지 자신이 무슨 용건으로 전화를 걸었는지도 순간 잘 생각나질 않았다. 그런 난감한 상태로 은수는 잠깐 버벅거리다가 딴소리만 하고 전화를 끊었다. 그런 경험이 있고난 후 얼마 지나지 않은 시점이었다. 은수가 그 모임에 완전히 발길을 끊게 된 결정적인 사건이 발생했다.

단풍이 절정에 이른 어느 가을날이었다. 그날 답사장소는 다른 때보다 좀 멀었다. 그래서 귀가시간이 평소 때보다 늦어졌다. 피곤해서인지 돌아오는 차 안에서는 몇 명을 제외하고는 다들 졸고 있었다. 공교롭게도 은수는 그날 귀가하는 관광버스에서 JK와 나란히 앉게 되었다. JK도 피곤했는지 어느새 꾸벅꾸벅 졸고 있었다. 평소 느꼈던 JK의 이미지와 다르게 끄덕거리며 졸고 있는 모습이 마치 천진한 어린애처럼 느껴졌다. 끄덕거리던 JK의 고개가 은수 어깨 쪽으로 기울어졌다가 쓱, 올라가기를 반복하고 있었다. 그렇게 버스가 두어 시간 정도 달렸을 무렵이었다. 차가 급커브를 도는지 약간 흔들렸다. 그 탓이었을까. 졸고 있는 JK의 무릎이 은수의 무릎에 스르륵, 와닿았다. 그 찰나였다. 은수의 무릎관절에 번쩍,하고 스파크가 일었다. 그러더니 온몸으로 설명할 수 없는 전율이 퍼져나갔다. 은수는 화들짝 놀라 황급히 무릎을 치웠다. 말로만 들었던 전기가 통한다는 느낌이 이런 거구나, 싶어 몹시도 당황스러웠다. 은수는 누군가에게 자신의 감정을 들키기라도 한 양 시선을 창가로 돌려 눈을 질끈 감았다. 하지만 그 여운은 오래갔다.

그들은 호반전망대를 내려와 근처 찻집으로 향했다. 커피도 생각났고, 많이 걸은 탓에 시원한 곳에서 잠시 다리를 쉬게 해주고 싶었다. 진양호가 내려다보이는 찻집이었다. 그들은 진양호가 한눈에 보이는 테이블에 가서 앉았다. 찻집 내부는 모던함과 클래식함이 적절히 조화롭게 꾸며져 있었다. 게다가 거기에 잘 어울리는 클래식 음악이 잔잔하게 실내를 적시고 있었다. 그들은 둘 다 커피를 주문했다. 은수는 진양호에 시선을 준 채 최대한 느린 동작으로 커피를 마셨다. JK가 커피를 마시며 은수를 지그시 바라보는 게 창에 둔 은수의 시선에 잡혔다. 뭔가 할 말을 담고 있는 시선이었다. 은수가 그것을 의식하고 눈길을 돌리자 JK는 뜻 모를 미소를 지었다.

"사람 무안하게 왜 그렇게 쳐다보세요?"

은수가 불편한 시선을 찻잔으로 옮기며 물었다. 바로 그 순간이었다. 작심한 듯 어떤 주저함도 없이 JK가 단숨에 말했다.

"오늘부터 1일 어때요, 우리?"

순간 허를 찔린 기분이었다. 은수는 약간 놀란 시선으로 JK를 쳐다봤다. 눈빛이 마주쳤다. JK의 흔들림 없는 단호한 눈빛과 마주하자 은수는 순간 당혹스러워서 시선처리가 곤란했다. 은수는 잠시 화장실 핑계를 댔다. 그런데 웬일인지 화장실에 가서도 마음이 잘 진정되지 않았다. 내심 환호성을 질러야 할지 유혹을 참고 견뎌야 할지 감이 잡히지 않았다. 혹시 JK가 그동안 자신의 감정을 미세하게 감지하고 있었던 게 아닐까 하는 생각이 들자 더 혼란스러웠다. 은수는 복잡한 감정을 억누르며 자신에게 물었다. 현재 자신의 감정과 여태껏 자신이 지켜온 어떤 가치들을 맞바꿀 수 있겠냐고? 선뜻 답이 도출되지 않았다. 하지만 분명한 것은, 은수 자신이 사랑이라는 감정의 본질과 속성에 대해 필요 이상의 많은 지식을 갖고 있다는 사실이었다. 사랑은 반드시 시작과 지속과 해체의 과정을 거치게 마련이다.

중요한 것은, 해체 뒤에 남을 그 어떤 것들을 스스로 감당할 의지가 있느냐, 하는 것이었다.

누군가에게 끌리는 감정 자체야 사람의 힘으로 어쩔 수 없다 해도, 그에 따른 행동은 본인이 책임져야 할 몫임에 틀림없다. 귀한 인연이 될지, 악연이 될지 그것도 어쩌면 각자 하기 나름일지도 모른다는 생각도 들었다. 생각을 그렇게 정리하고 나니 은수는 마치 자신이 낯선 숲으로 이어진 갈림길 위에 서 있는 기분이 들었다. 은수는 마음을 단단히 다잡고도 10여 분을 더 화장실에 머물다가 자리로 돌아왔다. 홀에는 은수의 귀에 익숙한 바이올린 연주가 흐르고 있었다. 엘가의 〈사랑의 인사〉였다.

"아직 대답 안 한 것, 알죠?"

은수가 자리에 앉자마자 JK가 답을 재촉했다. 은수는 앞으로도 뒤로도 갈 수 없는 난감한 처지가 된 기분이었다.

"아… 그거… 친구하자는 얘기죠…? 무슨 친구를 날짜까지 정해가면서 해요. 그냥 하면 되는 거지…."

침묵이 말보다 백배 더 나은 순간이 있다는 걸 모르지 않으면서도 은수는 목소리에 물기를 최대한 빼고 말했다. 별일 아니라는 듯이. 그러자 JK는 마치 은수의 은밀한 내면을 훑기라도 할 듯한 시선으로 은수를 잠시 응시했다. 그러더니 팔짱을 끼고는 진양호에 시선을 던진 채 가만히 침묵을 지켰다. 시간이 갈수록 은수는 그 침묵이 조금씩 부담스러워졌다. 삶이 그렇듯, 그녀는 그 침묵의 무게를 견뎌내야 할지 잠시 고민했다. 은수는 차분한 음성으로 말했다.

"우리, 이제 그만 여기서 나가죠."

JK는 침묵을 지키며 그대로 잠시 더 앉아 있었다. 그러더니 말없이 먼저 자리에서 일어섰다. JK가 찻값을 계산하는 모습을 뒤로 한 채 은수는 찻집을 나왔다. 찻집 입구에서 JK가 저녁에 약속이 있어서 그만 가봐야겠다고 했다. 은수 역시 따뜻한 물에 몸을 담근 채 모순 가득한 자신의 영혼을 좀 편히 쉬게 해주고 싶었다. 주차장까지 오는 동안 그들은 아무 말도 하지 않았다.

은수는 걸으면서 생각했다. 입 밖에 내는 순간 광채가 사라져 초라한 것이 되어버릴 수도 있는 어떤 것들에 대해서. 사실 그 어떤 말보다도 은수의 심장이, 은수의 뼈마디 하나하나가, 세포 하나하나가 더 많은 비밀을 간직하고 있는지도 모른다.

걸어오는 내내 침묵을 지키던 JK가 은수가 차문을 열고 들어가 시동을 걸자, 차창을 내려보라는 신호를 보냈다. 은수가 운전석 옆 유리를 내리자 JK가 은수에게 악수를 청하는 듯 손을 내밀었다. 은수는 그의 눈을 아주 잠깐 응시했지만 손을 마주 잡지는 않았다. 대신 손을 한번 가볍게 흔들어주고 차창을 올렸다.

JK가 자신의 차에 타는 것을 보면서 은수는 액셀을 밟았다. 한동안 아무 생각 없이 운전에 몰두했다. 저만치 사거리 신호등에 빨간 불이 들어왔다. 은수는 직진 신호를 기다리는 동안 라디오를 켰다. 마침 은수가 좋아하는 노래가 흘러나왔다. 은수는 볼륨을 살짝 높였다.

살면서 듣게 될까. 언젠가는 바람의 노래를

세월 가면 그때는 알게 될까. 꽃이 지는 이유를

나를 떠난 사람들과 만나게 될 또 다른 사람들

스쳐가는 인연과 그리움은 어느 곳으로 가는가

나의 작은 지혜로는 알 수가 없네

내가 아는 건 살아가는 방법뿐이야…

은수는 목청껏 크게 따라 불렀다. 어느새 차가 고속도로에 진입해
있었다. 은수는 가속 페달을 조금 더 세게 밟았다. 마치 차가 하늘로
날아 갈 듯했다.

삶이란, 우주의 룰렛

삶이란, 우주의 룰렛

"가르랑… 가르랑….."

허공을 몇 차례 허우적댄 소리가 마침내, 내 귀에 접착제처럼 들러붙어 떨어지지 않는다. 노인이 내게 보내는 유일한 구조요청 신호이다. 밤새 조금씩 불어난 가래가 노인의 숨통을 악귀처럼 죄여오고 있을 것이다. 나는 손을 뻗어 머리맡에 둔 휴대폰을 집어 시간을 확인한다. 5시 14분. 완전히 잠을 털어내기는 아직 이른 시간이다.

오른쪽 구석 병상에서 끙끙 앓는 소리가 간간히 들린다. 그는 이제 막 쉰을 넘긴 나이인데도 몇 년 전 뇌졸중으로 쓰러졌다. 최근에는 치매까지 겹쳐져서 보호자가 무척 애를 먹고 있다. 앓는 소리는 노인의 가래 끓는 소리와 보조를 맞추듯이 엇박자로 이어진다.

이 병실의 아침 배식은 7시 20분경에 이루어진다. 그래선지 방 사람들은 대부분 6시가 지나고부터 부스럭대며 몸을 움직이기 시작한다. 그것은 은연 중에 마치 하나의 룰처럼 지켜지고 있다.

노인이 내는 소리를 나는 잠시 모르쇠로 버텨본다. 천장을 향해 똑바로 누웠던 몸을 벽 쪽으로 틀어본다. 그런 다음 다시 억지로 눈을 감는다. 잠은 이미 십 리까지 달아난다. 의식이 더욱 명료해진다. 나는 노인을 그냥 그대로 좀 더 방치하기로 작정한다. 이불을 머리끝까지 뒤집어쓴다. 잠시 호흡을 멈추고 죽은 듯이 눈을 감는다. 가슴을 쓸어내리며 호흡수행을 시작한다. 숨을 들이쉴 때마다 '자비'를, 숨을 내쉴 때마다 '용서'를 머리에 떠올린다. 그런 행위를 일삼아 스무 번 반복한다. 양 어깨가 묵직하고 허리도 뻐근하다. 보호자 자리에서 청한 새우잠이라서 그런 것만은 아니다. 그보다는 지난 밤, 밤새 시달렸던 기이하고 뒤숭숭한 꿈 때문인 것 같다.

꿈속에서 남편은 온몸에 피투성이가 된 채 누군가와 처절하게 난투극을 벌이고 있었다. 지켜보는 내내 남편은 내 가슴을 갈기갈기 찢어놓더니 마침내 상대의 목에 칼을 꽂았다. 그런 다음 고개를 외틀어 내 쪽을 지그시 바라보았다. 심하게 일그러진 남편의 얼굴이 안타까우면서도 섬뜩했다. 내가 남편을 향해 조심스럽게 한 발을 내딛었다. 순간, 남편의 모습이 흉측한 형상으로 변하더니 바람 앞의 연기처럼 홀연히 사라져버렸다.

그때가 떠오른다. 마치 백 년 전의 전설처럼 아득하다가도 어제 일인 양 생생하게.

그 즈음 우리 가족은 나름 괜찮았다. 소박한 평화가 배경음악처럼 잔잔히 일상에 흘렀고, 그걸 우린 행복이라 여겼다. 나는 "행복과 불행은 마음먹기에 달려있다", "인생은 노력한 만큼 결과가 따르게 마련이다"라는 따위의 검증되지도 않은 말들을 절대적 신념처럼 믿었다. 그래서 딸애한테도 틈만 나면 무슨 잠언처럼 들먹였었다. 적어도 그런 일을 당하기 전까지는.

그날은 시부 기제사가 있는 날이었다. 제사를 지내는 큰댁은 우리 집에서 승용차로 3시간 남짓 거리의 S시에 있었다. 음식 준비를 도와야 했기에 나는 먼저 그곳에 가기로 했고, 남편은 퇴근 후 곧장 그곳으로 오겠다고 했다.

때는 딸이 수능을 한 달 앞둔 시점이었다. 고3이었던 딸은 독서실에 들렀다가 매일 밤 10시가 넘어야 집에 도착했다. 그래서 그날 아침에 등교하는 딸에게 할아버지 제사로 우리 부부가 나중에 큰댁에 갈 거라고 알려주었다. 그런 다음 문단속에 대한 당부를 곁들였다.

"다들 다음날 출근도 해야 하는데, 제사를 좀 당겨서 지내는 건 어때요?"

밤 9시가 넘어서자 시동생이 말했다.

"바쁘다고 실을 바늘허리에 매고 바느질을 할 수 있나? 빨라도 11시는 넘어야 된다."

고지식한 시숙은 마치 제사 시간을 엄수하는 게 조상을 잘 받드는 최고 미덕인 양 단호하게 시간에 못을 박았다. 시숙이 갖다붙인 비유가 상황에 적절한지는 잘 모르겠으나 분란을 일으키고 싶지 않다는 듯 아무도 토를 달지 않았다. 제사는 자정을 전후해서 치러졌다. 제사를 마치고 발바닥에 땀이 나도록 서둘렀지만 우리가 집에 도착한 시간은 새벽 3시가 넘은 시점이었다.

"어! 문이 안 잠겨 있는데!"

현관문에 열쇠를 꽂으며 남편이 말했다.

"그래요? 어머, 애 좀 봐. 그렇게 문단속 잘하라고 일렀건만."

단층 단독주택인 현관문을 열고 들어서자마자 남편이 딸애의 방 쪽으로 곧장 가는 게 보였다. 나는 큰댁에서 싸준 제사 음식을 냉장고에 넣으려고 주방으로 향했다. 별안간 딸애 방에서 남편의 날선 비명이 새어나왔다. 냉장고 문을 열던 나는 깜짝 놀라 음식을 팽개치고 한달음에 딸애 방으로 달려갔다. 세상에나! 이게 무슨 일인가? 딸의 입엔 포장용 테이프가 두텁게 붙어 있었고, 두 손은 밧줄로 꽁꽁 묶여 있었다. 딸애는 넋이 빠진 듯 눈에 초점을 잃고 와들와들 떨고 있었다. 눈물과 콧물이 범벅된 채. 그리고 아랫도리는 발가벗겨진 채 피를 흘리고 있었다.

나는 딸애를 잠시 안정시킨 뒤에 한시라도 얼른 신고를 해야겠다 싶어, 분노와 증오로 부들부들 떨리는 가슴을 억누르고 전화기를 들었다.

"전화 내려놔!"

남편이 버럭 소리를 질렀다. 나는 엉겁결에 전화기를 내려놓고 영문을 모르겠다는 시선으로 남편을 쏘아보듯 쳐다보았다.

"이게 무슨 자랑이라고 동네방네 떠들어?"

나는 남편의 갑작스런 태도를 이해할 수 없었다. 그럼에도 거역할 수 없는 강한 살기를 느껴 전화기를 내려놓았다.

딸의 말에 의하면, 딸은 책상 스탠드만 켜둔 채 제 방에서 수학문제지를 풀고 있었다. 새벽 1시 즈음 문 여는 소리가 났다. 부모님이 오신 줄 알았다. 그래서 그냥 계속 문제를 풀고 있었다. 그런데 얼마 지나지 않아 이상한 기분이 들어 자신의 방문을 열고 거실로 나갔다. 거실에는 얼굴에 복면을 한 강도들이 집안을 뒤지고 있었다. 딸애는 황급히 제 방으로 뛰어들어가 얼른 문을 잠갔다. 상황을 파악한 딸애는 가방에서 휴대폰을 찾아 떨리는 마음을 억제하고 번호를 눌렀다. 덜덜 떨리는 손으로 1을 두 번 누른 후 막 2를 누르려고 했을 때였다. 순식간에 문을 따고 들어온 강도가 휴대폰을 낚아채갔다. 강도들은 딸의 목에 칼을 들이대고 가족들의 행방을 캤다. 겁에 질린 딸은 사실대로 말할 수밖에 없었다. 강도들은 딸애의 입에 포장용 테이프를 붙였다. 두 손도 단단하게 묶었다. 강도들은 훔칠 만한 것을 모두 챙긴 후, 번갈아가며 딸애를 겁탈했다. 딸애가 격렬하게 반항하자 가만 안 있으면 딸애의 양쪽 가슴을 칼로 잘라버리겠다고 협박했다고 했다.

남편은 신고를 망설였고 신고는 만 하루가 지나서 이루어졌다. 그날 강도 침입은 악독한 테러였다. 짐승보다 못한 것들에게 짓밟힌 무방비 사고, 그런 거였다. 남편은 자신도 그런 줄 나 안다고 했다.

나는 마른 장작 같은 몸을 일으킨다. 눈을 들어 병실 내부를 새삼스레 훑어본다. 병실 입구와 구석 병상 머리맡에 켜둔 부분 조명 둘. 희뿌연 조명 아래 놓인 여섯 개의 병상. 나는 그것들을 마음을 멈춘 채 바라본다. 말기 암이거나, 불치에 가까운 이 병실 환자들. 그들은 제 몫의 풍랑을 견뎌내는 칠흑 같은 밤바다의 고독한 섬들 같다. 불현듯 희미한 두 개의 조명이 등대처럼 고맙다.

노인이 내는 소리의 빈도가 점점 잦아진다. 급기야 반 옥타브 높아진다. 노인의 호흡이 긴박하게 느껴진다. (여기서의 '긴박함'은 어디까지나 내 관점이다. 노인은 생각도 감정도 없으니 긴박감은 없을 것이고, 노인의 가족들도 이제 더 이상은 '긴박함' 따위의 감정은 갖지 않을 지도 모른다. … 노인은 현재 여든둘이다.)

나는 노인에게로 다가간다. 수면 동안 잠시 꺼둔 노인의 머리맡에 달린 작은 조명을 켠다. 노인의 두 눈이 시야에 들어온다. 그 시선이 내 움직임을 따라 같이 움직인다. 의사는 그런 움직임을 무의미한 반사행동이라 했다. 무신경한 노인의 눈은 한 가닥의 실핏줄도 드러나지 않는다. 마치 간난아이 눈 같다. 무심하면 저 나이에도 저런 눈빛이 된단 말인가? 하지만 안타깝게도 현재, 노인의 눈은 장님이나 다를 바 없다.

나는 노인에게 '석션Suction(환자의 목에 찬 가래를 도구를 이용해 뽑아내는 행위)'을 하기 위해 전원 스위치를 누른다. 석션 병에는 전날 밤 마지막으로 뽑아올린 가래가 얼마간 담겨 있다. 나는 압력 게이지를 습관처럼 확인한다. 양손에 일회용 비닐장갑을 낀다. 그런 후 호스가 달린 석션팁을 노인의 목 앞쪽 가운데 뚫어둔 구멍에 집어넣는다. 나는 한 손에 압력조절 밸브를 쥐고 압력을 조절해가면서 노인의 목구멍에 차 있는 가래를 천천히 뽑아낸다. 호스를 이리저리 돌린다. 휘저으며 뽑아야만 가래가 잘 빠져나온다. 압력조절 밸브의 압력이 가해지자 노인의 얼굴이 잔물결처럼 일렁대고 온몸이 비틀린다. 시체와 다름없어 보이던 노인이 그나마 살아 있다는 것을 조금 확인하는 순간이다. 이 일은 노인의 생명을 연장시키자면 어쩔 수 없이 치러야 하는 작업이다. 인간의 존엄성이 결여된 삶이지만, 보호자의 임의대로 중지할 수 있는 문제도 아니다. 그건 오직 법과 신神만이 좌지우지할 뿐이다.

나는 석션을 마친 후 석션병을 비우기 위해 병실을 살며시 빠져나와 화장실로 간다. 장애인 좌변기에 한 노파가 링거를 매단 채 문을 열어두고 볼일을 보고 있었다. 시큼하고 구리한 냄새가 화장실을 온통 잠식하고 있었다. 오랜 투병은 수치심 따위를 소멸시켜버리는 것인가.

병실로 돌아온 나는 석션병을 있던 곳에 꽂아두고 다시 자리에 누워 이불을 뒤집어쓴다. 이번엔 노인한테서 구리한 냄새가 전해져온다. 아침에 처리하기엔 무척 내키지 않는 일이다. 그렇지만 노인이 욕창이 있는 터라 되도록 빨리 기저귀를 교체해야 한다.

나는 먼저 걷어둔 커튼을 친다. 일종의 예의다. 그 예의라는 것이 노인에 대한 것인지 나 자신에 대한 것인지는 애매하다. 인간에 대한 예의라고 해두자. 나는 노인의 환자복 하의를 끌어내린 뒤 노인의 아랫도리에 채웠던 기저귀를 벗겨낸다. 노인에게서도 역시 고약한 냄새가 난다. 순간 토할 것 같다. 하지만 나는 이내 게울 것 같은 비위를 달랜다. 나는 노인의 엉덩이와 다리를 몇 번이고 들었다놓기를 반복한다. 노인은 현재 식물상태가 되어 있지만 체구가 건장한 노인 같지 않은 노인이다. 노인이 먹는 건 노인의 코에 장착된 레빈튜브로 내가 하루 세 번 밀어넣어주는 고영양식 스프가 전부다. 그에 반해 노인의 배설은… 그랬다.

나는 단단히 뭉친 기저귀를 화장실 내에 있는 전용 분리함에 던져

넣는다. 그런 다음 손 세정제를 묻혀 몇 번이고 다시 손을 씻는다. 문득 고개를 들어 거울을 본다. 거기에 초췌해보이는 오십 줄의 아낙이 박혀 있다. 불현듯 담배가 머리에 스친다. 예전엔 몰랐다. 정말 몰랐다. 이 나이에 이렇게 낯선 누군가의 기저귀를 처리하게 될 거라고는. 삶은 정말, 알 수 없는 거였다. 딸애 기저귀를 채울 때 내 가슴에서 일던 그 훈훈한 충족감도 가뭇없이 사라져 이젠 가물가물하다.

딸애는 우리 부부가 어렵사리 얻은 아이였다. 결혼 8년 만이었다. 병원에선 우리 둘 다 별 이상은 없다고 했다. 우린 아이를 간절히 원했기에 나름 최선의 노력을 기울였다. 그러나 아이는 쉬 오지 않았다. 그러다 체념이 고개를 들 무렵 신비한 어딘가에서 아이가 우리를 찾아왔다.

딸애가 태어나자 남편은 딴 사람이 된 듯했다. 아이를 그렇게나 좋아하는 사람인 줄 미처 몰랐다. 아이가 우리를 보고 방긋거리고 옹알이를 시작하자, 딸을 향한 남편의 애정은 집착에 가까울 정도였다. 딸애는 사랑스럽게 커갔다. 총명했고 공부도 곧잘 했다. 조금 염려스러운 점이 있었다면, 강박적일 정도로 완벽을 추구하는 남편 성격을 빼다박은 것이었다. 그러나 뭐 걱정할 정도는 아니었다. 적어도 그 사고가 있기 전까지는.

딸애는 그해 수능을 포기했다. 더 이상 학교도 나가지 않았다. 문을 걸어잠근 채 제 방에만 틀어박혀 있었다. 음식도 거의 입에 대지 않았다. 유일하게 집착을 보이는 것이 씻는 것이었다. 딸애는 하루에도 수십 번씩 샤워를 해댔다. 딸애는 마치 미친 듯 울다가 소리지

르기를 반복했다. 소박한 평화가 일상에 배경음악처럼 깔리던 집은 한순간 생지옥으로 변해버렸다.

"왜? 내게… 내가 뭘 잘못했다고…?"

"그건 네 잘못이 아니야. 천재지변 같은 거라고."

우리는 할 수 있는 온갖 방법을 동원해 딸애를 달래도 보고 다독여도 봤다.

"나도 알아, 안다고! 그렇다고 뭐가 달라져? 있었던 일이 없던 게 되는 건 아니잖아. 내 몸을 원래대로 되돌릴 순 없다고."

딸애는 물어뜯을 듯이 우리에게 응수했다. 그러고 보니 삶에는 자신이 뭔가 꼭 잘못을 해야 고통을 받는 건 아니었다.

범인들은 얼마 지나지 않아 잡혔다. 잡고 보니 범인 중 한 놈은 강도, 강간 전과 8범이었고, 다른 한 놈은 강도, 사기전과 3범의 전직 열쇠수리공이었다. 그랬으니 그렇게 순식간에 현관문이나 방문을 따고 들어갈 수 있었던 모양이었다.

법은 그들을 교도소에 처넣었지만, 우리에게 소박한 평화는 복원되지 않았다. 삶에는, 인간이 어찌해볼 수 없는 불가항력이 있었다. 반드시 일회성으로만 존재하는 것이 있었다. 그 사건은 "행복과 불행이 마음먹기에 달렸다"고 믿었던 나의 어설픈 신념을 태연하게 비웃었다.

딸은 간호학과를 지망하고 있었다. 좋은 간호사가 되고 싶다 했다. 하지만 딸은 스스로의 상처는 결국 극복해내지 못했다. 딸애는 우리가 집을 비운 어느 이른 봄날, 꽃샘추위에 가녀린 꽃잎이 망가지

듯 그렇게 손목을 긋고 말았다. 딸이 그렇게 우리 곁을 홀연히 떠나가자 남편은 힘들게 끊었던 담배를 쉽게 다시 시작했다. 그렇게 성실했던 직장을 헌신짝 버리듯 집어치워버렸다. 남편의 일상은 술로 시작해 술로 끝냈다. 그런 날이 끝없이 이어졌다. 남편은 분노의 불길 속에서 복수를 갈망하며 끊임없이 자기를 학대했다.

그러던 남편은 딸애가 죽은 그해 겨울, 만취 상태로 무단횡단을 했고, 달려오던 트럭에 치여 신발에 밟힌 마른 낙엽처럼 바스러져서 그렇게 딸애 곁으로 갔다.

환자의 아침 식판을 식판 보관대에 내다놓고 온 김 여사가 리모컨으로 텔레비전을 켠다. 채널을 이쪽저쪽 계속 돌려댄다. 김 여사가 늘 애청하는 아침 프로가 시작할 시간은 아직 20분쯤 남았다.

김 여사가 석션을 할 참인지 석션기의 전원 스위치를 누른다. 김 여사의 남편은 뇌경색이다. 처음 쓰러진 것은 22년 전이었다고 했다. 그동안은 혼자 거동을 했었는데 지금처럼 완전히 자리보전한 것은 한 6년쯤 된다고 했다.

김 여사도 내가 했던 것과 비슷한 수순을 밟아 석션을 시작한다. 조금 다른 점은 시작하기 전에 빡빡 민 남편의 머리를 손으로 가볍게 매만지고는 귀에 대고 뭐라고 속삭인다. 전신을 꼼짝 못하는 것과 코에 끼운 관을 통해 음식을 주입받아 생존한다는 점에서는 김 여사 남편이나 내가 돌보는 노인이나 별반 다르지 않다. 엉덩이의 욕창 까지도. 차이점이 있다면, 나는 노인과 전혀 의사소통이 안 되지만 김 여사는 남편과 눈빛에 의한 약간의 소통이 가능하다는 점이다. 게다가 본인이 말은 못했지만, 미세하게 의식은 남아 있어 타인의 말은 어설프게 알아듣기도 했다.

여주댁 밑 구석 병상을 차지하고 있던 일흔여섯의 치매 노인은 어제 요양병원으로 옮겨갔다. 그제 그 노인의 딸은 병실에 색색의 풍선을 무슨 축제 이벤트 마냥 요란스럽게 매달았다. 마치 자신의 효도를 과시하기라도 하듯. 또 '아버지 사랑합니다' 라는 커다란 글귀가 쓰인 스티커를 노인의 침대 머리맡에 덕지덕지 붙였다. 완치해서 집으로 가는 것도 아니고 요양병원으로 옮겨가는 것을 두고 뭘 저렇게까지 요란하게 하나 싶었지만, 나는 입을 떼진 않았다. 병실 식구 두엇은 그런 행위를 두고 '효녀'라고 인사치레 비슷한 말도 했다. 간호사가 병실에 들렀을 때 병실에서 그러면 안 된다고 주의를 줬다. 그러나 그 딸은 계속 그런 상태을 유지하더니 그것을 제거하지도 않고 오늘 아침에 퇴원 수속을 밟아 병실을 떠났다.

그들이 사라진 지 만 하루가 지났는데도 풍선들 중 몇은 그대로 천장에 붙어 있다. 그 딸은 노인의 셋째 딸인데, 10년 전 과부가 되었다고 했다. 신산辛酸한 길을 걸어온 탓일까. 딸은 40대 후반이라는데 최소 10년은 더 나이 들어보였다. 그 딸은 아버지한테 자신의 오빠와 올케언니가 무심하다며 자주 신랄한 욕을 해대곤 했다. 그리고 자신의 모친과는 아무것도 아닌 사소한 일로 병실에서 자주 옥신각신해 얼굴을 붉히는 사태를 만들곤 했다.

정 여사가 병실 안의 소형 냉장고를 뒤져 반찬들을 꺼낸다. 바로 뒷자리 여주댁도 뭔가를 꺼내는지 부스럭댄다. 아침을 먹을 모양이다. 간병인들의 아침식사는 환자들의 식사가 끝난 뒤 주로 행해진다. 식사는 보호자들 대부분 각자 알아서 요령껏 해결한다. 그러나 언젠가부터 나는 김 여사와 정 여사와 더불어 먹는다. 이곳 생활이 오래되어 약간 친목이 형성된 이유도 있지만, 병실에서 혼자 먹는 밥은 불편하고 밥맛도 없다.

김 여사가 자신이 애청하는 모 방송국 프로에 채널을 고정시킨 뒤 내게 손짓을 한다. 나는 눈빛으로 응답하고 냉장고에 넣어둔 반찬을 꺼내 수저와 밥을 들고 김 여사 옆자리로 간다. 여주댁도 합석한다. 각자 두어 가지 내온 반찬이지만 모아놓으니 가짓수가 제법이다. 배추김치와 열무김치, 양파감자조림과 고구마줄기볶음, 호박쌈, 된장, 풋고추, 마늘장아찌, 콩자반. 펼쳐진 모양새가 소박한 성찬이다.

텔레비전에서는 사회자 진행에 따라 출연 남녀가 서로 일치도 게임을 시작했다. 사회자의 재치 있는 입담에 방청석에서는 폭소가 터진다. 우리들도 따라 웃는다. 이 코너는 얼마 전부터 화요일마다 방영되는 중년 재혼 맞선 프로이다. 출연 남녀가 중장년부터 노년층까지였다. 초혼이 아닌, 공개 재혼 맞선 자리여서 우리의 흥미를 끌었다.

우리들은 함께 밥을 먹으면서 프로그램을 유쾌하게 시청한다. 재혼 커플이 맺어지는 걸 보고 정 여사가 김 여사한테 농담을 건넨다.

"형님, 팔자 다시 안 고쳐볼래요? 내가 좋은 자리는 다 꿰고 있는데."

"그럴까?"

정 여사의 농담에 김 여사가 호들갑스럽게 장단을 맞춘다. 우리는 모두 배꼽 빠지게 한바탕 웃는다. 그때였다. 갑자기 김 여사 남편이 가냘픈 괴성을 질러대기 시작한다. 화들짝 놀란 김 여사가 먹고 있던 김치도 내팽개치고 황급히 달려간다. 우리도 무슨 일인가 싶어 덩달 아 벌떡 일어나 그쪽을 건너다본다. 김 여사의 남편은 닭똥 같은 눈물을 뚝뚝 흘리고 있다.

"어데 아파요?"

김 여사가 묻는다. 남편은 눈동자를 굴려 '아니다'라는 의사 표시를 한다.

"그라모, 와 그라요?"

김 여사의 연이은 걱정스런 물음에 그 남편 눈동자는 반응하지 않는다. 김 여사가 말문을 닫고 아주 잠깐 뭔가를 헤아리듯 그를 빤히 들여다본다. 순간 엷은 웃음이 김 여사의 입가를 스친다.

"나를 시집보낸다 해서 그라요?"

김 여사가 묻는다. 그 남편은 눈동자를 굴려 '맞다'는 표시를 한다.

"그럴 일 없소. 사람들이 웃자고 농담한 거지. 아무 걱정 마요."

김 여사는 남편의 머리를 살갑게 매만지며 달랜다. 그때서야 김 여사의 남편이 눈물을 그친다. 정 여사와 나는 누가 먼저랄 것도 없이 코믹한 눈빛을 교환한다.

"내가 다리 다친 것도 남편 찾아다니다 그렇게 된 거라. 어유, 젊을 때 바람피운 거, 말도 못하지…."

김 여사가 언젠가 지나가는 바람처럼 내뱉은 말이다. 김 여사는 그

때 다친 교통사고 후유증으로 현재 왼쪽 다리를 조금 절고 있다.

이 방은 남자 병실인데도 간병인은 모두 여자들이다. 요양보호사 과정을 거쳐 간병 일을 하는 사람은 나와 정 여사와 새로 온 금발머리다. 그 외 셋은 환자 가족인 김 여사와 여주댁과 긴 생머리다. 긴 생머리는 쉰 줄의 뇌졸중과 경증의 치매를 앓고 있는 환자의 보호자다. 정 여사가 돌보는 환자는 50대 후반의 전립선 암 말기 남자다. 아랫도리가 마비되어서 조금도 움직일 수가 없다. 최근에는 증세가 심해져 얼굴이 심하게 부었고 며칠째 음식도 거의 먹지 못한다. 남은 날이 많지 않음을 은연 중에 환자도 보호자도 안다.

여주댁 남편은 후두암 말기다. 수십 년간 이어진 흡연의 결과다. 2년 전에 수술을 했으나 재발해서 다시 수술받고 입원 중이다. 재수술 후는 호흡이 힘들어 목 가운데 구멍을 뚫어 그곳으로 가래를 뽑아낸다.

일흔여섯의 치매노인이 요양병원으로 떠나고 그 자리에 오늘 여든셋의 경증 치매 노인이 새로 입원했다. 금발머리는 그 환자의 간병인이다. 그리고 뇌졸중으로 입원 중인 쉰 줄의 남자와 김 여사의 남편. 그리고 내가 간병하는 노인 이렇게 현재 여섯이 이 병실의 환자다. 이 병원은 도都 지원이 있는 좀 저렴한 병원이라 그런지 병실이 비기가 무섭게 새 환자가 입실한다. 당연한 말이지만, 환자 상태에 따라 간병인의 일이 다르다. 종일 매이다시피 돌봐야 하는 경우도 있고, 잠깐씩 들여다봐도 되는 경우도 있다. 이 병실은 종일 매여야 하는 준 중환자들이다.

병문안 온, 내가 돌보는 노인의 지인은 말했다. 노인에게 사고가
난 것은 2년 전이었다. 노인은 영향력 있는 약사인데다 값나가는 건
물을 몇 채 지닌 부자였다. 또 노인은 평소 건강을 몹시 신경 쓰는 사
람이었다고 한다. 몸에 좋은 약이나 음식은 철저히 챙겨 먹었다. 비
싼 자동차가 있었지만 평소에는 건강을 위해서 차보다는 걷는 것이
나 자전거를 자주 이용했다. 그날도 아내를 태우고 집에서 멀지 않은
약수터에 갔다오는 길이었다. 집 근처 골목길의 커브를 도는 지점이
었다. 어디선가 난데없이 자동차 한 대가 튀어나왔다. 노인은 다급
하게 핸들을 틀었다. 그 순간 자전거가 그만 균형을 잃고 쓰러졌다.
자전거가 차에 직접 부딪친 것은 아니었다. 그러나 넘어지면서 노인
은 머리를 다쳤다. 그리고 현재 식물인간 상태로 누워 있다. 그에 반
해 이 무슨 운명의 장난인지 노인의 자전거 뒤에 탄 그의 아내는 가
벼운 찰과상만 입었다.

이런 일을 시작하기 전에는 나도 뇌사 상태와 식물인간 상태가 같
은 줄 알았다. 하지만 이젠 그 차이점을 알고 있다. 뇌는 크게 대뇌,
소뇌, 간뇌, 중뇌, 연수로 되어 있다. 대뇌는 우리가 생각을 할 때 주
로 쓰는 뇌이고, 소뇌는 운동능력이나 반복운동을 할 때 쓰는 뇌이
다. 대뇌와 소뇌를 제외한 나머지인 간뇌, 중뇌, 연수를 뇌간이라고
한다. 뇌사 상태는 대뇌, 소뇌뿐만 아니라 뇌간까지 먹통 상태를 말
하고, 식물인간상태는 대뇌, 소뇌는 먹통이지만 뇌간은 살아 있는 상
태이다. 뇌간은 동공반사나 체온조절, 호흡운동 등을 담당하는데 뇌
간이 다치지 않았으면 자발적인 호흡도 체온조절도 가능하고, 목적

없는 약간의 움직임도 가능하다. 또 뇌사와 달리 아주 드물게 깨어나기도 한다. 그러니까 노인은 현재, 식물인간이다.

내가 이 간병 일을 시작한 것은 당시 내겐 생명의 위협을 느낄 만큼 몹시 절박한 문제였다. 한순간에 들이닥쳐 모든 것을 쓸어간 '쓰나미' 같은 상황을 맨 정신으로는 도저히 견뎌내기 어려웠다. 사는 게 사는 게 아니었다. 매 순간이 지옥 같았다. 더 살아 있을 존재 이유도 없었다. 그러나 죽는 것도 생각처럼 쉬운 일은 아니었다. 남편이 그렇게 속수무책으로 무너진 것도 자신의 무기력을 견뎌낼 수 없었기 때문인지도 모른다. 자신의 분신이었던 딸이 그토록 처참하게 꺾여버렸음에도 자신이 할 수 있는 것은 거의 없다는 사실이 그를 매 순간 미치게 했을 것이다. 딸애는 이미 죽어버렸는데 강도들은 오직 법의 심판에 내맡겨둬야 하는 현실을 남편은 도저히 용납할 수 없었다. 한때 교회에 잠깐 발 디딘 적이 있었지만 "원수를 사랑하라" 했던 예수의 가르침은 남편에게 비현실적인 허황된 구호 그 이상도 이하도 아니었다. 남편은 할 수만 있다면 "눈에는 눈, 이에는 이"로 몇 갑절 되갚아주고 싶어했다. 나도 그럴 수만 있다면 그랬을 것이다.

딸과 남편이 그렇게 한 줌 재로 사라지자 나는 오래도록 심각한 신경쇠약과 무력감에 빠져 허우적댔다. 오래 신경정신과를 드나들었다. 그런 모습을 곁에서 내내 안쓰럽게 지켜보던 친구는 나를 자신이 다니는 '절'로 이끌었다. 지푸라기라도 잡는 심정으로 따라다녔다.

허깨비처럼 몇 달을 그렇게 오갔다. 그러던 어느 날이었다. 절 내內에 있는 찻집에 들렀다. 찻집 한 면에 책들이 전시되어 있었다.

주인의 말에 따르면 판매하는 책들이라고 했다. 차를 다 마신 후, 다기茶器에 관심을 주는 친구를 뒤로 한 채, 나는 책이 진열된 곳에서 서성거렸다. 그때였다. 어떤 책 제목에 시선이 닿았는데, 그 제목은 일순 내 마음을 사로잡았다.

책 표지 안쪽을 보니 저자는 시인이자, 선승이며, 명상가라 했다. 중부 베트남에서 태어나 열여섯 살에 불교에 입문했으며, 베트남전쟁 당시 서양으로 건너와 평화운동가로 활동하고 있다고 했다. 현재 명상을 지도하고 영성치유자로 활동하고 있었다. 나는 아무 데나 펼쳐 책의 한 부분을 읽었다. 그 순간 소름이 돋듯 온몸에 미세한 전율이 일었다.

모든 사람들이 땅 위를 걷지만, 대부분의 사람들은 전혀 자유롭지 않게 노예처럼 걷는다. 그들은 미래나 과거에 붙잡혀서 자신들의 삶이 있는 지금 이 순간에 살 수가 없다.

나날의 삶 속에서 걱정과 절망, 과거에 대한 후회, 미래에 대한 두려움에 사로잡혀 있을 때, 우리는 자유로운 사람이 아니다. 지금 이 순간 속에 자기 자신을 흔들림 없이 세울 수 없다. 우리의 삶은 이 순간에만 가능하다. 과거는 이미 지나갔고, 미래는 아직 오지 않았다. 내가 살고 있는 것은 오직 한순간일 뿐이다. 그것은 지금 이 순간이다. 따라서 내가 가장 먼저 할 일은 지금 이 순간으로 돌아오는 것이다.

강낭콩 하나는 우주 전체를 포함한다. 그 속에는 햇빛과 비, 지구 전체, 시간과 공간, 의식이 들어 있다. 그대 또한 우주 전체를 포함하고 있다. 지옥 또한 우리 몸의 모든 세포 속에 들어 있다. 무엇을 선택하는가는 우리에게 달려 있다. 날마다 우리 안에 있는 지옥의 씨앗에 물을 준다면, 우리는 하루 24시간 동안 지옥의 삶을 살 것이다. 하지만 매일 우리 안에 있는 신의 왕국의 씨앗에 물을 준다면, 우리는 매 순간 신의 왕국에서 살 것이다…

　　　　　　　　　　　　　　　　　　—『어디에 있든 자유로우라』 중에서

　나는 노인의 손가락을 하나씩 편다. 노인의 양손 안에는 땀으로 흥건한 손수건이 들어 있다. 땀에 젖은 손바닥을 매번 닦아주다 내가 끼워둔 것이다. 무엇 때문인지는 몰라도 노인은 주먹을 늘 꽉 쥐고 있다. 마치 갓난아기가 주먹을 쥐고 있는 것처럼.

　엊저녁 일기예보에서 비 소식을 전하더니 아침부터 비가 추적추적 내린다. 빗방울이 점점 굵어지더니 배선실 창문을 거세게 두드린다. 나는 어쩔까 잠깐 망설이다 기어이 배선실 창문 아래로 목을 밀어넣어 밑의 장례식장을 바라본다. 내가 있는 곳은 3층인데 그렇게 내려다보아야 장례식장 입구가 한눈에 들어온다. 발인이 곧 있을 모양이다.

　언젠가부터 나는 하루에도 몇 번씩 그러고 있다. 무의식적인 습관이다. 이제 나는 그 어떤 삶도 연연해하지 않는다. 또 그 어떤 죽음도 두렵지 않다. 진작부터 딸애를 훈련시켜야 했었다. 감정은 무시할 것이 아니라 조절해야 하는 것임을. 현실이 못 견디게 힘들더라도 결국에는 지나간다는 것을 제대로 인식시켜야 했었다. 누구나 자기 몫의 어둠을 안고 살고 있음을 몸소 보여주어야 했다. 그랬다면 딸애는 어쩌면, 그 사건을 극복해냈을지도 모른다.

영성치유자의 가르침대로 나는 고분고분 말 잘 듣는 아이처럼 매일 수행했고, 지금도 수행 중이다. 그 가르침은 내 영혼을 꿰뚫어 내게 어떤 것을 조용히 일깨웠다. 일종의 '멈춤'과 '내려놓음' 같은 것.

나는 하루도 딸애를 생각하지 않은 적은 없다. 그리고 지금도 가끔 저절로 눈시울이 젖을 때도 있다. 하지만 이제 나는 고통에 붙잡혀서 살지는 않는다. 절망이나 후회, 두려움도 내려놓았다. 그저 깨어 있는 마음으로 이 순간에 충실하려고 노력한다.

이 땅에 존재하는 모든 생물은 때가 되면 옮겨가게 마련이다. 우주의 어딘가로. 그들이 비가 되었거나, 흙이 되었거나, 바람이 되었거나… 다, 괜찮다.

그들은 단지 조금 먼저 여행을 떠난 것이다. 삶은 조금 먼저, 조금 늦게, 그 차이일 뿐이다. 누구나 불확실한 시한부의 삶을 살고 있다. 지금 이 순간도 우리에게 허용된 시간은 매 순간 줄어들고 있다. 이제 내게 매일의 삶이란, 기적의 다른 이름이다. 그리고 언젠가 내게 다가올 죽음이란, 또 다른 모습으로 계속 이어질, 첫날이다.

운구차가 막 출발하고 있다. 빗줄기가 시원스럽게 실로폰 가락처럼 대지를 두드린다. 아직 살아 있는 자의 눈물이 요란스럽게 사방에 흩뿌려진다. 나는 마음의 손을 가만히 흔든다. … 수고, 했노라고.

그 순간 또 딸애가 생각난다. 나는 가만히 읊조린다. '딸, 잘 지내고 있지? 우리 이다음에 꼭 다시 만나자. 꼭!'

당위가 아니라
신념일 뿐

당위가 아니라 신념일 뿐

욕실에서 막 샤워를 끝내고 나올 때였다. 식탁 위에 놓아둔 휴대폰에서 짧게 연이어 두 번, 통화 연결음이 울리다가 끊겼다. 자경은 누가 두 번씩이나, 하는 마음에 욕실을 나오자마자 폰에 뜬 번호를 확인했다. 친구 재숙이었다. 이맛살이 저절로 잡혔다.

자경은 재숙에게 전화를 되걸어야 하나 잠시 고민했다. 통화가 영 내키지 않는데도 무시하자니 마음이 편치 않았기 때문이다. 거듭 갈등하며 건, 자경의 전화를 재숙은 곧장 받았다.

"전화했었네."

자경은 불편한 감정을 살짝 가리느라 말끝을 조금 높였다.

"지금 어디야?"

재숙이 속사포처럼 말을 받았다.

"집. 왜에, 무슨 일 있어?"

"일은 무슨. 너네 집 근처에 일하러 왔는데 일이 좀 빨리 끝났어. 시간되면 잠깐 볼까 해서."

재숙은 요 몇 년 전부터 집 인테리어 관련 일을 한다고 하더니 안 가는 데가 없는 모양이었다.

"어쩌지. 약속 있어서 지금 나가야 되는데…."

자경은 정해둔 약속이 딱히 없었음에도 거의 반사적으로 그렇게 둘러댔다. 재숙을 만나봐야 뻔한 소리 들을 것이다. 언젠가부터 재숙이가 교묘하게 들이대는 전도 차원의 말들은 이젠 성가신 수준을 넘어서서 진절머리가 날 지경이었다.

"그렇나? 좀 서운하네."

입으로는 서운하다는 말을 하고 있었지만 애당초부터 별로 기대하지 않았다는 듯이 재숙은 실미지근하게 말했다.

"요즘은 다들 사는 게 바빠서 미리 약속 안 하면 시간 잡기가 힘들어. 우리 담에 보자."

자경은 마치 못 봐서 아쉽다는 듯한 여운을 남기며 전화를 끊었다. 그런데 재숙은 곧바로 다시 전화를 걸어왔다.

"내가 깜빡한 게 있어서 다시 걸었어. 너, 미연이 이사 간다는 소식 들었냐?"

"아니. 못 들었는데. 어디로 이사 가는데?"

"원주로 간다고 하더라."

"강원도 원주?"

"응. 그래서 하는 말인데, 미연이 가기 전에 우리 멤버 만나서 같이 밥 먹어야 하는 거 아냐?"

"어, 그래야겠지."

자경은 얼떨결에 방관자 같은 어정쩡한 말을 흘렸고, 재숙은 다시 연락하겠다고 하면서 전화를 끊었다.

자경이 미연과 마지막으로 통화를 한 지 채 한 달도 안 되었다. 그때도 미연이 이사를 간다는 말은 없었다. 2년 전, 미연의 남편이 다른 직장으로 옮기는 바람에 주말부부로 지낸다는 사실은 이미 들어 알고 있었지만 이사까지 고려하고 있는 줄은 몰랐다.

자경은 재숙과 통화를 끊고 나서 드립커피를 한 잔 내렸다. 맛뿐만 아니라 고유한 향을 놓치지 않기 위해서 신경을 쓴 덕분에 맛이 만족스럽게 감미로웠다. 커피를 마시면서 자경은 생각했다. 이 커피가 안겨주는 특별한 욕망에 자신이 지배당하고 있는 건 아닐까 하고.

본래 시작이 어떠했든 간에, 그것을 본인이 원했든 원하지 않았든 간에, 어느새 자신도 모르게 서서히 중독 혹은 세뇌되어 가는 것들에 대해 자경은 잠시 생각을 했다. 그리고 종교도 그 중의 하나라는 생각을 하면서 미연에게 전화를 넣었다. 받지 않았다. 커피를 한 잔 더 내렸다. 기분 탓이었을까. 뒤끝이 평소에 느끼던 맛이 아니었다.

어쩌면 자경만이 아니라 그녀들도 언젠가부터 피차 서로 간에 관계가 소원해졌다는 것을 느끼고 있을 것이다. 그 언젠가가 그녀들이 타 지역으로 이사하면서부터인지 아니면 재숙이 신흥종교에 소속되고 나서부터인지는 잘 모르겠다.

돌이켜보면 자경과 그녀들과의 우정은 꽤 오래 전으로 거슬러 올라간다. 중학교 시절부터니까. 그 당시 재숙과 미연과 경미는 같은 학교 친구 사이였던 걸로 기억한다. 자경은 그들과 같은 학교를 다닌 것은 아니었다. 그런데도 미연과 같은 교회를 다닌 터라 자연스레 재숙과 경미와도 아는 사이가 되었다.

그 당시도 그랬지만 현재도 자경과 미연은 성격이 사뭇 달랐다. 자경은 하고 싶은 말은 분명히 해야 직성이 풀리는 성격인데 반해, 미연은 못마땅한 것이 있어도 직설적으로 말하지 않고 에둘러 말하는 편이었다. 또 자경은 뭐든 흑백을 가리는 면이 강하면서도 어수룩한 면이 많은데 비해, 미연은 두루뭉술한 성격인 것 같은 데도 제 할 일은 똑 부러지게 알아서 잘하는 야무진 아이였다.

그리고 그 당시 자경은 독실한 기독교 신자인 엄마 때문에 가기 싫었는데도 마지못해 교회를 다니고 있는 상황인데 반해, 미연은 부모님이 무신론자인데도 그 누구보다 교회에 열심히 다녔다.

그러던 자경은 중학교를 졸업하자 그들과 소식이 뚝 끊겨버렸다. 군인이었던 아버지의 직장 따라 P시로 이사를 했기 때문이다. 그 당시에는 휴대폰도 없었을 뿐만 아니라 각자 학업으로 바빴던 것이다.

그렇게 헤어졌던 그들이 다시 만난 건 정말 기적과 같은 우연에 의해서였다. 10여 년 전 어느 봄날이었다. 자경은 집 근처에 있는 마트에 갔다오는 길이었다. 검은 봉지를 왼손에 들고 하천을 끼고 있는 인도를 털레털레 걷고 있던 중이었다. 마주 오던 어떤 파란 재킷을 입은 여자가 자경 옆을 스치고 지나갔다. 마주올 때는 별 생각이 없었는데 지나치고 보니 어딘가 안면이 있는 사람 같다는 생각이 퍼뜩 들었다. 그래서 자경은 몇 걸음 걷다가 거의 무의식적으로 뒤를 돌아보았다. 그런데 그 순간, 옆을 스치고 지나갔던 파란 재킷도 동시에 뒤돌아보는 것이었다. 둘은 정면으로 눈이 마주쳤다. 둘은 동시에 '아!' 하며 서로를 알아보았고, 마치 이산가족 상봉이나 한 것처럼 부둥켜안고 서로를 반가워했다. 그녀들의 재회는 그렇게 이루어졌다.

미연은 결혼 후 계속 K시에 살았었는데, 2년 전에 주택을 사서 이

도시로 이사를 왔다고 했다. 미연은 그때도 그랬지만 여전히 신앙생활에 열심이었다.

그리고 미연의 말에 따르면, 재숙도 미연의 집과 멀지 않은 곳에 살고 있다고 했다. 거기다가 그 당시 친구인 경미와도 왕래를 하고 있었다.

미연과 만남이 있은 며칠 뒤, 자경은 미연의 집에서 그녀들 모두를 만났다. 그녀들은 다 결혼을 해서 아이들이 둘씩 있었다. 그 첫 만남 이후 그녀들은 매달 한번씩 집집마다 돌아가며 모임을 갖기로 했다. 함께 영화도 보고, 도시락을 싸서 소풍도 가고, 건강 정보도 교환하고, 때로는 시댁 흉도 보고 하면서 친목을 쌓아갔다.

자경에게 그녀들과의 만남은 그동안의 단절된 시간이 아까울 만큼 유쾌했다. 아이들이 고만고만해서 화젯거리도 늘 넘쳐났다. 그런 시간이 3년 정도 경과했을 때였다. 재숙의 남편이 갑자기 직장을 그만두고 개인사업을 시작했다. 그래서 재숙은 J시에 있는 주택으로 이사를 갔다. 공교롭게도 그 6개월 뒤, 미연도 주택을 팔고 다시 K시에 있는 아파트로 이사를 가버렸다. 그래서인지 예전만큼 자주 만나기는 어려워졌다. 그렇지만 전화는 하루가 멀다 할 정도로 빈번하게 이어지고 있었다. 그래서인지 물리적 거리가 마음의 거리를 갈라놓지는 않았다.

그런 그들의 우정에 검은 그림자가 드리우기 시작한 건, 재숙이가 새로 생겨난 어떤 종교단체에 나가기 시작하면서였다. 아니, 더 정확히 말하면, 그 종교단체에 나가기 시작한 재숙이가 친구들에게 시도

때도 없이 전도 행각을 벌이기 시작하면서였다.

언젠가 이런 일도 있었다. 어느 날 재숙한테서 전화가 왔다.

"자경아, 부탁이 있는데, 꼭, 들어주면 좋겠다."

말하기 어려운 부탁을 하는 사람들이 으레 그러하듯 재숙은 얼마간 뜸을 들이면서 말했다.

"무슨 부탁? 들어줄 수 있으면 들어줘야지."

자경은 내용을 듣기도 전에 친절을 베푼답시고 가볍고 유쾌하게 말했다.

"혹시 너, 요번 주 일요일 시간 되나?"

"요번 일요일? 뭐 딱히 바쁜 일은 없는데. 근데, 왜?"

"나하고 어디 좀 같이 가자."

"어디 가려고?"

그때까지도 자경은 재숙의 의도를 잘 인지하지 못하고 있었다.

"있잖아. 나 혼자 가려니까 어색해서 그러는데… 너, 나랑, 교회 한번 같이 가자."

예상 밖의 말이었다. 자경이 요즘 자기 교회에도 잘 나가지 않고 있었다. 그렇지만 자신은 엄연히 몸담고 있는 교회가 있었다. 그런데다 재숙의 말을 들어보니, 그녀가 같이 가자고 하는 종교단체는 자경이가 다니는 교회에서는 매우 이단시하는 곳이었다. 자경은 일순 고민했지만 아닌 건 아니라는 생각이 들었다.

"재숙아, 정말 미안한데, 다른 부탁이라면 몰라도 그건 좀 그렇다. 요즘은 내가 우리교회조차 안 나가고 있거든."

자경은 재숙의 부탁을 매우 조심스럽게 거절했다. 그럼에도 그 당시 자경은 재숙의 부탁을 들어주지 못해 끊고 나서도 마음이 쓰여 며칠을 불편한 심정으로 지냈다. 그러던 어느 날 불현듯 한 기억이 뇌리를 스치는 거였다. 재숙은 예전에 자신이 한 말을 기억하지 못하는 것 같았지만, 재숙은 분명히 자경에게 함께 가달라고 부탁하는 그 종교단체에 자신의 여동생이 다닌다고 말했었다. 그러니까 여동생이 이미 다니고 있는 그 교회에 자기 혼자 가려니 어색하다고 함께 가달라는 거였다.

자경의 머리에서 상황이 그렇게 정리되자, 재숙의 부탁은 꼼수를 쓴 수작이었다는 감이 왔다. 자신을 그곳에 끌어들이려고. 자경은 생각할수록 은근히 불쾌했다.

그 후로도 재숙은 수시로 자신이 다니는 종교단체와 관련된 정보를 카톡으로 날렸다. 때로는 성가시고 짜증이 났지만 그러다가 말겠지 싶어 그냥 내버려두었다. 그러나 자경의 예상과는 달리 그 횟수가 줄어드는 것이 아니라 점점 빈번해졌다. 알고 보니 재숙은 자경한테만 그러는 게 아니었다. 미연에게도 경미한테도 별반 다르지 않게 소위 전도질을 하는 모양이었다.

사실 미연은 독실한 개신교 신자이고 경미는 자칭 날라리 천주교 신자였다. 미연의 말에 의하면, 재숙은 미연의 카톡으로 소위 전도 차원의 글을 하루가 멀다 하고 보낸다고 했다. 미연이 그러지 말라고 재숙에게 몇 번 부탁을 했었다고 한다. 그런데도 재숙은 그 짓을 멈추지 않았다. 그래서 미연은 참다못해 재숙에게서 오는 카톡 수신을 차단해버렸다고 했다. 하여튼 그런 상태로 지내고 있던 중이었다.

그러던 어느 날 자경은 미연이가 보낸 청첩장을 받았다. 신학교에 다닌다던 아들이 결혼을 한다는 거였다. 신부는 같은 교회에 다니는 유치원 교사였다. 예식 장소가 교회가 아니라 근처에 있는 예식장이었다. 의외라 여기면서도 날짜와 시간을 맞추어 자경은 예식장에 도착했다. 재숙과 경미가 먼저 와 있었다. 주례는 목사가 하고 있었고, 진행도 교회 식으로 하고 있었다. 교회에 다니지 않는 미연 남편과 그들의 지인들, 친인척을 고려해서 장소가 정해진 게 아닌가 싶었다. 그러나 모르긴 해도 참석자들 대부분이 교인들로 보였다.

예식이 거의 끝날 무렵이었다. 재숙은 그만 밥 먹으로 가자고 자경과 경미를 독촉했다. 그녀들은 예식장 내의 뷔페 식당으로 들어섰다. 식당은 이미 먼저 온 사람들로 북적거렸다. 빈 테이블을 찾기가 쉽지 않았다. 겨우 자리를 잡아 밥을 먹고 있는데 재숙이가 뜬금없는 말을 꺼냈다.

"걔들, 정말 너무 불쌍하다."

"누구 말이야?"

경미가 뜨악한 표정으로 물었다.

"누군 누구야. 미연이랑 그 아들 말이지."

딴 생각에 잠겨 묵묵히 밥을 먹고 있던 자경은 재숙의 황당한 말에 무슨 소리냔 듯이 그녀를 빤히 쳐다보았다.

"뭐가 불쌍하다는 건데?"

경미가 재차 물었다.

"구원이 없는 곳을 잘못 알고 믿고 있으니 그렇지."

재숙이 한숨 섞인 목소리로 고개를 좌우로 절레절레 흔들기까지 하며 말했다, 마치 다른 사람들이 들으라는 듯이 의식적으로.

"무슨 돼먹지 않은 소리야. 구원이 있는지 없는지 니가 어떻게 알아?"

자경은 얼토당토않게 주제넘은 소리를 하는 재숙의 말이 하도 어처구니가 없어서 한마디 하지 않을 수 없었다. 그동안 재숙이가 해왔던 소위 전도질의 행태가 도가 좀 지나치다는 생각은 하고 있었지만 이렇게까지 오만한 생각을 품고 있는 줄은 정말 몰랐다.

"그건 니가 우리 교회에 나와보면 알게 돼."

자경은 순간 대꾸할 말을 잃었다. 아니, 더 이상 말을 섞고 싶지 않았다. 어차피 종교 관련 논쟁은 철로의 레일과 같은 거라는 것을 경험에 의해 체득하고 있었던 까닭이다. 하지만 생각과는 달리 입은 저절로 움직이고 있었다.

"니네 교회는 뭐가 다른데? 억지소리가 오만의 극치네."

자경은 왈칵, 화가 치밀어 짜증스럽게 말했다.

"야들아, 고마해라. 목구멍으로 들어간 밥이 다시 튀어나올라 칸다."

분위기가 이상하게 돌아간다 싶었는지 경미가 슬그머니 끼어들었다. 경미 말의 영향인지 재숙은 더 이상 자경의 말에 토를 달진 않았다. 그녀들은 밥을 먹고 난 후 커피를 마시기 위해 옆의 휴게실로 자리를 옮겼다.

"너, 교회라고 다 같은 교회가 아니다. 중요한 건, 성경대로 제대로 믿는 거야."

재숙은 커피를 몇 모금 들이키더니 자신과 대각선 지점에 앉은 자경의 얼굴을 빤히 쳐다보면서 아까 접었던 말을 다시 끄집어냈다. 그 순간 자경의 머리에 뚜껑이 열렸다. 사실 자경은 이런 식의 대화는 생산적이기보다 소모적으로 끝날 가능성이 높다는 것을 이미 알고 있었다. 그런데도 자경 자신의 성격 탓이었을까. 그냥 못들은 척 넘기자니 목구멍에 가시가 낀 것 같은 느낌이 계속 드는 것이었다.

몇 년 전만 해도 재숙은 석가탄신일에만 절에 나가던 친구였다. 그리고 그녀가 지금 말하고 있는 종교단체에 나간 건 이제 겨우 2년 남짓밖에 안 된 걸로 알고 있다. 그런 그녀가 수십 년을 한결같이 신앙생활을 하고 있으면서 교회 집사의 직분까지 맡고 있는 미연을 두고 저런 소리를 지껄이고 있는 것이다. 또 어디 그뿐인가. 미연은 목사가 되겠다고 신학을 공부하는 아들까지 두고 있잖은가 말이다.

"도대체 성경대로 믿는다는 게 뭐야?"

자경이 물었다.

"말 그대로지."

재숙이 심드렁하게 말했다.

"좋아. 그럼 이왕 말 나온 김에 한번 따져보자. 교회 다니는 사람들 치고 성경에 기초해서 믿음생활 안 하는 사람이 어디 있겠냐? 그 모든 사람들이 니네 교회 안 다니면 다 구원을 못 받는다는 얘기야?"

"그렇지. 우리 목사님은 예수님의 대언자야. 말씀을 직접 받아서 해석하는 거라 일반 다른 교회에서 하는 거랑 차원이 달라. 한 치의 어긋남이 없다고 보면 돼."

재숙은 자신이 내뱉는 소리가 도대체 말이 되는 소린지 안 되는 소린지 분별력이 없어보였다. 그런데도 물 만난 고기처럼 한 치의 물러섬이 없이 자경에 맞서 떠들어댔다.

이쯤 되자 자경의 머릿속에서 빨간 불이 켜졌다. 이제 그만 입을 닫으라는 경고 메시지였다. 어차피 말 섞어봐야 감정의 골만 깊어질 뿐 아무런 실익이 없다는 의미였다. 하지만 자경의 입은 머리가 주는 경고 신호를 무시하고 브레이크가 아니라 엑셀을 더 세게 밟는 거였다.

"나는, 성경대로 믿는다고 강하게 주장하는 사람일수록 오히려 '우물 안 개구리' 꼴이 되기 십상이라고 생각해. 성경은 어차피 번역본이야. 번역의 과정에서 가감은 불가피한 거 아니겠어. 그리고 봐. 개신교만 해도 얼마나 다양한 종파가 있는지. 같은 하느님을 믿고, 같은 예수님을 섬기면서 왜 그렇게 갈라졌을까? 그건 성경을 해석하는 차이에서 비롯된 거 아니겠어. 그러니까 사실 성경 해석은 '성경대로'라기보다 다 자기들 나름대로 해석한 결과라고 보면 돼. 또 성경을 읽는다는 것도 어차피 각자의 지적 능력이나 영적인 성숙도, 문제의식 등에 의해서 달라질 수밖에 없어. 그러니까 성경 해석이 절대적이라는 것은 일종의 무지요 만용이라고 보면 돼. 우물 안 개구리는 그저 우물 속이 단 줄 알겠지. 그리고 설령 우물 밖의 다른 개구리가 와서 밖에 더 넓은 다른 세상이 있더라고 아무리 말해줘도 믿지 않아. 아예 귀 막고 듣지도 않는 거지. 오로지 자신이 보는 것만 정확하고, 제 생각만 옳다는 주장을 굽히지 않는 거야. 나는 신앙생활 하는 사람들 중에 우물 안 개구리 같은 사람이 많다고 봐, 그리고 그게 우물 안 개구리의 한계지 뭐야….″

"오호! 자경이 너, 오늘 말빨 서는데….″

자경이 속사포처럼 말을 내뱉자 경미가 농담조로 말을 던졌다. 재숙은 얼굴을 잔뜩 찡그려서 죽을상을 하고 있었지만, 어쩐 일인지 더 이상 대꾸 없이 그냥 듣고 있었다. 자경은 이왕 말 나온 김에 그동안 애써 참았던 말도 털어놓자 싶었다.

"그리고 니가 너희 교회에서 하는 가르침을 옳다고 믿고 신앙생활을 열심히 하는 것까지는 좋아. 하지만 너, 이미 다른 종교단체에 속해서 신앙생활을 열심히 하고 있는 친구들한테까지 자꾸 니 신앙을 전파, 아니 주입하려는 것은 좀 심한 거 아냐?″

"그거야 잘못 믿고 있으니까 안타까워서 그렇지.″

재숙이 말했다.

"그, 잘잘못을 도대체 누가 판단하는데? 사실 너도 너희 교회 나간 후부터 그리 생각하는 거잖아. 너희 목사의 가르침을 절대시하면서. 게다가 이미 다른 종교단체에 몸담고 있는 우리한테까지 너가 자꾸 이런 식으로 너의 종교를 들이대는 것은, 너가 다니는 교회가 우리가 몸담고 있는 교회보다 더 우월하다는 것을 은연 중에 주장하는 거랑 뭐가 달라. 너가 믿는 것은 맞고 남이 믿는 것은 다 틀리다는 생각, 그것이 잘못된 생각 아닐까? 우린 그냥 다른 거야. 여기서 옳고 그름은 존재하지 않아. 자기 것만 옳고 남의 것은 틀렸다는 발상. 그런 생각 때문에 사람들은 죄의식 없이 무수한 죄를 저질러온 거지. 특히 종교집단은 더 그랬지. 그건 역사가 말해주고 있잖아. 그리고 난, 그 무슨 종교를 믿든 간에 참된 신앙인의 첫걸음은 '타인에 대한 배려'라고 생각해. 니가 친구들을 배려한다면 그러면 안 되는 거 아냐."

"너, 참, 말 잘하네. 나는 너처럼 현란하게 말은 못해. 하지만 너가 뭐라 하든 내 믿음에 대한 확신만은 조금도 흔들림 없이 견고해."

"그래. 나도 니가 잘못 믿는다고 말하고 싶은 게 아니야. 니가 옳다고 생각되면 그렇게 믿으면 돼. 내가 말하고 싶은 것은, 니가 '성경대로'라며 주장하는 니 믿음이라는 것도 사실은 타인에게 들이댈 '보편적인 당위'가 아니라 단지 '너의 신념'일 뿐이라는 거야."

자경은 마치 브레이크가 고장나 질주하는 자동차처럼 쏘아붙였다.

재숙은 약간 고개를 수그린 채 남은 커피를 홀짝이며 더 이상 아무 말도 하지 않았다. 경미가 자경을 향해 왼쪽 눈을 살짝 찡긋했다. 자경은 자신도 모르게 흥분해 술술 내뱉은 말이 듣기에 따라 재숙에게는 잘난 척으로 들릴 수도 있겠다는 생각이 퍼뜩 들었다.

"재숙아, 나도 모르게 내가 또 흥분했네. 이런 내 성격 너도 좀 알잖아. 니가 미연이와 정우(미연 아들)를 불쌍하다고 하니까 그만…. 그리고 너도 알다시피 미연이 개, 학교 때부터 지금까지 신앙생활에 얼마나 열심이었냐, 안 그래?"

"우리, 미연이 얼굴 잠깐 보고 그만 집에 가자.

눈치 빠른 경미가 또 슬쩍 끼어들었다. 그날은 그렇게 넘어갔다. 하지만 재숙은 그 후로도 가끔 제 교회 행사와 관련된 정보를 문자나 카톡으로 여전히 날렸다.

미연은 저녁 늦게 전화를 해왔다.

"아까 재숙이 전화 와서 너, 이사 간다고 하더라. 원주로 간다며?"

자경의 말에 미연은 잠시 아무 말이 없었다. 자경은 다시 말을 덧붙였다.

"나이 들어 주말부부도 괜찮은데… 신랑하고 떨어져 지내기가 싫은가보네."

"사실은 나, 이사 안 가. 재숙이한테는 이사 갈 거라고 말했지만."

미연은 차분히 가라앉은 목소리로 조금씩 뜸을 들이듯이 말했다.

"그랬구나. 나는 재숙이가 너, 이사 가기 전에 만나서 밥 함께 먹자고 해서…."

"나, 그럴 생각 없어. 내가 이사 간다고 말한 것도 걔가 우리 집에 온다고 해서 그렇게 말했어. 나는 걔, 다시 만나고 싶지 않거든. 같이 밥 먹을 생각도 없고. 혹시나 재숙이 너에게 연락 오면 그냥 내가 이사 가는 걸로 해줘."

미연의 음성은 나직했지만 단호했다. 미연의 말을 듣고 있자니 자경은 씁쓸했다. 누구의 잘못인가를 저울질해보기 전에 30년이 넘는 우정이 이리 물거품 같은 것이었나 싶은 게 헛헛했다.

하기야 종교의 이름으로, 신앙의 명분으로 빚어지는 부조리하고 불합리한 것이 세상에 어디 한둘이겠는가. 자경이 생각해보니 '전도'는 참 다양한 모습으로 행해지고 있었다. 교회마다 차를 이용해서 타

지역에 있는 사람들까지 실어나르는 것은 예사였다. 대형 교회일수록 더 그런 것 같았다. 왜 안 그렇겠는가. 신神의 명분을 내세우기는 해도 그들도 역시 모두 자본주의 시대를 살고 있으니.

자경의 뇌리에 불현듯 인상적인, 아니, 좀 납득하기 어려운 전도 장면이 기억났다. 언젠가 길을 걷고 있을 때였다. 그녀보다 몇 발짝 앞서 걷는 여자가 있었다. 하얀 마분지를 왼쪽 겨드랑이에 끼고서. 그 여자의 걸음걸이가 약간 휘청거렸다. 불안해보일 정도로 힘이 너무 없어 보였기에 자경은 자신도 모르게 따라 발걸음을 늦추었다. 그러면서 저 여자, 종일 굶었을까 하는 생각을 하고 있었다. 바로 그때였다. 앞서가던 여자가 뒤를 돌아 자경을 보았다. 여자는 마치 산송장처럼 아무런 표정이 없었다. 자경은 약간 당황했다. 그런데 그 순간 갑자기 여자가 말없이 자신의 겨드랑이에 끼고 있던 접힌 마분지를 빼냈다. 그런 다음 자경을 향해 마분지를 펼쳐 보이는 것이었다. 그 마분지에는 "예수 믿고 천당 가자"라는 글귀가 검은 매직으로 쓰여 있었다. 여자는 5초쯤 그러고 있더니 한마디 말도 없이 무표정한 모습 그대로 돌아서 가는 거였다. 참 특이한 경험이었다.

또 다른 기억도 떠올랐다. 5일마다 서는 장날이었다. 어떤 남자가 하얀 양복에 하얀 챙모자를 눌러쓰고 입에는 하얀 마스크를 하고 있었다. 마스크에는 검은 매직으로 ×(엑스) 표시가 되어 있었다. 그 남자의 손에는 시위할 때 쓰는 피켓이 들려 있었는데, 남자는 그 피켓을 위아래로 좌우로 흔들어댔다. 거기에는 "예수 구원 예수 천당"이라고 붉은 매직으로 쓰여 있었다. 보는 사람을 조금 민망하게 만드는 모습이었다. 사실 그뿐이 아니었다. '전도'는 그밖에도 참 다양한 모습들이 연출되고 있었다.

자경도 한때는 신앙생활에 나름 열심인 적도 있었다. 하지만 언젠가부터 목사의 설교가 하나둘 불편해지기 시작했다. 내용이 상식을 벗어나도 너무 벗어난다는 생각이 들었다. 목사는 마치 헌금을 더 걷기 위한 수단으로 삶에 죄의식을 이식하여 세뇌하는 것 같았다. 그래서일까. 교회만 다녀오면 신앙으로 행복해지는 것이 아니라 뭔지 모르게 우울했다. 자주 자신이 죄인이라는 생각에 시달리는 거였다. 그래서였을까. 그 즈음 그녀는 죄의식으로 죄인이 되는 양상이 되어, 자주 참회라는 이름으로, 딱히 '죄'라고 할 만한 것이 없었으면서도 스스로를 물어뜯는 짐승으로 전락해 자신의 영혼을 들볶으며 고문했었다. 물론 모든 목회자가 다 그렇지는 않을 것이고, 모든 신도가 다 그렇게 느끼지는 않을 것이다. 대부분의 종교지도자는 선한 영향력으로 신도들을 이끌려고 노력할 것이고, 신도들도 나름 자신에게 도움이 되니까 신앙생활을 할 것이다. 사실 자경도 자신을 무신론자라고 생각하지는 않았다. 다만 현재, 조직화된 종교단체에 몸담고 싶지 않을 뿐이었다.

어쨌든 그렇게 미연과 통화를 끝낸 자경은 골이 지끈지끈거렸다. 생각해보니 그 문제는 이미 그녀가 손 쓸 수 있는 단계가 아니었다. 얄궂게 얽힌 매듭 같은 감정을 억지로 풀어낼 수도 없었다. 까닥 잘못하다간 공연히 긁어 부스럼 만들거나 더 골만 깊게 패일 가능성도 있었다. 안타깝지만 어쩔 수 없는 노릇이었다. 게다가 시간이 흘러 그녀들이 다시 만난다 해도 어쩌면 예전과 같은 우정을 회복하기는 어려울지도 모른다. 그런 생각으로 골머리를 앓고 있는데 휴대폰이 진동했다. 액정을 보니 경미였다. 왜 전화했는지 짐작이 가서 잠깐 망설이다가 받았다.

"자경아, 내다."

"넌 줄 알아."

"아, 그렇지! 저녁 먹었어?"

"그럼. 지금 시간이 몇 신데…. 9시가 넘었잖아."

"아, 벌써 시간이 그렇게나 됐구나. 지금 통화해도 돼?"

"응. 해도 돼."

자경이 통화해도 된다는 말이 끝났는데도 경미는 용건을 선뜻 말하지 않고 잠시 머뭇거리는 듯했다.

"무슨 일 있어? 설마 나, 저녁 먹었는지 확인하려고 전화한 건 아닐 테고."

자경이 독촉하듯 말했다.

"일은 무슨… 너, 혹시 재숙이 전화 받았어?"

"응. 왜?"

"아까 재숙이 전화 와서 미연이 이사 가기 전에 함께 밥 먹자고 하기에…. 너한테도 전화했구나!"

"응."

자경은 짧게 대답했다. 그러자 경미가 말했다.

"재숙이 전화 받고 미연이한테 곧장 전화했는데 안 받더라. 미연이 정말 이사 가는 거 맞아?"

재숙에게는 이사 가는 걸로 해달라던 미연의 말이 머리에 떠올라 자경은 일순 멈칫했지만, 어차피 곧 알게 될 일이라는 생각이 들었다.

"미연이, 이사 안 가."

"진짜! 그러면, 재숙이 말은 도대체 어떻게 된 거야?"

평소 눈치 빠른 경미인데도 그 상황은 선뜻 이해가 안 되는지 호기심 가득한 음성으로 물었다.

"말하자면 길어. 간단하게 말하면, 미연이가 재숙이 만나기 싫어서 거짓말한 거야."

자경이 거기까지 말하자 눈치 빠른 경미답게 잽싸게 말을 받았다.

"내 이럴 줄 알았다. 재숙이 년, '성경대로'라며 설쳐댈 때부터 일낼 줄 알았다. 마치 저 혼자 신을 독차지하고 있는 양 꼴값을 떨더니⋯."

평소의 경미답지 않게 흥분해서 입에 잘 올리지 않는 '년'이라는 욕설까지 거침없이 내뱉으며 재숙을 씹었다. 약간 과장되게 목소리를 높여 재숙을 나무라고 있는 경미의 말을 듣고 있으니 방금 전까지도 파도처럼 출렁대던 그녀의 마음이 웬일인지 차분히 가라앉았다.

"진정해라, 경미야. 니가 믿는 하느님은 재숙이가 독차지 못했을 거야."

자경은 경미의 기분을 가볍게 어루만지듯 말했다.

"그렇겠지?"

눈치 빠르고 분위기 잘 맞추는 경미답게 금방 말투가 달라져 있었다. 그런 경미의 목소리를 듣자 자경은 자기도 모르게 긴장이 풀어져

83

서 평소의 자기 생각을 경미에게 쏟아내기 시작했다.

"당연하지! 너도 생각해봐. 신이 인간의 말이나 생각 혹은 그 어떤 이론에 갇혀 있을 그런 존재일 리가 없잖아? 사실 내가 생각하기에 신은 완전한 존재이기에, 아니, 존재 자체를 뛰어넘는 초월 그 자체이기에, 굳이 인간의 찬양이나 감사, 사랑 같은 것을 필요로 할 것 같지 않아. 인간이 어떤 이유에서든 필요에 의해 신앙을 갖는 것이지. 어쨌든 나는, 하느님은 인간이 염원하는 방식이 아니라 인간이 결코 알 수 없는 방식으로 온 우주에 질서를 부여한다고 봐. 또 반드시 그래야 될 것 같지 않아?"

"하, 오늘 또, 자경이 말빨 서는데….'"

경미는 자경의 말에 긍정도 부정도 아닌 말로 가볍게 응수했다. 그런 다음 진지하고 사려 깊은 목소리로 덧붙였다.

"나는 날라리 신자라 그런 건, 잘 몰라. 예수님이 '서로 사랑하라'고 하신 말밖에는….'"

다만 시절인연을 따라

다만 시절인연을 따라

여태껏 Y는 초점 없는 시선으로 우두커니 앉아 망설이고 있다. 까닭 없이 식탁의 모서리만 문지르면서. 어제도 그제도 망설임의 끈을 과감히 놓지 못하고 오락가락했다. 어쩌면 보름 전, 그것을 건네받은 직후부터 한심하도록 무익하게 씨름해왔는지도 모르겠다.

예식 시간이 몇 시였지? 하는 생각이 불현듯 뇌리를 스쳤다. 갈까 말까에만 온통 신경의 날을 세웠던 탓에 정작 장소와 시간은 관심 밖으로 한참 밀려나 있었다.

Y는 한동안 멍하니 앞을 주시하다 허깨비처럼 일어났다. 그리곤 부엌 모서리에 놓인 책장 쪽으로 비척비척 걸어갔다. 책들이 듬성듬성 꽂혀 있는 낡은 책장 위를 손가락으로 몇 번 더듬었다. 청첩장이 손안에 잡혔다. 아이보리 바탕색에 입체적으로 도드라져 있는 은은한 핑크빛 장미 두 송이. 고상하고 우아해보였다. Y는 윗니로 아랫입술을 지그시 눌렀다. 뭔지 모르게 막 삶은 머위 잎을 씹고 있는 기분이 들었다.

여자가 그것을 놓고 돌아간 직후에 Y는 마치 바퀴벌레를 건네받은 느낌이었다. 그래서일까. 딱히 이거다, 라고 규정짓기 모호한 혐오와 경멸에 얼마간 진저리쳤다. 그런데도 Y는 그것을 찢어버리지는 않았다. 스스로는 인정하고 싶지 않지만 어쩌면 Y 안의 복잡한 감정들이 그 행위를 보류시켜 두었는지도 모르겠다. 이 청첩장은 여자가 Y 집에 세 번째 방문한 날 놓고 간 것이다.

Y의 헝클어진 머릿속으로 맨 처음 여자의 전화를 받은 날이 어렴풋이 파고들었다.

오전 9시를 조금 넘긴 시간이었다. 등원시간에 쫓겨 허겁지겁 두 아이를 챙겨 어린이집 차에 태워 보내고 집안에 막 들어섰을 때였다. 휴대폰이 자신의 존재감을 알렸다.

당신은 사랑 받기 위해 태어난 사람/ 당신의 삶 속에서 그 사랑 받고 있지요/ 당신은 사랑 받기 위해 태어난 사람/ 당신의 삶 속에서 그 사람 받고 있지요….

모르는 번호였다. Y는 귀찮아서 받지 않았다. 그런데 금방 끊어질 줄 알았던 신호는 마치 상대와 기싸움이라도 하듯, 몇 번이고 끊김과 이어짐을 반복하며 질긴 고무처럼 늘어졌다. Y는 짜증스런 기분을 지그시 억누르고 휴대폰을 귀에 갖다댔다.

"혹시, 거기가, 유인애 집 아닌가요?"

그 순간 휴대폰이 Y 손에서 스르륵 미끄러져 바닥으로 떨어졌다. Y는 무의식적으로 화들짝 놀라며 폰을 집어 다시 귀에 갖다댔다. 상대 목소리가 약간 멈칫했다. 전화를 받는 Y의 반응 때문인 것 같았다.

유인애. Y의 이름이다. Y는 타인의 입에서 가볍게 듣는 자신의 이름이 왠지 낯설게 느껴졌다.

"맞긴 한데. 누구신지…?"

Y는 말꼬리를 흐렸다.

"너, 인애구나. 나, 모르겠어? 정희."

여자의 목소리는 금방 마개를 딴 사이다 같다.

상대의 지나친 반가움에 Y는 조금 당혹스러웠다.

"정희?"

Y는 기억이 가물가물한 듯 대꾸했다.

"왜에, 있잖아. 예전에 너네 건너 집에 살던….''

여자의 목소리가 한 옥타브 높아졌다. 여자는 Y의 목소리에 가볍게 실린 짜증을 읽어내지 못한 것 같았다.

"어, 그래. 근데, 내 폰 번호는 어떻게 알고?"

"아, 그거. 며칠 전에 식당에서 너네 사촌 언니를 만났어. 그때 물어봤지."

여자는 이어서 덧붙였다.

"너, 오늘 점심 때 바빠?"

최근에 발병한 특이한 편두통 탓일까. 여자가 묻는 의도를 미처 생각할 겨를이 없다.

"아니. 왜?"

Y의 말이 입술에서 채 떨어지기도 전에 여자는 Y의 말을 잽싸게 낚아챘다.

"그럼 오늘 점심 때, 너네 집에 차 한 잔 마시러 갈게, 괜찮지?"

Y는 이러지도 저러지도 못해 순간 난감했다. 거절을 해야겠는데

순간 무슨 말로 둘러대야 할지 생각이 나질 않았다. 휴대폰을 잡고 있던 왼손에 힘이 빠져나가는 게 느껴졌다. Y는 고개를 들어 창밖을 멀거니 바라봤다. 베란다로 나가는 유리문에 햇살이 오글거리고 있었다. 그 위를 미세한 먼지들이 마치 징그러운 세균같이 촘촘히 날고 있었다. Y는 베란다로 나가 오른손으로 먼지를 움켜잡았다. 손바닥을 펴봤다. 아무것도 남아 있지 않다. 엄연히 존재하면서도 잡히지 않는 것들이다.

"우리 집이 어딘지는 알고 있어?"

"그래. 알아."

시르죽은 Y의 목소리를 여자는 알아채지 못했다.

여자는 사촌언니를 통해 Y가 어디에 사는지도 이미 알아낸 모양이었다. 여자는 자신의 시댁이 Y가 사는 아파트를 거쳐 지나간다고 했다. 오늘 시댁에 볼일이 있는데 자신의 집에서 조금 일찍 나와서 Y 집에 들렀다가 시댁에 가면 된다고 했다. Y는 실미지근하게 말했다.

"열한 시라고? 그래. 이따봐."

11시 20분 19초, 20초…. Y는 벽에 걸린 시계를 물끄러미 쳐다보았다. 빨간 초침이 Y의 시신경을 움켜쥔 채 돌고 있다. 11시에 오겠다던 여자는 아직 오지 않고 있었다. Y는 기다릴 마음이 전혀 없는 대상을 하릴없이 기다리는 자신의 꼴이 한심했다. 눈알이 따갑고 뻑뻑했다. 거울로 가서 눈을 들여다보았다. 가뭄에 잘게 갈라진 논두렁처럼 흰자에 핏줄이 퍼져 있었다. 어쩌면 여자의 전화가 Y에게는 교통사고와 비슷한지도 모르겠다. 현재 Y는 누군가를 상대해줄 마음의 여유가 없었다. 게다가 Y와 여자 사이에는 20여 년 간의 공백이 놓여 있다. 물리적 거리만이 아니라 공통 화제도 없었다. 무엇보다 Y는 이미 오래 전에 끊어진 인연을 새삼스레 다시 만나 새롭게 잇고 싶지 않았다. 피로가 급격하게 밀려왔다.

생각해보니 두 해 전인가 여자를 우연히 한번 마주친 적이 있긴 했다. 목감기가 하도 오래 가서 집 근처 병원을 두고도 일부러 잘한다고 알려진 먼 거리의 이비인후과까지 갔었다. 치료를 마치고 병원을 막 나설 때였다. 입구에서 신생아를 업은 여자와 정면으로 맞닥뜨렸다. 얼핏 어디선가 낯이 익다 생각하며 스쳐지니려는 찰나였다. 갑자기 여자가 저기, 하면서 먼저 아는 척을 했다. Y는 모른 척 지나칠 수 없었다.

"아, 오랜만이네."

Y는 그렇게 말해놓고 보니 더 이상 할 말이 없었다. 어색함을 면하려고 시선을 등에 업은 아기에게 던지며 물었다.

"업고 있는 아기는 누구니?"

"내 아들."

뭔지 모르게 애착이 느껴지는 여자의 말투로 보아 농담이 아닌 것 같았다. 그 말을 듣는 순간, 뜻밖에도 Y는 뒤통수를 한 대 얻어맞은 느낌을 받았다. 그리고 그 짧은 순간에 뇌리를 스치는 생각이 있었다. 오래 전 친정에서 들었던 이야기. 여자는 결혼 한 지 10년이 넘어도 아기가 없다고 했다. 그래서였을까. 여자와 아기를 한데 엮어 생각은 못했다. 처녀 때 여자는 지나친 비만 탓인지는 몰라도 있어야 할 생리가 없다고 했다. 물론 그런 기억도 작용했지만, 사실 그보다는 여자가 아기를 낳기에는 좀 많은 나이였다. 여자는 Y보다 한 살 많았던 걸로 알고 있었다. 그러니까 여자의 나이는 마흔넷이었다.

딩동, 초인종이 울렸다. Y는 마지못해 느릿느릿 걸어가 문을 열었다. 여자는 꽉 끼는 주황색 재킷에 헐렁한 청색 바지를 입고 있었다. 왼쪽 어깨에는 큼지막한 쥐색 가방이 매달려 있었다. 그 뒤에는 서넛 살로 보이는, 호기심과 장난기가 가득 찬 사내아이가 새까만 눈알을 굴리면서 서 있었다. Y는 친근한 미소를 지으며 아이의 손을 잡으려고 했다. 그러자 아이는 Y의 팔을 탁, 뿌리치고 얼른 여자 뒤로 숨었다.

여자와 아이가 집안으로 들어섰다. 여자는 들어서자마자 가방도 내려놓지 않은 채 집안 내부를 샅샅이 둘러보았다. 마치 새로 이사할 집 보러온 사람처럼.

"아파트가 생각보다 넓네. 구조도 잘 빠지고."

Y는 대꾸할 말이 마땅찮아 겸연쩍게 웃으며 말했다.

"뭐 마실래?"

"커피 있으면 줘."

여자는 거실 소파에 앉으며 말했다.

Y는 커피 두 잔과 함께 딸기를 접시에 담아 내왔다.

아이는 옆에 포크가 있는데도 그것은 사용하지 않았다. 접시에 담긴 딸기를 손으로 집어 한입씩만 베어먹고는 내려놓고, 또 다른 것을 집어 한입씩만 베어먹고 내려놓고, 그러기를 반복했다. 여자가 아이에게 그러지 말라고 주의를 주었다. 그래도 아이는 배시시 웃으며 재밌는지 그 짓을 계속했다.

"우리 얘는 남의 집에만 가면 이런다."

여자는 Y 보기가 민망하다는 표정을 지으며 말했다.

"얘들이 다 그렇지, 뭐."

Y는 뭐 아무래도 상관없다는 듯 덤덤하게 말했다.

그때였다. 민망한 표정을 짓던 여자의 눈빛이 약간 의뭉스러운 눈빛으로 변했다. 여자는 Y의 눈치를 살피듯이 쳐다보며 커피를 마셨다. 그러다가 불현듯 뭔가가 생각난 듯이 참, 이란 단어를 서두에 갖다붙이면서 말을 시작했다.

"참, 너, 주영이 알지?"

"주영이?"

Y는 주영이가 누군지 생각났지만, 글쎄, 하는 표정으로 머릿속으로는 천천히 숫자를 세기 시작했다. 하나, 둘, 셋, 넷, 다섯. 그런 다음 애매하게 고개를 갸우뚱해보였다. 그러자 여자는 거만한 우월감과 상대를 약간 얕보는 듯한 미소를 묘하게 지으며 "잘 생각해 봐. 감나무 집 딸" 하고 덧붙였다. 주영이. 그녀와 비슷한 처지의 아이였다. 입양되었다가 양부모 폭행으로 파양되었던 아이. 그 아이는 그 어떤 사람보다 Y의 기억에 오래 남은 아이였다. 그런 아이를 어떻게 잊을 수 있었겠는가. 하지만 Y는 전혀 기억이 나지 않는다고 시치미를 뗐

다. 그러는 게 좋은 수 같았다. 그러자 여자는 더 이상 주영이와 관련된 이야기는 하지 않았다. 그 대신 그들의 유년시절 이야기들을 밑도 끝도 없이 풀어내기 시작했다. Y는 무표정한 얼굴로 여자의 얼굴을 넌지시 바라보았다. 파운데이션을 덧칠해 바른 듯한 여자의 얼굴은 가무잡잡한 피부에 비해 유난히 밝아보였다. 두껍고 진하게 문신한 눈썹. 옆으로 찢어진 눈, 오밀조밀하게 내려앉은 코, 입술 선을 유난히 부각시켜 바른 여자의 립스틱. 그런 여자의 입술이 쉴 새 없이 움직이고 있었다. Y는 순간 여자의 혀를 뽑고 싶은 충동이 일었다.

Y는 할 수만 있다면 그 시절을 모두 삭제하고 싶었다. 그러나 Y의 바람과는 역으로 상처의 기억들은 벽을 타고 기어오르는 담쟁이넝쿨처럼 끈끈한 액을 뿜어내며 심장에 징그럽게 다닥다닥 달라붙었다. 그 휑뎅그렁하고 황량한 시절을 건너내고 Y는 남편을 만나 결혼을 하고 아이들을 낳았다. 그렇게 그 시절은 죄다 극복됐다고 생각했다. 그런데 지금 여자가 그 시절을 다시 복원시키고 있었다.

Y는 티브이 리모컨을 찾아 전원 버튼을 눌렀다가 다시 껐다. Y는 그제야 문득 깨달았다. 여자가 뜬금없이 전화를 걸어왔을 때 Y 안의 뭔가가 그토록 예민하게 반응했던 이유를. Y는 여자에 대해 아는 게 전혀 없다는 듯이 말했다.

"무슨 애를 이제야 낳았냐? 진작 안 낳고."

커피 잔과 아이한테 번갈아두던 여자의 시선이 Y한테 쏠렸다. 여자의 굵고 짧은 목에 누른 금목걸이가 치렁거렸다. 여자는 뭔가 끄집어내기 쑥스러운 애기를 시작하려는 사람 같은 표정을 지었다.

"나는 오랫동안 내가 애 못 낳는 줄 알았다. 전남편과는 15년을 살았는데 애가 안 생기더라."

"함께 병원에 가보기는 했고?"

"내게 문제가 있어 애가 안 생긴다고 생각해서인지 굳이 병원까지 가서 확인하고 싶지는 않더라."

"병원에서 검사도 안 받았는데 뭘 근거로 너한테 문제가 있다고 생각한 건데?"

Y는 약간 어이없다는 표정을 지었다. 그러자 여자는 변명하듯 말했다.

"결혼 초에 애가 안 생겨서 남편보고 병원에 함께 가보자고 했지. 그랬더니 남편이 나한테 그러더라. 자기는 임신시킨 경험이 두 번이나 있다고. 나는 그 말을 곧이곧대로 믿었어. 사실 내가 자주 생리가 들쑥날쑥 했거든. 비만 때문인지 몰라도. 그래서 그냥 나한테 문제가 있을 거라고 여겼어. 그게 내 약점이라 남편의 술버릇도 참아주고 시집에도 더 잘하려고 노력했어. 그뿐인지 아니? 남편이 막낸데도 중풍에 걸린 시어머니를 돌아가실 때까지 내가 7년씩이나 모셨어. 대소변까지 받아내면서 말이야."

이미 지난 일이지만 아이에 관한 한, 그때도 그랬지만 현재도 여자는 진실이 뭔지 모르는 모양이었다. 또 굳이 그런 뜨거운 감자를 만져서 손 데고 싶지도 않은 것 같았다. 여자의 전남편이 전략상 미리 여자에게 선수를 쳤는지, 아니면 정말로 누군가에게 임신시켜서 유산을 시켰는지, 그 일과 털끝만큼도 상관없는 Y가 그 진실이 갑자기 궁금해졌다.

여자는 옆에 앉은 아이를 눈에 넣어도 안 아플 듯 쳐다보다 말했다.

"실은 나, 재혼했어. 얘는 전남편의 애가 아니야."

"그렇구나. 그런데 전남편과는 왜 헤어졌어?"

Y는 알고 싶지도 않으면서 물었다.

"그 사람도 술을 많이 마셔서 그렇지. 나쁜 사람은 아닌데…. 그나저나 네 남편은 어때? 가정적이야? 네게 잘해줘?"

기습적인 질문이었다.

"뭐, 그런 대로…."

Y는 대충 얼버무렸다.

여자는 말꼬리를 살짝 내리며 눈길을 베란다로 옮기며 말했다.

"너, 내가 경험에서 하는 말인데, 남자라는 족속, 별로 믿을 거 못된다."

Y는 대꾸 없이 가만히 듣고 있었다. 그때 딸기를 가지고 장난을 치던 아이가 그 짓도 싫증이 났는지 내버려두고 엄마에게 매달렸다. 여자는 Y가 가져다준 티슈로 아이의 손과 입에 발갛게 물든 딸기의 흔적을 닦아냈다. 그리고 나서 여자는 자신의 가방에서 장난감 로봇을 꺼내 아이에게 건넸다. 아이는 금방 그곳에 정신을 빼앗긴다.

"그럼, 지금 남편은 언제 만났는데?"

Y가 물었다.

여자는 조금 망설이는가 싶더니 "다 지난 일인데 뭐 어때서"라고 혼잣말을 하더니 말을 쏟아내기 시작했다.

"지금 남편은 전남편과 함께 살 때 만났어. 중학교 때 친구 만나러 나갔는데 그 자리에 지금 남편이 나와 있더라. 친구가 지금 남편을 자기 시숙이라고 소개를 했어. 한참 같이 얘기를 나누다보니 그 사람 노총각인데다 나이가 나하고 동갑이었어. 솔직히 말하면, 그 사람 얼굴은 좀 아니거든. 게다가 나이답지 않게 수줍음을 많이 타더라. 어쩌면 그 점이 내게 호기심을 부추겼는지도 모르겠어. 그날 이후 그쪽에서 자꾸 내게 전화를 하기에…. 처음부터 그럴 생각은 아니었는데 여러 번 자주 만나다보니 정이 들어 여관까지 가게 되었고, 뭐….."

여기서 여자는 말을 잠깐 멈추었다. 더 말을 할까 말까 망설이는 눈치였다. Y는 약간 토할 것 같은 기분이 들었다. Y는 기분을 애써 누르며 말했다.

"차 한 잔 더 마실래?"

"차는 놔두고 그냥 시원한 찬물이나 한 잔 주라."

Y는 허깨비처럼 움직여서 여자에게 물을 가져다주었고, 물을 받아든 여자는 갈증에 시달린 사람 마냥 단숨에 마셨다. 물을 마신 여자는 뭔가가 불현듯 생각난 듯이 시계를 쳐다보며 말했다.

"어머, 시간이 벌써 이렇게 됐네. 이젠 그만 가봐야겠다. 시간 나면 언제 우리 집에도 한번 놀러와라. 그리고 참, 볼펜과 메모지 있으면 줘봐라."

그날 여자는 그 정도 선에서 잡스런 얘기를 Y의 귀에다 풀어놓고 돌아갔다. 아들의 손을 야무지게 잡고 총총 돌아가는 여자를 배웅하고 난 뒤 Y는 여자가 건네준 여자의 연락처를 잘게 찢어서 휴지통에 처박았다.

　남편은 근래에 옷을 갈아입기 위해 잠시 들르는 것 외엔 거의 집에 들어오지 않았다. 가끔 들어와서도 Y와 눈도 마주치지 않았다. Y는 남편이 익숙하지 못한 타인처럼 어색하고 거북했다. 어쩌면 그들은 피차 서로에게 낯설어가는 이상야릇한 과정을 거치고 있는 중인지도 몰랐다.

　"우리 사이에 이혼 말고 다른 방법은 없어."

　어쩌다 들어온 남편이 Y에게 내뱉은 말이었다. 그 말이 지닌 온도가 너무 낮아서 Y의 가슴에 고드름이 맺혔다. 그래도 Y는 어떻게든 가정을 지키고 싶었다. 그래서 최대한 품위를 잃지 않고 악착같이 버티며 끝끝내 이혼해주지 않을 작정이었다. 그런 Y의 눈빛에서 어리석은 희망을 읽은 걸까. 남편은 Y의 처절한 눈길을 무심하게 받아내며 덧붙였다.

　"아직도 내 말이 이해 안 돼? 그 여자는 내가 여태껏 생각해왔던 내 이상형이야. 절대 놓치고 싶지 않아."

　남편의 어투는 더 어찌해볼 수 없을 만큼 낯설고 냉혹했다. 그날의 남편은 그때껏 Y가 알았던 사람이 아니었다. Y는 증오감으로 널뛰기하는 자신의 감정을 지그시 억눌렀다. 남편이 현관문을 쾅, 닫고 나가는 소리가 들렸다. Y는 쓴맛이 강한 커피를 진하게 한 잔 내렸다. 그리고는 소파에 앉아 편안한 자세로 담담하게 천천히 마셨다.

　불현듯 오래된 기억 하나에 불이 켜졌다.

"언니, 내겐 삼 일이 삼십 년 같아."

남편의 외도로 마음고생이 심했던 후배였다. 삼 일이 삼십 년 같다고 읊조리던 후배는 지금 어떻게 살고 있을까.

Y는 얼마 전에 구입한 시디를 오디오에 넣었다. 한 곡만 구간 반복으로 고정시켜둔 채, 두 팔을 깍지 끼고 눈을 감았다.

리스트 ● 6개의 콘솔레이션(위로) 중 제3번

한번, 두 번, 세 번… 연주가 반복된다. 피아노 선율은 그 무엇보다 애잔하게 Y를 위로하고 다독였다. 네 맘을 내가 다 안다고, 괜찮다고, 다 괜찮다고. 잘 될 테니 염려말라고. 어떻게도 할 수 없다고 해서 절대 미쳐서는 안 된다고. 고독은 인생의 영원한 후렴이라고.

진동으로 해둔 휴대폰이 신호를 보내왔다. 여자였다. 어쩔까 잠시 갈등하다 받았다. 이번에는 시어른 생신이란다.

"어차피 시댁에 가는 길인데, 너네 집에 들러 차 한잔 하고 갈까 하는데, 괜찮지?"

여자가 다시 전화할 거라는 생각은 전혀 못했다. 여자가 첫 번째 방문한 날, 둘 사이의 분위기로 봐서 여자가 아주 예민한 안테나의 소유자가 아니었다 해도 두 번째 방문을 감행하지는 않을 거라고 생각했다. 그러나 여자는 Y의 예상을 가볍게 뒤엎었다. 자신의 현재 삶자체가 자신의 기대와는 다르게 흘러가고 있는 터라, Y는 '될 대로 되겠지' 하는 심리가 되어 여자의 방문을 수락하고 말았다. 여자는 한 시간 뒤에 들르겠다고 했다.

이번엔 여자 혼자였다.

"아이는 어쩌고?"

Y가 물었다.

"어린이집에 갔어. 우리 집에도 한번 놀러오지."

Y가 내온 커피를 마시면서 여자가 못내 서운한 듯이 말했다.

"다음에 가면 되지."

Y의 입에서 한번도 생각해본 적 없는 말이 불쑥 튀어나왔다.

"참, 내가 저번에 어디까지 얘기했었지?"

여자는 커피잔을 내려놓으며 문득 생각난 듯이 참, 이라는 단어에 유달리 힘을 실어 말했다. 여자의 말을 들었을 때 Y의 머릿속에는 그날의 여자의 마지막 말이 떠올랐다.

'정이 들어 여관까지 갔다.'

누군가 '사랑과 증오가 동전의 양면 같다'고 하더니만 좋아하는 것과 싫어하는 것도 동전의 양면일까. 그토록 역겨운 감정이었으면서 그 말은 어떻게 그렇게 쉽게 머리에 입력되었을까. Y는 머리에 떠오른 기억을 애써 외면했다. 대신 침묵의 어색함을 깨기 위해 화제를 돌렸다.

"그나저나 전남편과는 왜 헤어졌어?"

잠깐 망설이는가 싶더니 여자가 말했다.

"나는 나 땜에 아이가 안 생긴다고 생각했어. 그래서 그동안 쥐 죽은 듯이 살았고. 그런데 지금 남편과 자고 나서 내가 임신한 사실을 알게 된 거지. 그래서 남편에게 아무 말도 안 하고 가출했어. 통장에 든 돈 약간하고 내 옷만 챙겨갖고. 내가 집 나온 지 몇 달 뒤부터는 친정 언니가 나서서 이혼을 추진했어. 술 때문에 내가 못 살겠다 하는데 차라리 이참에 이혼을 하라고 언니가 전남편을 부추겼지. 내 배가 불러오기 전에 하루라도 빨리 이혼을 마무리 짓고 싶었거든. 어쨌든 엄청 서둘렀다."

"그래도 그렇지. 그만한 일로 그렇게 순순히 이혼해주는 남자가 어딨냐?"

Y는 못 믿겠다는 듯이 냉소적으로 말했다.

"그거야 내가 머리를 좀 썼지."

여자는 제 전략의 결과에 만족해서일까. 어투가 지나치리 만큼 당당했다. 표정은 철판을 족히 수십 장은 덧댄 듯 단단해보였다.

"술 때문에 도저히 못살겠다. 15년 넘게 함께 살면서 장만한 아파트는 남편에게 주겠다. 통장에 들어 있는 돈도 필요 없다. 그저 빈 몸으로 나갈 테니 그냥 이혼만 해달라, 그랬지. 그렇게 제안하니 남편도 더 이상 까탈잡지 않고 이혼을 해줬어. 이혼에 자기 책임도 좀 있다면서. 그리고 위자료도 좀 챙겨주더라."

여자에겐 단순한 놀이처럼 쉬운 처세술이 Y한테는 고난도 퍼즐처럼 난해하게 느껴졌다. 그래서일까. Y의 머리가 욱신거리기 시작했다. 여자는 말을 이었다.

"지금 남편과 결혼한 후 얼마 지나지 않아서 전남편한테서 전화가 걸려왔어. 지난 일이라 하는 말인데, 하면서 그 사람이 그러더라. 사실은 나와 이혼할 당시에 그 사람한테도 이미 다른 여자가 있었다고. '묻지마 관광'이라는 곳에서 만난 여자였는데 아이가 하나 있는 이혼녀라고 했어. 나와 헤어지고 나서 전남편도 곧 '묻지마 관광'과 재혼을 했대. 나는 요즈음도 지금 남편 몰래 전남편과 가끔 전화도 주고받고 만나기도 해. 그 사람은 내가 자기 때문에 아이를 못 가진 게 미안하다면서 우리 아이한테 장난감과 옷을 사주기도 해."

여자는 그 모든 게 정말 별일 아니라는 듯, 깃털처럼 가볍게 말했다. 여자가 돌아가고 난 후 Y는 모래를 씹고 있는 듯한 이물스러움에 오래도록 시달렸다.

남편이 이혼 서류를 가져와 디밀었다. Y는 이혼 후의 삶에 대해 한 번도 생각해본 적이 없었다. 성격이 곧 운명이라더니, 야무지게 치밀하지도 독하지도 못하고 대책 없이 물러터진 자기 자신이 싫어서 Y는 견딜 수가 없었다.

여자가 Y의 집에 세 번째 방문한 날은 채 5분도 머물지 않았다. 늘 그랬듯이 그날도 뜬금없이 전화해서 시댁에 제사가 있어서 가는 길이라고 했다. 초인종 소리를 듣고 Y가 현관문을 열자 여자는 다급한 일이라도 있는 듯이 집안에 들어왔다. 그리곤 겸연쩍은 듯한 표정으로 곧장 뭔가를 Y 손에 건네주었다. 그러면서 덧붙였다.

"그냥, 부담 갖지 말고 놀러삼아 온나."

Y는 그 순간 또 한번 뒤통수를 얻어맞은 충격을 받았다. 여자가 Y의 집에 들를 때마다 여자의 전남편과 현재 남편을 번갈아가며 들먹여 Y를 남감하게 했지만, 여자의 결혼식 유무에 관해서는 백 리 밖이었다. 아예 생각 자체가 없었으니 말이다. Y가 일순 약간 놀란 눈으로 여자를 쳐다보자 여자는 허둥대듯 말했다.

"오늘은 좀 많이 바빠서 그만 가야겠다."

오고 안 오고는 Y 문제라는 듯이 여자는 청첩장을 선 채로 들이밀고는 바로 돌아갔다. 생각해보니 여자의 첫 번째 결혼식에 Y가 간 것도 아니고 여자 또한 Y 결혼식에 온 것 같지는 않았다.

Y는 청첩장에서 장소와 시간을 다시 확인했다. 예식장은 집에서 승용차로 40여 분쯤 가면 도착할 수 있는 거리에 있었다. 결혼식 시간을 보니 점심을 생략해도 되는 오후 세 시로 잡혀 있었다. 한 시간의 여유를 두고 Y는 집을 나섰다. 바람 한 점 없는 화창한 날씨였다. 차가 막혀서 40여 분이면 도착할 거리를 한 시간 가량 걸려 도착했다.

예식장 입구에 세워진 입간판을 보니 여자의 예식홀은 2층이었다. Y는 축의금 봉투를 들고 신부 측 방명록을 적고 있는 사람에게 다가가다 거의 반사적으로 돌아섰다. 여자의 남동생을 본 탓이었다. Y는 갑자기 쓴 커피가 마시고 싶어졌다. 자판기를 찾았다. 자판기는 우측 모서리에 있었다. 잠시 망설이다 가방에서 동전을 꺼냈다. Y는 블랙커피 버튼을 누르려다 황급히 설탕커피를 눌렀다. Y는 몇 모금 마신 후 신랑 측 하객이 서 있는 곳 뒤쪽에 가 섰다. 신랑이 초혼이어서 그런지 신부 쪽에 온 하객은 한산한 데 비해 신랑측 하객은 꽤나 붐볐다. 신부측에는 약간 낯이 익은 사람들이 간간히 눈에 띄었다.

주례사의 말이 길어졌다.

"… 부부 연은 억겁의 인연입니다. 크게 보면 필연이지요. 매 순간 순간 서로를 진실하게 아껴주고…."

다소 비현실적이게, 그래서 약간 코믹해보이는 주례사의 말이 어딘가 Y의 귀에 익었다. Y가 지난해 겨울 사찰을 찾았을 때였다. Y의 상황을 잘 아는 스님이 말했었다.

"… 인연은 크게 보면 필연이지만, 가까이서 보면 우연으로 작용하는 겁니다. 그러니 보살님, 다만 시절인연을 따라 사세요. 가는 사람 잡지 말고 오는 사람 막지 말고…. 부디 스스로를 중히 여기세요."

Y는 신랑과 신부의 퇴장식이 끝나고 사회자의 사진 촬영 멘트가 나올 무렵 슬그머니 그곳을 빠져 나왔다. 초혼이었던 Y의 결혼식보다도 좀 더 화려하고 붐비던 여자의 재혼 결혼식 광경, 낯설고 씁쓸했다. 그런데 Y는 왜 여자의 결혼식에 참석한 걸까? 여자에게 빚진 게 있는 것도 아니고, 또 구태여 오고 싶었던 것도 아니었으면서 말이다.

방심은 금물

방심은 금물

승주가 골다공증 검사를 위해 처음 병원을 찾은 것은 폐경 후 이 년쯤 되는 시점이었다. 뭐 특별히 골절을 당했다거나 그런 것은 아니었다. 순전히 조금 일찍 찾아온 폐경에 대한 노파심 때문이었다.

그녀는 여느 때처럼 TV 채널을 이리저리 돌리다가 건강 프로에 시선을 고정했다. 주제가 '골다공증'이었기 때문이다. 강사는 정형외과 의사였다. 의사는 갱년기 여성의 경우 여성호르몬의 감소로 인해 골밀도가 급격히 낮아지기 때문에 반드시 골다공증 검사를 받아보는 게 좋다고 했다. 특히 폐경 첫 5년간이 매우 중요하며, 그녀처럼 야윈 체격의 사람은 더 취약하다고 했다. 뭐 처음 듣는 정보는 아니었다. 그러나 그날따라 유난히 내용이 그녀의 귀에 쏙쏙 꽂혔다. 현재 자신의 상태와 무관하지 않아서 그랬을 것이다.

승주에게 갱년기 증상이 나타나기 시작한 것은 마흔다섯부터였다. 어느 날 그냥 아무런 까닭 없이 얼굴에 열이 올랐다가 내리기를 장마철의 변덕스런 날씨처럼 반복하더니 약간의 불면증까지 동반했다. 게다가 얼마 지나지 않아서 생리까지 들쑥날쑥 하더니 마침내 다음해에 끊겨버렸다. 지속될 때는 성가신 의무처럼 가끔 귀찮기도 하던 생리가 정작 끊어지고 보니 마치 자신이 유통기한이 끝난 물건이 된 것 마냥 일시적으로 허전한 마음이 들기도 했다.

그 건강 프로는 그녀가 지난 달에 본 TV 속 장면과 겹쳐지며 그녀의 마음을 움직였다. 그곳에는 노부부가 등장했는데, 대퇴골 골절로 몇 년째 자리보전을 하고 있는 아내를 헌신적으로 돌보는 남편 이야기였다. 부부는 70대 후반이었다. 할머니가 거동을 못하고 자리에만 누워 있었기 때문에 대소변을 받아내야 하는 상황이었지만 할아버지는 할머니를 마음과 정성을 다해 보살피고 있었다. 사연인즉 할머니는 6년 전, 집 계단 입구에서 발을 헛디뎌 주저앉게 되었는데 그만 대퇴골 골절이 되고 말았다는 거였다.

 승주는 그 프로를 보면서 그 당시 참 딱하고 안 됐다는 생각은 했지만 그 일이 자신의 일이 될 수도 있다는 생각은 못했다. 그저 연세가 있으니 뼈가 약해졌나보다 하는 정도로 가볍게 여겼다. 그런데 골다공증과 관련된 건강 프로를 시청하고 나자 그게 아니었다. 폐경 이후 골밀도를 관리하느냐 안 하느냐에 따라 남의 일이 아니라 자신의 일이 될 수도 있다는 생각이 든 것이다.

 TV 속 의사는 폐경에 따른 여성호르몬의 변화로 골밀도가 감소되는 것도 있지만, 일상생활 속에서 골밀도를 감소시키는 요인들도 꽤 많다고 했다. 그 예로 지나친 음주, 흡연, 지나친 나트륨 섭취, 과다한 카페인을 들었다. 승주는 자신이 흡연도 안 했고, 술도 거의 마시지 않았고, 음식도 싱겁게 먹는 편이었으니 그다지 문제될 것이 없구나 싶었다. 다만 약간 신경 쓰이는 것이 있다면 커피의 카페인뿐이었다. 의사는 말했다. 카페인은 인체에 칼슘 흡수를 방해하기도 하고 뼈 속의 칼슘을 소량씩 빼가기도 한다고. 시청 시간대가 여성을 겨냥

해서일까. 의사는 갱년기 여성의 경우에는 카페인에 특히 주의를 기울여야 한다고 강조했다.

승주는 근래에 하루에 두세 잔 정도의 원두커피를 마시고 있었다. 많이 마실 때는 서너 잔 마실 때도 있었다. 몸에 좋다는 차가 집에 없는 것은 아니었다. 많다. 하지만 그 어떤 차보다 커피에 대한 욕망이 컸다. 사람을 만날 때도 어김없이 커피를 마셨다. 그리고 이제껏 그것을 별 문제로 여긴 적도 없었다. 그런데 그 건강 프로는 승주에게 은근히 무시할 수 없는 불안과 두려움을 안겨주었다. 대퇴골이 골절되어 자리보전하고 있던 할머니와 함께 오버랩 되면서.

뭐니뭐니 해도 생명 있는 것들을 가장 빨리 행동할 수 있게 하는 힘은 두려움이나 불안일 것이다. 그것은 생존을 위한 파충류의 뇌의 작용이니까. 승주도 파충류의 뇌에서 완전히 자유롭지 못했기에 다음날 집 근처 정형외과를 찾았다. 차례가 되어 진찰실로 들어갔다. 의사는 40대 중후반으로 짐작되었다. 그 의사에게 진료를 받는 게 처음은 아니었다. 몇 년 전 발목 골절로 치료를 받은 적이 있었다. 그때 받은 느낌도 그랬지만 그 의사의 말투는 좀 무뚝뚝했다. 무엇보다 기분이 언짢았던 것은 그녀가 자신의 증상에 대해 묻는 질문에 의사는 한두 마디만 듣더니 말을 끊어버리고 자신의 말을 하는 점이었다. 마치 환자의 얘기는 안 들어봐도 무슨 내용인지 다 안다는 듯이. 그래서였을까. 그 순간 승주의 뇌리에는 언젠가 읽은 샤르트르의 책『구토』의 몇 문장(의사들, 신부들, 법관들, 그리고 장교들은 경험의 직업인들로서 그들은 마치 그들이 인간을 만들기나 한 것처럼 인간을 알고 있으며, 그들은 사람을 어떻게 다루어야 할지 알고 있다. 그들은 이 사람 저 사람을 상대해본 것만으로 나머지 사람들도 다 그렇다고 단정해버린 사람들인지도 모른다)이 어렴풋이 맴돌았다.

의사는 승주를 흘긋 보고 나서 책상에 놓인 컴퓨터 화면을 바라보며 자판을 몇 번 두드렸다. 그러고 나서 잠시 뜸을 들이더니 앉아 있던 회전의자를 돌려 그녀에게 물었다.

"골다공증 검사를 하신다고?"

"네."

"아직 생리합니까?"

"아뇨. 폐경된 지 1년쯤 됐습니다."

"그럼 일단 검사부터 하고…."

의사는 이제 더는 얘기할 뜻이 없다는 몸짓으로 옆에 서 있던 간호사에게 눈짓을 보냈다. 간호사가 "절 따라 오세요" 하면서 진료실 밖으로 나갔다. 승주는 따라나갔다. 간호사는 말했다.

"2층에 가면 골다공증 검사실이 있어요. 거기 가서 검사하고 다시 오세요. 거기에 담당자가 있어요."

검사실에는 젊은 남자가 있었다. 승주는 남자의 지시에 따라 검사용 가운으로 갈아입고 검사 테이블에 반듯하게 누웠다. 남자는 움직이지 말라고 지시했다. 그녀가 누워 있는 위에서 기계가 왔다갔다를 반복하더니 검사는 5분 정도 만에 끝났다. 다시 1층으로 내려갔다. 다시 7분 정도 기다리니 그녀의 이름이 호명되었다. 진찰실로 들어갔다. 여전히 컴퓨터 모니터를 쳐다보며 자판을 두드리던 의사는 그녀 쪽을 쳐다보지도 않고 말했다.

"아직 괜찮네요. 약 안 먹어도 되겠어요."

의사의 말투는 여전히 무뚝뚝했다. 병원에 오기 전에 그녀는 내심 걱정했었다. 그동안 줄기차게 커피를 마셔온 데다 뼈 건강에 좋다는 음식을 신경써서 챙겨먹은 적이 없었기 때문이었다.

승주가 물었다.

"제가 커피를 좀 즐겨 마시는 편인데 괜찮을까요? 카페인이 뼈에 안 좋다던데…."

"한두 잔 정도는 괜찮아요. 마시고 싶은데 못 마시는 것도 스트레스니까."

"아, 다행이네요. 좀 걱정했는데. 선생님, 특별히 신경써야 되는 건 없나요?"

"그냥 평소대로 생활하면 됩니다. 잘 먹고 운동하고. 2년 뒤에 다시 검사해봅시다."

의사의 무뚝뚝한 말투를 들으며 자신의 집에서도 저럴까 궁금했다. 전문가들에 의하면 어떤 부류의 사람들은 밖에서의 모습과 집안에서의 모습이 완전히 딴판이기도 하다던데. 어쨌든 "괜찮다"는 말은 승주에게 자신이 좋아하는 생크림 케이크처럼 달콤하게 들렸다.

승주는 간호사가 건네주는 골다공증 검사결과지를 받아들고 집에 왔다. 결과지에는 평소 익숙하지 않은, 암호 같은 영어와 숫자로 적혀 있어서 무슨 뜻인지 잘 알 수 없었다. 뭐 어쨌거나 괜찮다니 상관

없었다. 서류보관함에 넣어두었다. 그리고는 그 의사의 말대로 평소 하던 대로 살았다. 평소대로 잘 먹고 마시면서. 의사의 말을 간과한 게 있었다면 거의 운동하지 않았다는 정도.

3년 후.

승주는 불현듯 골다공증 검사를 다시 해봐야되겠다는 생각을 했다. 또 TV 건강 프로에서 하는 골다공증과 관련한 내용을 시청한 까닭이다. TV 속 의사는 3년 전의 의사와는 다른 의사였지만, 전 의사와 마찬가지로 폐경 후 5년 이내에 골밀도가 급격히 감소한다는 말을 강조했다. 3년 전 그녀가 골다공증 검사를 한 정형외과 의사는 그때 그녀에게 골다공증 검사 후 "괜찮다"며 2년 뒤에 다시 검사를 해보자는 말을 했었다. 하지만 그녀는 2년 후 병원에 가지 않았다. 골다공증 검사는 골다공증으로 진단이 될 경우에는 보험이 적용되지만 골다공증으로 진단이 내려지지 않으면 보험이 적용되지 않기 때문에 검사료가 제법 나왔기 때문이다. 무엇보다 "괜찮다"는 말을 자의적으로 해석한 까닭이다.

이번에도 지난 번에 골다공증 검사를 했던 병원을 찾았다. 그 의사의 무뚝뚝한 말투가 떠올랐지만 "괜찮다"던 말이 불쾌를 상쇄시켰고, 무엇보다 병원이 집 근처여서 편리했기 때문이다. 승주는 첫 번째 검사 때와 비슷한 수순을 밟아 차례를 기다려 다시 진료실로 들어가서 환자용 의자에 앉았다. 컴퓨터 모니터를 쳐다보며 자판을 두드리던 의사는 혼잣말을 하듯 말했다.

"왜 이리 많이 나빠졌지. 약을 먹어야겠네."

승주는 약간 긴장했다. 의사가 '조금' 나빠졌다고 해도 신경이 쓰일 판인데 '많이' 나빠졌다니. 그녀는 순간 가슴이 철렁 내려앉는 듯했다.

"선생님이 그냥 평소대로 생활하면 된다고 하셨는데…."

승주는 말끝을 흐렸다. 잠시 후 자신의 회전의자를 승주 쪽으로 돌린 의사는 그녀를 쳐다보며 말했다.

"그땐 나이가 아직 젊어서 좀 더 두고봐도 되겠다고 생각했지요. 골다공증약, 두 달치 처방해줄 테니 드시고 두 달 뒤에 다시 봅시다."

의사는 대수롭지 않게 말했다. 그녀도 가타부타 토를 달지 않았다. 많이 나빠졌다던 방금 전의 말과는 대조적으로 깃털처럼 가볍게 말했기에 그녀 자신도 일순 덤덤해졌다.

승주는 여느 때와 비슷하게 3분여 만의 짧은 진료를 마치고 진료실을 나와 처방전과 골다공증 검사결과지를 받아들고 약국으로 갔다. 처방전을 받아든 약사는 약을 승주에게 건네며 용법을 설명했다.

"이 약은 한 달에 한번 먹는 약입니다. 날짜를 정해두고 매달 같은 날 아침에 공복 상태에서 충분한 물과 함께 드세요. 또 먹고 나서는 30분 이상 자리에 눕거나 엎드리면 안 됩니다. 똑바른 자세로 앉아 있거나 서 있어야 합니다. 그래야 약이 제자리에 자리를 잡습니다."

그녀는 약사가 시키는 대로 했다. 두 달 뒤에 다시 병원에 가서 또 처방전을 받았고, 약국에 가서 약을 받았다. 그리고 또 약사가 설명해준 대로 한 달에 한번 날짜와 시간을 맞춰 약을 복용했다. 그게 다였다.

그런데 네 번째 약을 복용한 날 저녁이었다. 저녁밥을 먹고 나서 우유를 한 잔 마시려다가 뜬금없이 '골다공증 진단의 기준은 뭐지?' 하는 생각이 머리를 쳤다. 그동안은 의식하지 못하고 있었다. 병원에서 검사결과지를 받았지만 무슨 내용인지는 잘 모른 상태로 그냥 보관함에 넣어두기만 했다. 정형외과 의사도 TV 속 의사도 그 내용은 설명해주지 않았다. 그것이 전문영역이라고 생각해서일까. 아니면 짧은 진료시간에 그것까지 설명해줄 시간적 여유도 마음의 여유도 없었기 때문일까.

승주는 갑자기 검사결과지의 내용이 알고 싶어졌다. 잠시 생각했다. 휴대폰으로 인터넷을 검색했다. '골다공증'이란 키워드를 적자 그와 관련된 내용이 주르륵 떴다. 네이버 지식백과를 읽어보았다. 골다공증에 관한 전반적인 것이 이해하기 쉽게 아주 상세하게 설명이 되어 있었다. 골다공증에 대한 개념, 진단, 위험요인, 골밀도 측정 방법, 예방과 치료법 등에 대해서. 그것 외에도 인터넷 속의 관련 글은 많았다. 승주는 그동안 왜 스스로 알아볼 생각을 못했을까 하고 자책했다.

그녀는 자신의 골다공증 검사결과지들을 보관함에서 꺼냈다. 다행히 그녀는 중요하다고 여기거나 의미 있다고 생각되는 물건이나 자료를 쉽게 내버리지 않는 성격의 소유자였다. 승주는 인터넷에서 상세하고 친절하게 설명해둔 것을 토대로 천천히 읽으면서 자신의 두 결과지를 살펴보았다. 이전까지는 마치 해독하기 어려운 암호처럼 여겨지던 것이 서서히 눈에 들어왔다. 결과지를 읽어내자 승주는 하도 어처구니가 없고 기가 막혀서 화조차 제대로 내지 못할 정도였다. 그와 동시에 경악과 충격의 도가니였다. 어이없었던 것은 첫 번째 결과지의 수치 때문이었고, 경악은 두 번째 결과지의 수치 때문이었다.

첫 번째 결과지에 나타난 수치는, 정형외과 의사의 말처럼 "그냥 평소대로" 생활해서 되는 수치가 아니었다. 매우 적극적으로 골밀도에 신경을 써야 되는 수치였다. 왜냐하면 골감소증이 심각하게 진행되어서 골다공증 직전 상태였기 때문이다. 심지어 몇 개는 골다공증으로 진단 내려야 되는 수치였다. 그런데도 의사는 승주에게 골다공증에 대한 경각심을 주기는커녕 아주 대수롭지 않게 "그냥 평소대로" 생활하면 된다고 했던 것이다.

골다공증은 T-scores(티 수치)로 진단을 하게 되어 있었다. 검사를 해서 골밀도가 -1 이상인 경우에 정상으로 진단을 하고, -1 ~ -2.5 사이로 나오면 골감소가 진행되고 있는 것으로 보고, -2.5 이하로 측정이 나오면 골다공증으로 진단을 내려 먹는 약이나 주사 처방전을 내는 것이었다.

그런데 승주가 받아든 첫 번째 검사결과지의 요추 평균 수치는 -2.7, 대퇴골 부위 평균 수치는 -2.5였다. 결과지를 읽어낸 승주는 "아직 괜찮네요"라며 자신에게 안도감을 주었던 의사의 말이 얼마나 무책임했는지 알게 되었다.

경악과 충격을 안겨준 두 번째 결과지는 그녀의 골량이 50~60%

밖에 안 남았음을 보여주고 있었다. 요추 부분의 평균 수치를 살펴보니 -4.1였다. 대퇴골 부위도 -3.9로 별 다르지 않았다. 한마디로 뼈에 구멍이 숭숭 나서 골절에 매우 취약한 상태에 있었다. 또 알고 보니 그런 뼈 상태는 병약한 노인의 뼈 상태와 다를 바 없었다. 승주는 몹시 두려웠다. 언젠가 시청했던 TV 속의 할머니의 일이 남의 일이 아니라 바로 자신의 일이 될 수 있다는 걸 깨달았다. 그녀는 정형외과 의사에게 부아가 치밀어 견딜 수가 없었다. 이 모든 결과가 순전히 그 의사의 잘못이기라도 되는 듯이.

뭔가를 펼쳐놓고 보다가 혼자 흥분해서 분통을 터뜨리며 중얼거리는 승주를 옆에서 지켜보고 있던 남편이 참견을 했다.

"뭘 갖고 그래?"

"골다공증 검사한 것 살펴보는 중이에요. 아, 근데 진짜 짜증나네."

"왜?"

"내가 3년 전에 이미 골다공증 검사를 했었거든. 그때 의사는 약도 처방 안 하고 그냥 평소대로 생활하면 된다고 했어. 그런데 지금 결과지를 살펴보니까 그게 아니네. 이미 그때도 골감소가 심각하게 진행된 상태였네. 그러니 짜증나지. 나는 괜찮다는 의사 말만 믿고 말 그대로 그냥 평소대로 생활했는데 이게 뭐야. 요번 결과지를 보니까 골밀도가 거의 병약한 노인의 뼈와 비슷해. 어떡하지? 정말 걱정된다. 정말 화가 나네. 그때 의사가 약도 처방해주고 골밀도 증가에 좀 많이 신경쓰라고 경각심을 줬더라면 이 정도로 심각한 수치가 나오지는 않았을 텐데."

"그걸 왜 의사 탓해? 본인이 관리 잘못해서 그런 걸 갖고."

"아니, 지금, 불난 집에 기름 붓는 거예요? 쌍욕을 해도 시원찮을 판에. 의사가 괜찮다고 하니 괜찮은 줄 알았지. 또 골다공증 검사결과지가 영어와 숫자로만 되어 있어서 공부 안 하면 이해하기 어려웠어."

승주는 공연히 남편에게 짜증의 화살을 쏘아대면서 어떻게 하면 골밀도를 높일 수 있는지 골다공증과 관련된 정보를 다시 살피기 시작했다. 그러던 중 TV 모 프로에 나온 기사를 읽게 되었다. 그곳에는 골절로 인해 골다공증이 심각한 상태에 있던 어떤 중년 여자의 사연이 있었다. 여자는 음식과 운동으로 골다공증을 벗어나 이제는 정상수치에 도달했다고 했다. 그것을 본 승주는 자신도 그 여자처럼 골다공증에서 탈출하겠다고 굳게 다짐했다.

다음날부터 승주는 골다공증에 좋은 음식들을 알아내어 신경써서 챙겨먹기 시작했다. 그리고 그동안 잘 먹지 않았던 우유도 고칼슘 저지방으로 바꿔서 하루에 최소한 두 잔은 꼭꼭 챙겨마셨다. 그리고 그동안 운동하는 것이 귀찮아서 거의 하지 않았는데, 하루에 두 시간씩 빠짐없이 걸었다. 하중이 실리는 운동이 좋다고 해서 걷다가 가볍게 뛰기도 하면서. 그리고 챙겨먹은 적이 없었던 비타민D도 꼭꼭 챙겨먹었다. 그동안 비타민D도 먹지 않으면서 햇볕도 잘 쬐지 않았으니 미약하게나마 먹었던 음식 속의 칼슘이 뼈로 갔을 리가 만무했다. 가끔 햇볕을 쬘 때도 있었지만, 자외선이 피부에 안 좋다는 정보만으로 선크림을 얼굴만 아니라 팔까지 발라서 햇볕이 피부에 스며들 공간을 대부분 차단해버렸던, 어리석음을 범해왔던 것이다.

정형외과 의사는 골다공증약은 처방하면서도 비타민D에 대해선 가타부타 말이 없었다. 그러나 승주가 인터넷을 통해 공부한 바로는 칼슘 흡수에 결정적인 역할을 하는 것이 비타민D였다. 팔을 걷은 채로 20분 정도만 햇빛 속을 걸어도 비타민D 섭취는 충분하다고 했지만 그게 말처럼 매일하기가 쉽지 않았다. 승주는 햇볕을 쬐지 못한 날을 대비해서 약국에 비타민D를 사러갔다. 처음에는 어느 것을 사야 할지 판단이 안 섰다. 비타민D도 수치가 다양했다. 비타민D의 단위는 'IU'를 쓰고 있었다. 약사는 1000IU를 권했다. 그것을 사서 집에 왔다. 집에 와서 인터넷을 검색하니 약사마다 견해가 약간 달랐다. 얼핏 생각해보면 수치가 높은 것이 좋지 않을까 싶은데 공부를 해보니 비타민D 수치가 높다고 다 좋은 것이 아니었다. 비타민D는 지용성이라 몸에 축적되기도 해서 과다한 비타민D 복용은 오히려 인체에 부작용을 초래할 수도 있었다. 비타민D의 혈중농도가 중요한데 평소 면역을 위해서 35mg/ml 이상 유지하기를 권한다고 했다. 하지만 비타민D 보충제나 햇볕을 잘 쬐지 않는 대부분의 한국인의 혈중농도는 15mg/ml 선에서 머물러 있으며 그래서 대부분 비타민D가 부족하다고 했다. 또 사람마다 흡수율도 다르고 먹는 용량과 용법도 다르다고 했다. 고민 끝에 2000IU를 선택하기로 결정하고 승주는 사왔던 1000IU를 들고 약국에 가서 교환을 했다.

승주는 정형외과 의사에 대한 반감 때문에 약 처방전을 받으러 다시 그 병원에 가지 않았다. 대신 승주는 약에 의존하지 않고 오직 칼슘이 풍부한 먹거리와 비타민D 그리고 하중이 실리는 운동으로 골다공증을 개선해보리라 굳게 다짐했다.

그런데 문제는 커피였다. 그녀가 커피를 마셔온 기간은 수십 년도 더 되었다. 고등학교 3학년 무렵 졸음을 쫓기 위해 처음 마시기 시작했던 믹스커피. 별 문제의식 없이 줄기차게 마셔왔다. 마치 매끼 밥을 챙겨먹듯 그렇게. 그러다가 믹스커피가 건강에 해롭다는 정보를 접하고 나서 몇 년 전부터 원두커피를 바꿔 마셔오고 있다.

그동안 그녀가 들어 알고 있는 정보에 의하면, 하루에 두세 잔 정도의 커피는 괜찮다고 했다. 심지어 커피 속에는 나름 유익한 성분도 있기 때문에 오히려 한두 잔을 권하는 전문가도 있었다. 그러나 승주는 전문가들의 의견처럼 커피의 유익한 성분의 혜택을 보자고 커피를 마시는 건 아니었다. 일종의 습관이었다. 아니 중독에 가까웠다. 하루라도 안 마시면 스트레스를 받는 상황이었으니까.

대부분의 중독성 물질이 그렇듯이, 커피, 끊기가 쉽지 않았다. 마셔온 반복된 시간에 의해 몸이 길들여져 있는데 마음먹는다고 금방 해결될 문제는 아닐 것이다. 습관이란 생각이 아니라 감각의 영역이 아니던가. 그녀는 작심삼일을 되풀이하다가 결국에는 디카페인 원두커피를 구입해서 대체용으로 마셨다. 카페인이 든 커피는 아주 간혹 인내심이 바닥을 드러내면 갈등하며 아주 조금 마셨다. 어쨌든 그녀는 정말로 열성을 다해 관리했다.

사람을 가장 빠르고 확실하게 움직이게 하는 것은 뭐니뭐니 해도 두려움과 불안이라더니 역시 그랬다. 대퇴골 골절에 대한 두려움 말이다. 그녀는 1년 뒤에 다른 병원에 가서 검사를 해보리라 마음먹고 최선을 다해 노력했다.

그러던 어느 날이었다. TV를 켜니 가정의학과 의사가 골다공증에 도움이 되는 운동을 추천했다. 그것은 강시처럼 콩콩 뛰는 것이었다. 승주는 옳다구나! 싶었다. 그날부터 그녀는 시간이 날 때마다 콩콩거렸다. 그러기를 한 달쯤 지났을 무렵이었다. 발바닥이 아프기 시작했다. 특히 아침에 자고 일어나서 바닥에 발을 디디면 마치 발바닥이 찢어지는 듯한 통증이 일었다. 그것은 일시적인 증상이 아니었다. 매일 계속되었다. 승주는 자신의 증상과 관련된 내용을 또 인터넷에서 검색했다. 증상이 '족저근막염'과 유사했다. '족저근막염'은 발바닥 근육을 감싸고 있는 막에 염증이 생긴 것을 말하는데, 발바닥이 지속적인 충격을 받으면 염증이 생긴다는 거였다. 승주는 아뿔싸! 싶었다. 가정의학과 의사는 '족저근막염'에 대한 경고는 안 했다. 제기랄! 욕이 자신도 모르게 입에서 튀어나왔다. 의사가 신神이 아니기에 모든 면을 다 통찰해서 말해줄 수 없는데도 의사가 말하는 긍정적인 면만 듣고 거기에 따를 수 있는 부작용에 대해서는 꿈에도 생각 못하고 있었던 것이다. 관련 글을 더 검색했다. 족저근막을 일으키는 원인도 여러 가지였는데, 그녀가 골밀도를 향상시킨다고 콩콩거렸던 강시운동도 그 중의 하나였다. 그나마 다행인 것은 초기인 경우에는 발바닥 스트레칭과 같은 자가치료로도 증상이 많이 호전될 수 있다는 거였다.

몇 달을 꾸준히 아킬레스건과 족저근막 스트레칭을 했다. 시간날 때마다 족욕과 마사지도 해주었다. 금방 좋아지지 않았다. 그러던 중 목욕탕에 갔는데 오래 전에 헬스장에서 운동할 때 알았던 한 중년 여자 지인을 만났다. 당시에 지인은 운동에 매우 열심인 사람이었다. 러닝머신 위에 올라가면 기본 한 시간은 달리는 사람이었다. 그래서인지 몸매도 날씬했다. 탕 속에서 말없이 그냥 있기가 어색해서 인사치레로 물었다.

"요즘도 헬스장 나가세요?"

승주 자신은 헬스장에 안 나간 지 꽤 되었기 때문이다.

"안 나간 지 좀 됐어요."

"아, 네. 예전에 진짜 열심히 운동하시더니….."

"발바닥에 족저근막염이 생겨서 하고 싶어도 못해요. 그래서 목욕탕에 달목욕 끊어서 하잖아요."

일순 승주는 지인의 말에 집중했다.

"그래서 치료는 받고 계세요?"

"한의원에 가서 치료를 받는데도 잘 낫지 않아서 요즘은 '노니'를 먹고 있어요. 그래서 그런지 많이 좋아진 것 같아요."

헬스장 지인은 족저근막염이 '노니'로 인해 좋아졌다고 믿는 눈치였다.

집에 온 승주는 목욕탕에서 만난 지인을 떠올리며 한의원에 한번 가볼까 하는 생각을 잠시 하다가 '노니'를 검색했다. 관련 기사들이 많았다. 여러 효능들이 있었지만 무엇보다 항염 효과가 탁월하다고 했다. 이번에는 부작용을 검색했다. 그것도 좋다고 막 먹어서 될 것은 아니었다. 적절한 용법과 용량이 있었다.

발바닥이 아프니 그동안 기본 1시간, 많이 걸을 때는 2시간씩 걷던 것을 하기가 어려웠다. 다행인 것은 한낮에는 통증이 그다지 심하지 않다는 것이었다. 그래서 30분 정도는 꾸준히 걸었다.

인터넷을 통해 노니 원액 주스를 구입했다. '노니'를 먹은 영향일까. 아니면 꾸준히 스트레칭을 한 덕분일까. 어쨌든 족저근막염 증세가 차츰 없어지기 시작했다.

다시 1년 후.

승주는 골다공증 검사를 다시 해봐야겠다고 생각했다. 골밀도 증가를 위해 그동안 자신이 기울여온 지대한 노력이 얼마나 결실을 맺었는지 얼른 확인해보고 싶었다. 그런 마음 한편에는 혹시나 아직도 개선이 별로 안 되었으면 어떻게 하나 하는 초조함도 있었다. 대신 이번에는 병원을 바꿔서 검사를 해봐야겠다고 생각했다. 검사 받을 병원을 알아보던 중 같은 아파트에 사는 지인이 병원을 소개했다. 지인의 말에 따르면, 그 병원 의사는 매우 친절하고 실력이 좋다는 거였다.

병원은 신경외과와 내과를 함께 운영하는 일종의 연합의원 같은 스타일이었다. 접수대에 있던 간호사가 물었다.

"뭐하시게요?"

"골다공증 검사하려고요."

"그러면 이것 하나 작성해주세요."

받아들고 보니 환자의 기본 정보를 체크하는 문진표였다. 그 병원은 처음 방문한 것이니 당연한 수순이었다. 적고나서 간호사의 지시에 따라 혈압도 쟀다. 빨리 걸어와서 그런지 조금 높게 나왔다. 다시 재보았다. 기준치에 가까운 수치가 나왔다. 간호사에게 두 번째 잰 수치를 말해주었다. 잠시 후 간호사가 손짓으로 병원 복도 끝에 있는 한 장소를 가리켰다. 문 위에 영상촬영실이라고 적혀 있었다.

"저기 가서 골다공증 검사하고 나서 기다리시면 됩니다."

승주는 간호사가 가리킨 방에 들어갔다. 젊은 여 간호사가 있었다. 간호사가 시키는 대로 검사 테이블에 누웠다. 간호사는 움직이지 말고 가만히 있으라고 했다. 검사가 진행되는 그 몇 분 동안 승주의 마음이 이만저만 복잡한 게 아니었다. 제발이지 정말 좋아졌기를 간절히 기도하고 또 기도했다. 교회도 절도 안 다니면서 하느님 부처님 다 들먹였다.

검사를 마치고 나서 원래 있던 자리로 가서 10분 정도 기다리니 내과 입구에 서 있던 간호사가 그녀의 이름을 호명했다. 진료실로 들어가면서 그녀는 의사를 향해 가볍게 목례를 하고 나서 환자용 의자에 앉았다. 무뚝뚝한 정형외과 의사와는 달리 내과 의사는 그녀가 들어서는 순간 그녀를 쳐다보며 온화한 엷은 미소를 띠고 있었다. 지인이 친절하다고 하더니 그것은 의심의 여지가 없어보였다. 컴퓨터 화면과 그녀를 번갈아보던 의사가 그녀 쪽으로 자세를 고쳐 앉았다.

"아직 생리하십니까?"

"아뇨. 폐경 됐어요. 몇 년 전에."

"폐경이 빨리 왔네요."

의사는 짐작된다는 듯 혼잣말처럼 했다. 환자 문진표를 작성할 때 폐경과 관련된 것에 체크를 했는데 의사는 그것을 살펴보지 않은 것 같았다.

"이전에 골다공증 검사는 해보신 적이 있어요?"

"네. 폐경 된 다음 해에."

"지금 골다공증약 복용하고 있어요?"

"아뇨."

"예전에 검사했을 때 의사가 약 처방 안 했어요?"

"아뇨."

승주는 거짓말을 했다. 몇 달 먹고 자발적으로 안 먹었다는 말을 하기 싫어서였다.

"많이 안 좋나요?"

그녀는 골다공증에 대해 아무것도 모르는 듯 물었다.

"그렇게 나쁜 건 아닌데 약을 좀 먹는 게 좋을 것 같네요."

그 내과 의사 역시 골밀도가 어느 정도인지에 대해서 상세 설명은 없었다. 그냥 약을 먹어야 된다는 말만 했을 뿐. 진료실을 나왔다. 간호사가 약 처방전을 주었다. 검사결과지는 주지 않았다. 승주가 물었다.

"검사결과지는 안 주나요?"

"필요하면 아까 검사한 데 가서 달라고 하세요."

그 병원은 결과지를 환자가 원하지 않으면 먼저 자발적으로 주지는 않는 모양이었다. 약 처방전과 검사결과지를 받아들고 병원 계단을 내려오다가 그녀는 자신의 결과지를 살펴보았다. 그 순간 그녀의 입에서는 자신도 모르게 환호가 터져나왔다. 결과지의 수치가 그녀가 기대했던 것보다 훨씬 높게 나와 있었던 것이다. 수치 결과가 골다공증을 완전히 벗어난 상태는 아니었지만 그녀가 처음으로 골밀도 검사를 했을 때 나온 수치와 거의 유사했다. 사실은 그녀가 검색한 인터넷 정보에 의하면 이미 약해진 골밀도는 쉽게 증가하지 않는다고 했기 때문이었다. 또 다시 그녀의 입에서는 "하느님 부처님 감사합니다"가 절로 튀어나왔다. 물론 그 수치는 하느님 부처님이 점지해준 것이 아니라 그동안 그녀 자신이 골밀도 향상을 위해 기울인 지대한 노력의 결과이다. 그녀가 그것을 몰라서 그런 것은 아니었다. 그렇지만 감사했다.

약 처방전은 받았지만 그녀는 약국에 가지 않고 곧장 집으로 왔다. 본래 약은 되도록 안 먹는 게 좋다는 일종의 편견과 거부감이 무의식 중에 있었기 때문이다.

집에 도착하자마자 보관함에 두었던 지난 검사결과지를 꺼내서 함께 살펴보았다. 약에 의존하지 않고 오직 먹거리와 운동만으로 만들어낸 결과에 그녀의 가슴이 뿌듯함으로 충만해졌다. 그런데도 한편 골다공증약을 먹는 게 좋다고 한 내과 의사의 말이 왠지 마음에 걸렸다. 친절하고 온화한 태도가 신뢰감을 주었기 때문일까.

승주는 그동안 약이라면 거의 무의식적으로 기피해왔다. 그래서 지난번 정형외과 의사가 처방해준 골다공증약도 마지못해 먹었다.

상태가 워낙 나쁘다고 했기 때문에. 그때 그녀가 받은 골다공증약은 한 달에 한번, 한 알 복용하는 것이었다. 한 달에 한번 복용하는 약이어서 그랬을까. 승주는 약에 대해 아는 게 전혀 없으면서도 그 약의 효능에 대해 영 미덥지 않게 생각했다. 한 달에 한번 먹는 약이 도대체 얼마나 영향을 미칠까 싶은 마음도 들었고, 지레짐작으로 골다공증약도 고혈압약처럼 치료제가 아니라 일종의 증상완화제 정도로 생각했었다. 시어머니가 고혈압약을 복용하고 있는 중이어서 고혈압약 정보는 이미 알고 있던 터였다.

인터넷에서 골다공증약에 대해 검색해봤다. 골다공증약을 먹으면서도 왜 지난 번엔 알아볼 생각조차 못했을까 자책하면서. 관련 기사들이 주르륵 떴다. 먼저 네이버 지식백과에 실린 글부터 살펴보았다.

골다공증약은 골형성을 촉진하여 뼈의 양을 증가시키거나 골흡수를 억제함으로써 뼈의 양이 감소되는 것을 막는 약물이다. 우리 몸에는 새로운 뼈를 만드는 조골세포와 오래되어 불필요하게 된 뼈조직을 파괴하는 파골세포가 존재한다. 뼈의 양이 증가하고 감소되는 것은 뼈에 존재하는 두 세포의 기능에 의해 좌우되고 있다. 뼈를 만드는 세포의 기능을 '골형성'이라 하고, 뼈를 파괴시키는 세포의 기능을 '골흡수'라고 한다. 의사는 골다공증 검사를 통한 환자의 상태에 따라 골흡수 억제제를 처방하거나 골형성 촉진제를 처방한다. 골흡수 억제제로는 칼슘제제, 비타민D제제, 비스포스포네이트제제, 에스트로겐 효능제/길항제, 에스트로겐제제가 있고, 골형성 촉진제로는 부갑상선호르몬제제인 테라파라타이즈 주사제가 있다.

승주는 식탁으로 가서 자신이 먹는 약의 이름을 살펴보았다. '포사맥스'였다. '포사맥스'를 검색창에 적었다. 관련 글들이 떴다. 이 약은 비스포스포네이트제제로 분류되어 있었다. 다시 '비스포스포네이트'를 검색했다. 관련 기사들이 떴다. 비스포스포네이트는 파골세포의 성숙을 지연시키고 또한 빨리 소멸하게 함으로써 골흡수를 억제하는 약물이었다. 그녀는 다시 '비스포스포네이트의 부작용'이라고 검색창에 적었다. 부작용으로 식도염, 식도궤양, 뼈·근육·관절 통증, 턱뼈 괴사가 눈에 들어왔다. 부작용을 최소화하고 체내 흡수를 높이기 위해서는 반드시 정해진 복용법을 지키는 것이 중요하다고 했다.

부작용 관련 다른 기사를 읽었다. 모 정형외과 교수는 비스포스포네이트 계열의 골다공증약을 장기 복용하면 오히려 고관절 골절 위험을 높일 수 있으니 주의를 요한다고 했다. 치료제가 도리어 고관절 골절 위험을 높인다니 승주의 눈이 휘둥그레졌다. 비스포스포네이트 계열 골다공증약이 고관절 골절의 위험을 높이는 이유는, 뼈를 녹이는 파골세포를 제거해 뼈가 더 녹지 않게 해서 골량을 유지시키는데, 파골세포가 제거된 탓에 미세골절이나 오래된 뼈가 새로운 뼈로 대체되지 못하고 쌓이면서 미세골절이 점점 커져 나중에 골절의 형태로 나타나기 때문이라고 했다. 실제로 골다공증약으로 인한 골절은 복용기간이 증가할수록 발병확률이 증가한다고 적혀 있었다. 충격이었다. 골다공증약을 고혈압약처럼 생각해서 될 일이 아니었다. 흔히 고혈압약은 한번 먹으면 평생 먹는다는 인식이 있고 실제로 많은 사람들이 그렇게 하고 있다. 고혈압을 치료하기 위해선 무엇보다

혈관 개선을 위해 치열하게 노력해야 하는데 그게 말처럼 쉽지 않기 때문이다. 그러나 전문가들은 고혈압약은 평생 먹는다고 해도 부작용은 크지 않다고 했다. 오히려 혈압이 높은데도 약을 먹지 않는 것이 더 위험하고 합병증이 크다고 했다.

그러나 골다공증약은 경우가 좀 달랐다. 생각 없이 무작정 오래 먹어도 되는 약이 아니었다. 고관절 골절의 위험이 도사리고 있으니. 골다공증약을 복용하더라도 생활요법을 반드시 병행해야 조금씩이라도 골다공증을 개선할 수 있었다.

또 다른 글을 읽었다. 한 학회지에 실린 연구에 따르면, 50대 이상 여성의 골다공증 유병률이 40%대로 나타났다고 했다. 문제는, 골다공증 인지율은 여성이 38%인데, 이 중 치료받는 비율이 22%에 지나지 않으며, 약물치료 중단율도 1년 안에 66%로 나타났다고 했다.

골다공증이 무서운 이유는 아주 작은 충격에도 뼈가 쉽게 부러지기 때문이었다. 더욱이 골형성이 잘 안 되기 때문에 부서진 뼈는 다시 붙기 어려웠다. 특히 대퇴골, 고관절, 척추 등 활동에 직접적 영향을 미치는 부분이 골절되면 사망 위험이 높아졌다. 이 중 고관절 골절은 전체 6명 중 1명이 1년 이내 사망할 수 있을 정도로 치명적이었다.

골다공증은 골절이 되기 전에는 전혀 내색을 하지 않는, 침묵의 질병이었다. 마치 70% 이상이 망가지기 전에는 침묵하고 있는 우리 몸속의 몇몇 장기들처럼. 그리고 갱년기 여성에만 국한되는 것도 아니었다. 요즘은 젊은 여성에게도 나타나고 나이든 남성에게도 발생되는 질병이었다.

승주는 휴대폰을 열어 번호가 저장된 친구들 모두에게 "골다공증 검사 한 적 있느냐?"는 문자를 날렸다. 그녀의 뜬금없는 문자에 친구들의 반응은 조금씩 달랐지만 검사 한 사람은 거의 없었다. 검사한 사람조차 자신의 골밀도 수치를 정확히 아는 사람은 거의 없었고, 그냥 한결같이 의사가 괜찮다던데 하는 정도였다. 아는 언니 몇몇에게도 골다공증 관련 문자를 넣었다. 그들 역시 아직 한번도 안 했다는 사람이 많았고, 했다는 사람도 자신의 골밀도 상태를 정확히 알고 있는 사람은 많지 않았다. 의사가 괜찮다고 하면 그런 줄 알고, 골다공증이라고 하면 약을 처방해서 먹거나 주사제를 치방받았다는 정도였다. 어쨌든 승주는 생활요법과 골다공증약을 병행해서 골다공증 개선에 최선을 다했다.

또 다시 1년 후.

승주는 병원을 찾았다. 이전과 마찬가지의 수순을 밟아 골다공증 검사를 마쳤다. 의사 옆 환자용 의자에 앉았다. 결과가 궁금해서 몹시 긴장되었다. 그녀는 모니터를 바라보고 있는 의사의 표정을 뚫어지게 쳐다봤다. 하지만 의사의 표정을 통해 그녀가 읽을 수 있는 것은 아무것도 없었다. 잠시 후 의사가 그녀 쪽으로 앉아 있던 회전의자를 돌렸다. 보일 듯 말 듯한 친절한 미소를 얼굴에 띠고서 의사가 말했다.

"결과가 좋네요. 당분간은 약 끊어봐도 되겠어요."

정말이지 승주는 그 순간 하늘을 날아갈 듯한 기분이었다. 의사는 친절하게 덧붙였다.

"그렇다고 해서 완전히 안심할 수는 없어요. 또 언제든지 나빠질 수 있으니까. 아무튼 이제껏 해오던 대로 하면 됩니다. 관리를 잘 하시네요. 1년 뒤에 다시 검사해봅시다."

진료실을 나온 승주는 골다공증 검사결과지를 받아 챙겼다. 그리고 바로 그 자리에서 살펴보았다. 요추 부위 평균은 -1.0이었고, 대퇴골 부위의 평균 수치는 -0.7이었다. 승주가 공부한 바로는 괜찮은 수치였다. 그 수치는 그녀가 약을 먹으면서 먹거리와 운동을 철저히 병행한 결과였다. 그런데 이제 약을 먹지 않으니 오직 생활요법만으로 골밀도를 관리해야 했다. 약간의 비장함마저 들었다. 일단, 골밀도를 강화시키는 것이 가장 좋은 방법이지만 그게 생각처럼 쉽지 않다. 그러니 무엇보다 골밀도를 약화시키는 요인을 먼저 제거하고 현상유지를 하는 것이 우선일 것이다. 그런 생각을 하자 그녀의 머리에 가장 먼저 떠오른 것은 역시나 커피였다. 커피를 끊어야 한다고 생각하니 조금 우울해졌다. 커피는 그동안 그녀에게 단순한 물질이 아니었다. 그 이상이었다. 오랜 시간 추억을 함께 공유한, 둘도 없는 친구 같은 존재라고나 할까. 어디 그뿐인가. 아침 일찍 내려 마시는 드립 커피 한 잔의 감미로움. 그걸 또 어떻게 포기한단 말인가. 그렇다고 무시하고 계속 마시자니 언젠가, 중독성의 대가를 혹독하고 무정한 청구서로 받게 될 것은 아닐까, 두려웠다.

승주는 집에 돌아와 잠시 맥없이 앉아 있었다. 그런데 이상했다.

끊어야 된다고 생각해서인지 순간 커피가 못 견디게 마시고 싶어졌다. 그녀는 잠시 참고 인터넷을 검색했다. 유튜브도 검색했다. 카페인과 골밀도와의 연관성을 더 살펴보기 위해서. 그런데 이게 웬일인가! 어떤 유튜브 동영상 속의 의사는 하루 한두 잔의 커피는 오히려 갱년기 여성의 골밀도에 도움이 된다고 말하는 게 아닌가. 믿기 어려운 말이었다. 그녀는 다른 정보를 검색했다. 그런데 이번엔 또 약간 다르게 말하는 의사도 있었다. 또 다른 정보를… 또 다른 정보를… 검색했다. 의사들마다 약간씩의 견해 차이가 있었다. 그러니까… 결국에는, 그녀가 선택할 문제였다. 그녀는 하릴없이 고민이 깊어졌다.

재천在天

재천在天

오전 8시 무렵, 은혜는 집 근처 시민생활체육센터에 도착했다. 1층 입구 안내소에서 탈의실 열쇠를 받아들고 3층 탈의실로 갔다. 그녀가 인식하는 한, 그날도 여느 날과 별스레 다른 점은 없었다. 시간대도 컨디션도 비슷했다.

운동기구는 2층과 3층에 있었는데, 2층에는 유산소 운동기구 위주로, 3층에는 근력 운동기구 위주로 배치되어 있었다. 은혜는 탈의실에서 운동복으로 갈아입은 뒤 2층으로 내려갔다.

실내에는 평소보다 운동하는 사람이 많았다. 사람들의 열기로 후끈 달아 있는 실내 공기를 접하자, 은혜는 만원버스에 올라타기가 망설여지는 승객 같은 기분이 들었다. 그래서 선뜻 발을 내딛지 못하고 입구에 서서 실내를 생뚱맞게 쳐다보았다.

입구 정면에 나란히 배치되어 있는 24대의 러닝머신에는 사람들이 거의 다 차 있었다. 오른편에 있는 스트레칭 공간에는 두 명의 젊은 남녀가 있었는데, 여자는 양손으로 남자의 양쪽 발목을 잡은 채 물구나무서기 자세를 취하고 있었고, 남자는 똑바로 선 채 여자의 발목을 잡았다 놓았다 반복하면서 아래로 힘껏 튕겨주고 있었다.

왼편에 니은 자로 배치되어 있는 6대의 좌석 자전거 위에도 두 자리 빼고는 사람들이 모두 앉아 있었다. 남자 둘은 휴대폰을 보면서 천천히 페달을 밟고 있었고, 또 다른 여자 둘은 상체를 앞으로 약간 수그린 채 엉덩이를 치켜들고 수다를 떨면서 열심히 페달을 돌리고 있었다.

평소의 습관대로라면 은혜는 도착하자마자 망설임 없이 스트레칭부터 했다. 그러나 마주잡고 있는 남녀를 보니 마음이 썩 내키지 않았다. 뭐부터 할까 잠시 갈등하다 러닝머신으로 정했다. 러닝머신도 그나마 3번과 5번 자리만 비어 있었다. 은혜는 주저 없이 3번 벨트 위로 올라섰다. 스타트 버튼을 누르고 천천히 걸음을 내딛었다. 바로 그 찰나였다. 갑자기 눈을 뜰 수가 없었다. 창문을 뚫고 들어오는 햇살이 예리한 칼날처럼 은혜의 눈을 찌른 것이다. 은혜는 눈을 질끈 감은 채 반사적으로 급하게 스톱 버튼을 눌렀다. 이제 어떻게 하나 잠시 고민하다 고개를 돌려 5번 자리 쪽을 건너다보았다. 시야에 4번 남자가 들어왔다. 중년으로 보이건만 무척 빠른 속력으로 내달리고 있었다. 꽤 체력이 좋구나, 하는 생각을 하며 은혜는 3번에서 내려왔다. 그런 다음 4번 옆을 스쳐지나 5번 러닝머신으로 향했다. 은혜는 무의식적인 습관처럼 5번 머신 벨트에 한 발을 딛고 올라섰다. 바로 그때였다. 은혜의 몸은 튕겨나갔고, 어딘가에 심하게 부딪친 후 사정없이 나자빠졌다. 일순 의식을 잃었던 것도 같았다. 그러기를 수 초 후, 은혜는 황급히 정신을 챙겼고, 반사적으로 상체를 일으켜 앉았다.

은혜는 얼떨떨해져서 넋 나간 사람마냥 고개를 들어 사람들을 멀거니 쳐다보았다. 몇 사람이 은혜 곁으로 모여들었다. 실내 안의 모든 사람들의 시선이 은혜 쪽을 향하고 있었다. 실내 벽면이 온통 대형 거울이니 그럴 만도 했다. 사람들의 시선이 의식되자 은혜는 그러고 있는 자신의 모습이 몹시 창피했다. 은혜는 입술을 감쳐물고 얼른 일어서려했다. 그런데 마음과 달리 무슨 일인지 팔과 다리가 완전히 풀려 일어설 수가 없었다. 은혜는 고개를 푹 수그린 채 통증이 심한 왼쪽 뒤통수에 손가락을 갖다대보았다. 탁구공 반쪽만 한 혹이 손바닥 안에 잡혔다. 그때 누군가 은혜에게 말했다.

"괜찮아요?"

고개를 드니 근처 슈퍼마켓 여자였다. 괜찮지 않았다. 좀 민망해서 은혜는 대꾸 없이 멋쩍은 표정을 지었다. 은혜는 자기가 올라섰던 5번 쪽을 멍하니 바라보았다. 4번 남자는 여전히 빠른 속력으로 내달리는 중이었다. 은혜는 어찌된 영문인지 감이 잘 오지 않았다.

"나, 어떻게 된 거예요?"

놀람과 염려가 표정에 반반 서린 시선으로 여전히 은혜를 주시하는 슈퍼마켓 여자에게 물었다.

"자기, 옆 벨트에 신발 끝이 닿았나봐. 저 아저씨 마라톤 하는 분이야. 아까 15킬로 속도로 달리고 있었어."

선뜻 납득이 되지 않을 정도로 황당했다.

"근데, 나, 어디 부딪친 거예요?"

"저기, 저, 자전거 뒤쪽 모서리에."

슈퍼마켓 여자는 손가락으로 자전거 꽁무니를 가리켰다. 그런 뒤 덧붙였다.

"자기, 오늘은 운동하지 말고 집에 가서 쉬는 게 좋겠어."

슈퍼마켓 여자의 말을 듣자 은혜는 코끝이 찡해졌다. 은혜는 다시 한번 오른팔에 온 힘을 싣고 일어서기를 시도했다. 가까스로 일어났다. 저도 모르게 눈물이 쏟아질 것 같았다. 은혜는 황급히 탈의실로 가 옷을 갈아입고 그곳을 빠져나왔다. 걱정 탓이었을까. 거리마다 햇살이 해바라기 씨처럼 촘촘히 들어차 있었건만, 은혜는 마치 암흑 동굴에 진입한 양 발밑이 눈에 잘 들어오지 않았다.

집에 오니 회사에서 야근하고 온 남편이 텔레비전을 켜둔 채 소파에서 자고 있었다. 은혜는 정수기에서 물을 뽑아 한 잔 마셨다. 잠결에 인기척을 느낀 건지 남편이 실눈을 뜨고 그녀를 쳐다봤다. 남편과 눈이 마주치자 그녀는 눈물을 글썽거렸다. 남편의 눈이 무슨 일이냐는 듯, 동그랗게 변했다.

"뇌출혈이, 생겼을 것 같아!"

은혜는 왼손을 뒤통수에 갖다대면서 아이처럼 울먹였다. 집으로 오는 내내 틀림없이 뇌출혈이 생겼을 거라 예단한 탓이다. 남편이 화들짝 놀라 자리에 앉았다. 다급하게 물었다.

"대체 무슨 소리고?"

"뒤통수를, 부딪쳤어. 엄청 세게."

급기야 눈물이 은혜의 볼을 타고 내렸다.

"어쩌다가? 어디에 부딪쳤는데?"

남편의 목소리가 약간 격앙됐다. 매사 느긋하기가 태평 그 자체인 사람임에도 아내가 머리를 다쳤다는 말엔 다소 긴장이 된 모양이다.

"헬스장에서 러닝머신에 오르다가 발을 헛디딘 것 같은데, 영문을 잘 모르겠어. 꼭 귀신한테 홀린 것 같아!"

은혜는 다시 울먹이며 말했다.

"그래? 그러면 얼른 병원부터 가보자. 머리 부상은 일 초라도 빨리 가야 된다."

남편이 옷을 주섬주섬 입으며 말했다. 은혜는 남편과 함께 집에서 승용차로 20분 거리에 있는 준 종합병원에 도착했다. 신경외과는 2층에 있었다. 2층 접수창구에서 남편이 신경1과에 진료를 신청했다.

"어디가 아프시죠?"

접수를 받는 젊은 간호사가 물었다.

"머리를 다쳐서 사진 찍을 거요."

남편이 대답했다.

"접수됐으니 신경1과 앞에서 기다리세요."

20대 초반의 젊은 간호사는 사무적인 태도로 무표정하게 말했다. 시계를 보니 오전 진료 시작 시간까지는 20분 정도 기다려야 했다. 은혜는 신경1과 바로 앞에 있는 의자에 앉지 않고 홀 가운데 디귿 자로 놓인 기다란 의자에 앉았다. 남편은 긴장한 탓인지 잠시 담배를 태우고 오겠다고 나갔다. 은혜는 뒤통수의 부푼 혹을 살짝 눌러보았다. 극심한 통증이 일었다. 은혜는 불안한 마음을 주체할 수 없었다. 벽에 걸린 시계를 초조한 심정으로 올려다보았다. 초침은 쉬지 않고 움직이고 있었건만 시간은 참으로 더디게 흘러갔다.

2층에는 신경외과 1과와 2과, 정형외과 1과와 2과 그리고 3과가

있었다. 홀에 대기하고 있는 사람은 열 명 남짓이었는데 대부분 중
장년들이었다. 은혜는 걱정과 불안으로 진정되지 않는 심장을 보호
라도 하듯 팔짱을 낀 채 고개를 수그리고 신발코로 애먼 바닥만 훑
었다.

9시가 넘어서자 각 과 간호사들이 진료실에서 나와 홀에 대기하고
있던 환자들 이름을 호명하기 시작했다. 신경1과 간호사가 은혜 이
름을 불렀다. 은혜가 앉아 있던 자리에서 일어섰다. 그 모습을 보고
간호사가 은혜 쪽으로 다가왔다.

"강은혜 씨?"

간호사가 환자를 확인했다.

"네."

은혜가 대답했다.

"머리, MRI 검사하실 거예요?"

간호사가 연이어 물었다.

은혜는 즉답을 못하고 잠시 머뭇거렸다. MRI 검사 비용이 만만찮
다는 걸 미리 알고 있던 터라 MRI 검사 여부는 일단 진료를 받고 난
뒤 결정할 일이라고 생각한 탓이다.

"MRI 찍어봐야 될까요? 머리를 좀 세게 부딪쳤는데."

선뜻 결정을 못 내린 은혜는 도리어 간호사에게 반문했다.

"그거야, 환자분이 알아서 하셔야죠."

당연한 말이었다. 그때 얼마간 자리를 비웠던 남편이 다가왔다.

"MRI 찍는 데는 얼맙니까?"

남편이 간호사에게 물었다.

"50만 원 정도 됩니다."

간호사가 대답했다.

"MRI 말고 다른 검사는 없어요?"

남편이 잇달아 물었다.

"단층촬영 CT도 있어요. 그건 10만 원 내외고."

"CT 찍어도 뇌출혈이 생겼는지 알 수 있습니까?"

은혜가 물었다.

"네. CT로도 뇌출혈이 생겼는지는 알 수 있어요. 세밀한 혈관까지는 못 보지만."

간호사의 말이 끝났을 때 은혜는 남편을 쳐다보았다. 비용이 워낙 비싼 터라 CT만으로도 결과가 진단된다고 하니 남편도 선뜻 결정하지 못하고 순간 주저하는 것 같았다.

"어떡할까?"

은혜가 난감한 표정을 지으며 남편에게 물었다.

"당신은 어떡하고 싶은데?"

남편이 은혜에게 되물었다. 바로 그 찰나였다. 은혜의 뇌리에 한 기억이 번개처럼 스치고 지나갔다.

6개월 전 즈음이었다. 이종사촌언니와 카페에서 만나 커피를 마시던 중이었다. 언니는 무슨 얘기 끝에 자신의 시누이 얘기를 꺼냈다. 시누이가 평소 두통에 자주 시달려서 뇌에 무슨 문제가 있지 않을까 늘 걱정했다. 그래서 작정하고 날을 잡아서 병원에 MRI를 찍으러 갔다. 병원 갈 때 시간적 여유가 있었던 시누이 남편이 동행했다. 병원에 도착하자마자 갑자기 심경에 변화가 생겼는지 시누이는 남편에게도 MRI 검사를 해보라고 종용했다. 처음엔 시누이 남편은 싫다고 했다. 평소 두통도 없는데 뭐하러 비싼 돈 주고 검사하냐는 거였다. 하지만 워낙 아내가 막무가내로 종용하자 못이기는 척하고 검사를 했다. 그런데 결과는 전혀 예상 밖이었다. 평소 두통에 시달렸던 시누이의 뇌는 말짱한데 반해 평소 아무 불편을 못 느꼈던 남편의 뇌에는 문제가 있었다. 게다가 발견 당시 상태가 그다지 좋지 않아 곧장 수술을 했다. 결과적으로 검사를 한 게 시누이 부부에겐 천만다행이었다. 그 말을 전해주던 사촌언니는 시간 내서 우리도 MRI 한번 찍어보자고 제안했다. 그때 은혜는 '그러죠, 뭐'라며 대수롭지 않게 말했을 뿐이다. 그 기억 때문이었을까. 은혜는 단호하게 말했다.

"나, 그냥 MRI 찍을래."

약간 힘이 실린 아내의 목소리를 감지했는지 남편이 고개를 끄덕였다.

진료실로 다시 돌아간 간호사가 잠시 후 은혜를 호명했다. 은혜는 다소 긴장된 상태로 진료실로 들어갔다. 남편도 따라들어왔다. 의사는 진료 의자에 앉아서 자신의 책상에 놓인 컴퓨터 모니터 화면에 눈을 주고 있었다. 얼굴은 중년으로 보이는데 머리엔 하얗게 눈이 내린 듯했다. 은혜는 의사의 책상 옆에 놓인 환자용 의자에 얌전히 앉았다.

"MRI 검사하신다고?"

담당 의사는 컴퓨터 모니터에 시선을 고정시킨 채 물었다.

"네."

은혜는 기어들어가는 소리로 말했다.

"뭐가 안 좋아요?"

모니터에 시선을 주고 자판을 두드리던 의사는 마침내 은혜 쪽으로 눈길을 돌리면서 다시 물었다. 의사의 목소리는 시원시원했다.

"운동하다 넘어지면서 뒤통수를 부딪쳤는데, 아무래도 뇌출혈이 생긴 것 같아요."

의사는 혹이 나 있는 은혜의 뒤통수를 오른손으로 만져봤다. 그런 뒤, 진료지에 글자를 날리듯이 몇 자 적었다. 은혜는 의사가 쓰는 글자를 슬쩍 건너다봤지만 뜻을 이해할 순 없었다. 의사는 쓴 것을 간호사에게 넘겨주며 뭔가를 지시했다. 간호사는 그들에게 자신을 따라오라며 진료실 밖으로 나갔다.

"1층에 가면 영상진단실이 있어요. 거기서 MRI 검사를 하고 나서 다시 이리로 오세요."

진료실 입구에서 간호사는 뭔가 적혀 있는 작은 메모지를 건네주면서 말했다. 그들은 간호사가 시키는 대로 일층에 있는 영상진단실에 갔다. 먼저 온 사람이 있어서 차례를 기다려 촬영실 안으로 들어갔다. 촬영 담당자가 시키는 대로 기기에 누웠다. 담당자는 말했다.

"검사 시간은 20분 정도 걸려요. 검사 도중 움직이면 절대 안 됩니다. 가만히 누워 계시면 됩니다."

은혜는 담당자가 시키는 대로 MRI 기기에 누웠다. 그러자 담당자가 소음이 심할 거라며 은혜에게 귀마개를 끼워주었다. 은혜는 눈을 감고 아무 탈이 없기를 간절히 기도했다.

검사가 끝나고 은혜와 남편은 신경외과가 있는 2층으로 다시 올라갔다. 환자 대기 의자에 얼마쯤 앉아 있었다. 간호사가 은혜 이름을 다시 불렀다. 그들은 진료실로 들어갔다. 의사는 마우스로 컴퓨터 화면의 이곳저곳을 옮겨가며 한참을 골똘히 뭔가를 주시하고 있었다. 은혜는 잔뜩 긴장한 채 환자용 의자에 앉아서 의사의 입이 열리기만을 기다렸다. 의사는 그녀 쪽을 한번 흘끗 보고 다시 모니터를 살폈다. 은혜도 컴퓨터 모니터에 눈길을 던졌다. 이상한 모양의, 현재 그녀 머릿속 상태로 보이는 것이 모니터에 떠 있었다. 은혜로선 뭔지 알 수 없었다. 의사는 줄곧 시선을 모니터에 고정시킨 채 뜬금없이 황당한 발언을 했다.

"아저씨, 결혼 전에 아줌마 많이 쫓아다녔어요?"

온 신경이 검사 결과에만 쏠린 탓에 은혜는 의사의 말을 전혀 이해하지 못하고 있었다.

"아, 네. 뭐… 조금….."

의사라는 직업이 주는 권위에 대한 무의식적 반응일까. 남편은 꽤나 진지하게 대답했다.

"이 MRI 사진에 그랬다고 쓰여 있는데요."

의사는 거듭 농담조의 말을 흘렸다. 그때서야 은혜도 약간 감을 잡았다. 검사 결과가 괜찮다는.

"그런데 검사 결과하고 그게 무슨 관련이 있습니까?"

141

농담인 줄 모르지 않았을 텐데도 남편이 정색을 하고 되물었다.

마침내 모니터에서 시선을 거둔 의사가 웃음기 실린 얼굴로 그들을 쳐다보며 말했다.

"넘어진 데는, 집에 가서 된장만 바르면 됩니다. 근데, 문제는 다른 곳에 있어요."

의사는 컴퓨터 모니터 앞으로 그들의 눈길을 잡아당겼다. 그리곤 마우스로 은혜의 MRI 검사 결과로 보이는 뇌혈관의 한 부분을 가리켰다.

"지금 이곳의 혈관이 꽈리처럼 상당히 부풀어 있어요. 병명은 '뇌동맥류'고."

뇌동맥류. 생소한 단어였다. 뇌졸중, 뇌출혈, 뇌경색 같은 단어는 자주 들어 대충 알고 있었다. 그런데 뇌동맥류라니. 어떤 병명인지 잘 감이 잡히지 않았다. 남편도 그 병명에 대해선 생소한 모양이었다.

"그거, 위험한 겁니까?"

남편이 물었다.

"터졌다면, 매우 심각하죠. 3분의 1은 병원에 도착하기도 전에 죽고, 3분의 1은 치료 후에도 치명적인 뇌기능 손상을 일으키죠. 정상적으로 회복되어 생활하는 경우가 많지 않아요. 그러니 지금 이 상태에서 발견된 건 천운이에요, 천운!"

은혜는 정신이 아득해졌다. 뭔가에 홀린 듯이 넘어진 것도 모자라 이건 또 무슨 난데없는 날벼락인가 싶었다. 의사가 말을 이었다.

"그러나 다행히 파열 전에만 발견하면 큰 문제없어요. 수술 성공

률도 아주 높으니까. 그래서 내가 환자분한테 천운이라고 안합니까."

"예전에 가끔 두통이 있었는데 그것 때문에…."

은혜가 아는 체를 했다. 그러자 은혜의 말이 채 끝나기도 전에 의사가 말문을 가로막았다.

"그건 아니고. 이 병은 평소 아무런 자각증세가 없어요. 특별한 예방책도 없고. 파열 전에 조기발견해서 조치를 취하는 것 말고는 없어요. 중요한 것은, 지금 환자 상태가 무척 안 좋아요. 부풀어오른 꽈리가 제법 크고 이중으로 부풀었어요. 게다가 한 쪽으로 쏠려 있어서 아주 터지기 쉽게 되어 있어요. 이런 경우 하루 바삐 수술을 서둘러야 해요."

의사는 여기까지 말하고는 얼굴을 다시 컴퓨터 모니터로 돌렸다. 그리고 책상 앞에 있던 작은 지휘봉 같은 것으로 모니터에 나타난 뇌혈관의 한 부분을 가리키며 말했다.

"여기, 보세요. 크기가 7센티가 넘어요. 이 정도면 언제 터질지 모르는 '머릿속 시한폭탄'입니다."

의사는 여기까지 말하고는 뭔가를 생각하는 듯 잠시 침묵하더니 그들을 쳐다보며 말했다.

"수술은 어디서 하실래요? 서울로 갈 거면 내가 소견서를 써줄 수도 있고."

뇌출혈이 안 생겨서 좋아라했던 마음은 순식간에 가뭇없이 사라져버렸다. 대신 그 자리에 걷잡을 수 없는 불안이 들어찼다. 의사의

'천운'이라는 말도 은혜로서는 실감이 나지 않았다. 오직 언제 터질지도 모르는 시한폭탄이 머릿속에 들어 있다는 말에 온 마음이 사로잡혔을 뿐이다. 은혜는 잔뜩 겁에 질린 표정으로 옆에 선 남편을 바라보았다. 남편도 몹시 당황한 듯했다.

의사는 가톨릭대학교 강남성모병원 신경외과 진료를 받을 수 있도록 소견서를 써주었다. 성모병원 의사는 자신과 친한 선배이며, 이 분야의 최고 명의라고 말했다. 의사는 대학병원 홈페이지를 검색해보더니 어딘가로 전화를 했다. 전화를 끊고는 선배 진료 일정이 이미 다 잡혀 있어서, 조금 있다 선배와 직접 통화를 해보고 진료 날짜를 알려주겠다고 했다. 예약 날짜는 한 주 뒤, 수요일 오전 10시 40분으로 정해졌다.

은혜는 병원을 나오는 순간부터 일종의 자율신경 실조증세에 시달렸다. '자율신경'이란, 본래 의지와 상관없이 움직이는 것이지만 일시에 강도가 높아진 듯했다. 남편은 은혜보다 10배는 더 불안해했다.

"죽을 목숨이었다면 그냥 죽지, 이렇게 발견되었겠어?"

은혜는 걱정을 태산같이 하는 남편에게 대범한 척을 했다. 그러나 말은 그렇게 내뱉었지만 그녀도 내심은 주체할 수 없이 겁이 났다. 의사 견해로 보자면, 천운이요, '불행 중 다행'이 맞다. 하지만 병이 발생한 것 자체가 좋은 일이 될 순 없는 것이다. 그리고 무엇보다 뇌수술이 불가피하다는 사실이다. 또 운이 나쁘면 수술 중 잘못될 수도 있을 것이다. 또 어디 그뿐인가? 까딱하면 수술대에 눕기도 전에 머릿속 폭탄이 터질 수도 있다. 한숨이 절로 새어나왔다.

집에 도착하자마자 남편은 컴퓨터를 켜고 인터넷 검색창에 '뇌동맥류'를 쳤다. 그와 관련된 글들이 블로그, 카페, 게시판, 뉴스 등에서 수없이 떴다.

뇌동맥류, 자각증세 없는 머릿속 시한폭탄. 평소 자각증세는 없다. 하지만 언제 어떻게 될지 모른다는 점에서 '머릿속 시한폭탄'이라는 별명이 붙어 있다. 특별한 예방책이 없어 파열 전에 조기발견해 조치를 취하는 것이 최선이다.

뇌동맥류 파열 환자들은 평소 뇌동맥류가 있는지 전혀 모르고 지내다 화를 당하는 경우가 대다수다. 이런 탓에 뇌동맥류 파열 시 약 3분의 1이 사망하고, 3분의 1은 영구적 마비와 부분마비 등 심각한 장애를 안은 채 생존하며, 나머지 3분의 1 정도만 정상에 가깝게 회복된다.

뇌동맥류가 터졌거나 상태가 심한 경우의 치료법은, 두개골을 열고 동맥류를 집게로 집는 시술(결찰술)과 두개골을 열지 않고 뇌혈관 속을 통해 동맥류 내부를 틀어막는 색전술 2가지가 있다.

남편은 한참 동안 여기저기를 낱낱이 검색해보더니 말했다.

"의사 말이 맞아. 원인이야 뭐든 이 상황에서 발견된 건 천운이네. 모르고 있다가 그냥 터져버렸다면 어쩔 뻔했어. 으… 생각만 해도 끔찍하고 소름 돋는다."

그러면서 덧붙였다.

"걱정 안 해도 되겠다. 파열되기 전의 수술은 성공률이 백퍼센트다."

"말도 안 돼. 먹혀들 뻥을 치시지. 백퍼센트 완벽한 수술이 어딨어? 그렇다면 왜, 수술 전에 환자나 보호자한테 동의서 같은 걸 쓰게 하고 그러겠어? 나, 안심시키려고 그러는가 본데, 나는 걱정 안 해. 이렇게 발견된 건 하늘이 더 살라는 말인데 설마, 수술 도중에 가기야 하겠어?"

그 순간 어느 책에선가 읽었던 내용이 은혜의 머리에 떠올랐다. 대담한 것처럼 행동하면 실제로 대담해지기도 하고, 무섭지 않은 것처럼 행동하면 실제로 두려움이 어느 정도 극복된다는 뭐 그런 얘기. 지푸라기라도 잡고 싶은 심정이어서 그럴까. 은혜는 그 말을 믿어보기로 했다. 그래서 수술 끝날 때까지 대범한 척, 별일 아닌 척, 하기로 작정했다.

은혜는 일단 그 상황에서 최선책은 뭔가 생각했다. 그건 진료 날짜까지 머릿속 시한폭탄을 최대한 잠재우는 것이었다. 뇌에 영향을 미칠 최소한의 자극조차 모조리 다 차단하는 것이다. 그 다음에는 수술 때까지 폭탄이 터지지 않기를, 전지전능한 신의 자비에 간절히 매달리는 것이다. 말하자면, 진인사대천명.

우선 평소 즐기던 커피를 끊었다. 무리해서 일도 안 했다. 화장실에서의 볼일도 조심해야 했다. 잠도 푹 자야 했다. 사소한 흥분이나 화도 자제해야 했다. 무엇보다도 스트레스를 받지 말아야 했다.

일 초가 달팽이 걸음보다 더 더디게 느껴졌다. 맞닥뜨리지 않으면 결코 체험할 수 없는 시간의 상대성.

증상을 몰랐을 때처럼 마음 편히 지내고자 했다. 그러나 마음이란 놈이 그리 간단한 것이 아니었다. 의식하지 않으려하니 더 의식되고, 비우려하면 할수록 평소보다도 더 생각이 많아지고 예민해졌다. 병원에 도착하기도 전에 혈관이 터져 끝장나는 게 아닐까? 노심초사였다. 은혜는 여태껏 삶과 죽음의 경계선이 그리 가까운 줄 몰랐다. 자신의 생이 한순간에 막을 내릴 수도 있다는 상념이 깊어지자 수 년 전에 돌아가신 친정 모친이 떠올랐다.

어머니는 발병하고 3일 만에 돌아가셨다. 병명은 '급성췌장염'이었다. 어머니는 전 날 동네 잔칫집에 갔었고, 마침 허기가 진 상태여서 떡을 좀 많이 집어먹었다. 먹을 때는 괜찮았다. 그런데 저녁 늦게부터 속이 더부룩한 게 몹시 불편했다. 그래서 집에 있던 소화제를 먹고 잠들었다. 새벽 4시 무렵이었다. 바늘로 찌르듯이 배에 통증이 왔다. 참다못해 구급차를 불러서 병원에 갔다. 어머니 말에 따르면, 그게 전부인데….

어머니가 입원한 날 오전 9시 즈음에 여동생이 전화를 해왔다. 은혜는 어머니의 입원 소식을 듣고도 그다지 놀라지 않았다. 그녀가 병 자체를 대수롭게 여긴 건 아니었다. 3년 전에도 똑같은 병명으로 입원한 적이 있었기 때문이다. 그때 어머니는 한 달 정도 입원해 있다가 퇴원했다. 그래서 은혜는 어머니가 병원에서 치료를 하면 예전처럼 다시 회복될 거라 여겼다.

그런데다 공교롭게도 일주일 전, 작은 애가 계단을 헛디뎌 왼쪽 발목이 골절되는 사고를 당했다. 그래서 신경이 온통 거기에 쏠려 있었다. 그래서 여동생에게 아이의 상태를 설명하고 그날은 못 가겠다고, 며칠 내로 시간을 내보겠다고, 미안하다고 양해를 구했다.

다 저녁에 휴대폰을 집에 둔 채로 집 근처 마트에 다녀오니, 그 사이 부재 중 전화가 빗발쳤다. 여동생이었다. 뭔지 모르게 불길했다. 은혜는 자신의 맥박 속도가 조금 빨라지는 것을 감지하며 여동생에게 전화를 걸었다. 발신음이 가자마자 여동생이 받았다. 여동생의 음성이 울먹였다. 불길한 정체와 맞닥뜨리기라도 한 듯 폰을 쥔 은혜의 왼손이 후들거렸다.

"은지야, 전화했네. 무슨 일 있어?

은혜는 담담하게 말하려고 애썼다.

"언니야, 엄마가….."

감정이 격해지는지 울먹이던 여동생은 잠시 말을 멎더니 다시 덧붙였다.

"위독하다. 병원에, 어서 온나."

막연한 불안이 당면한 현실이 되자 은혜는 마음을 주체할 수 없었다.

병원에 도착하니 어머니는 응급실에 있었다. 어머니의 배가 항아리 가운데처럼 부풀어 있었다. 오빠와 여동생의 눈가가 짓뭉개진 봉숭아 꽃잎 같았다. 은혜는 병상에 힘없이 놓여 있는 어머니의 손을 조심스럽게 잡았다. 말문이 막혀 그 어떤 말도 나오지 않았다. 눈물샘이 언제 열렸는지 뜨거운 것이 끝없이 볼을 타고 내렸다. 그런 은혜에게 어머니가 힘겹게 말했다.

"야야, 울지 마라. 나는 개안타. 아아는 우짜고 이리 왔노? 다리를 다쳤다 하더만….”

당신 몸 상태가 그러한데 어머니는 도리어 손자 걱정을 하신다. 은혜에게 부모보다 자식 일이 먼저였듯 어머니 역시 언제나 자신보다 자식이 먼저였다. 그렇게 살아오신 어머님의 고단한 삶이 떠오르자 어머니의 건강에 소홀했던 게 말로 다할 수 없이 죄송했다.

여동생이 은혜의 옆구리를 슬쩍 건드렸다. 처다보니 눈짓을 했다. 그제야 퍼뜩 정신이 들었다. 그렇잖아도 불안할 환자 앞에서 제 감정에만 치우쳐 계속 눈물을 보여 될 일은 아니었다. 여동생은 가제에 물을 묻혀 연방 어머니 입술을 적시고 있었다.

"욱이는 괜찮아. 시간 가면 낫겠지. 엄마, 많이 아파?"

"물 좀, 마시면, 지금 죽어도 여한이 없겠다.”

엄마는 얼굴을 찡그린 채 겨우 입술을 달싹여 말했다. 은혜는 여동생을 처다보았다.

"엄마, 절대 물 마시면 안 된다고 의사가 그러더라.”

여동생이 말했다. 이번엔 오빠를 처다보았다. 오빠는 침통한 표정으로 은혜를 잠시 처다보더니 밖으로 나갔다. 은혜도 오빠를 따라나갔다. 오빠는 병실 입구에 서 있었다. 오빠는 한숨 섞인 목소리로 말했다.

"의사 말로는, 지금 엄마 뱃속에는 불덩이가 끓고 있단다. 췌장에 있던 소화효소들이 췌장 밖으로 빠져나와서 몸의 여러 장기를 녹이고 있는 중이래…. 아무래도 엄마, 며칠을 못 넘길 것 같단다. 이를 어쩌면 좋겠노?"

오빠가 어린애처럼 울먹이며 말했다.

"오빠, 그렇다면 차라리 지금 엄마에게 물을 좀 드시게 하는 게 더 낫지 않나? 저리 원하는데. 어차피 가망이 없다면 돌아가시기 전에 물이라도 원 없이 드시게 해야지. 안 그러나?"

은혜도 울먹이며 말했다.

"나도 그러고 싶지. 근데 의사는 며칠이라도 더 사시게 하려면 아무것도 먹이지 말아야 한다잖아. 의사가 그렇게 말하니 이러지도 저러지도 못하고…."

이미니가 며칠을 못 넘긴다는 말을 듣고 은혜는 새벽 2시 경에 택시를 타고 집에 왔다. 이것저것 챙겨 다시 병원에 갈 생각으로.

가족들은 어머니가 그렇게 가실 거라는 것에 대해 차마 당신께 알릴 수가 없었다. 의사가 며칠 더 사시겠다던 어머니는 바로 다음날, 의식불명상태에 빠지셨다. 당신은 죽음에 대해 아무런 마음의 준비 없이 그렇게 돌아가셨다. 지금도 은혜는 알 수 없다. 그때 어떻게 했어야 어머니에게 최선이 되었을지. 기왕에 그렇게 가실 거라면 그렇게 목말라할 때 어머니께 물이라도 원 없이 드시게 했어야 했는지. 또 당신의 임종을 당신께 말씀 드리고 마지막 유언이라도 들었어야 했는지. 아니면, 그냥 그대로 모르시게 하고 보내드리는 게 옳았는지.

시간은 더디고 더디게 흘렀다. 그래도 어쨌든 가기는 갔다. 남편은 직장에 휴가를 냈다. 은혜와 남편은 예약된 날 아침에 진료시간보다 30분 먼저 강남성모병원에 도착했다. 뇌신경센터는 3층이었다. 진료신청을 한 뒤 신경외과 앞에서 기다렸다. 10분쯤 지났다. 간호사가 은혜를 호명했다. 그녀와 남편은 간호사를 따라 진료실로 들어갔다. 짧은 스포츠머리를 한 중년 의사가 책상에 앉아 은혜를 바라보았다. 은혜는 어떤 힘에 압도되듯 의사를 향해 정중히 고개를 숙였다. 그런 다음 환자용 의자에 앉았다. 의사는 은은한 미소를 띤 상냥한 얼굴로 은혜를 마주했다. 권위적인 모습이 한 점도 묻어나지 않았다. 의사의 지극히 자연스러운 태도에 그녀는 내심 놀랐다. 무엇보다 자신의 수술을 집도하리라는 생각을 하니 마음 깊은 곳에서 저절로 존경심이 우러났다.

의사의 태도(어디가 아프냐? 같은 질문을 하지 않는 것)로 보아 이미 은혜의 상태에 대해 후배 의사에게 전해들은 듯했다. 은혜는 가지고 간 소견서와 복사된 MRI CD를 의사에게 건네주었다. 의사는 은혜가 건네준 CD를 컴퓨터에 넣어서 잠깐 살펴보았다. 그런 뒤 상쾌한 표정으로 말했다.

"이렇게 발견해서 다행입니다. 오후에 뇌혈관 촬영을 해서 수술 방법은 결정합니다. 결과를 보고, 내일 아침에 바로 수술 들어갑시다."

정말 뜻밖의 말이었다. 불안으로 온통 암흑천지가 된 가슴에 한 줄기 밝은 빛이 쏟아지는 느낌이랄까.

그들은 검사만 받고 일단은 다시 집으로 돌아가 다시 수술 날짜를 기다리게 될 거라 예상했었다. 대학병원이라는 곳에 인맥이 있는 것도 아니었고, 파열되어 응급실에 실려온 것도 아니었으니 말이다. 그러니 진료받은 바로 다음날 아침에 수술을 받게 될 거라고는 상상도 못했다.

은혜는 오후에 몇 가지 기본적인 검사를 거친 뒤, 뇌혈관 촬영을 받았다.

"다리 사타구니 부분을 국소 마취해 절개한 후, 피부를 통해 동맥 속으로 조영제를 주입할 겁니다. 다리 움직이면 안 됩니다."

뇌혈관촬영 담당자로 보이는 남자가 은혜에게 기다란 관을 보여주면서 말했다. 그리고 덧붙였다.

"카테터를 통해 조영제가 주입됩니다. X선 촬영도 같이 이루어질 거구요. 조영제가 투입될 때 몸 안이 뜨거워지는 느낌이 있어요. 그건 걱정 안 해도 됩니다."

부분마취를 해서인지 통증은 견딜 만했다. 검사는 1시간 정도 걸렸다. 카테터를 제거하고는 삽입된 부분을 5분 정도 지혈했다.

"지금부터 4시간 넘게 절대 안정을 취해야 합니다. 그 부위의 출혈이 있을 수 있으니 무릎 관절을 세우거나 움직이면 절대 안 됩니다. 이 시간 동안은 화장실 출입도 안 됩니다. 물은 많이 섭취하는 게 좋습니다. 붙여둔 거즈는 하루 이상 그대로 붙여주시고요. 목욕은 이틀 후나 가능합니다."

시술을 했던 담당자가 말했다.

지혈 후 은혜는 이동식 병상에 실려 10층에 있는 자신의 병실로 갔다. 두 시간 뒤에 은혜를 진료했던 신경외과의사가 그녀의 병실로 왔다.

"환자분, 뇌동맥류 수술 방법은 '코일 색전술'과 '결찰술', 두 가지가 있어요. 코일 색전술은, 다리 쪽의 대퇴동맥을 통해 뇌동맥류에 코일을 넣어 묶는 방법이고, 결찰술은 두개골을 열어서 문제가 있는 부분을 작은 클립으로 묶는 겁니다. 지금 환자분 결과를 보니 아무래도 결찰술을 해야 안전할 것 같아요. 코일 색전술은 수술 중 터질 위험이 있어요."

의사는 별일 아니라는 듯 가볍고 상냥하게 말했다.

수술 중 터질 위험이 있다는 것. 은혜에겐 그 말 자체만으로도 감당하기 힘든 공포였다. 그 순간 그녀에게 선택권은 없었다. 수술담당의를 믿고 자신을 온전히 내맡기는 것, 그것이 최선이었다. 다행히도 수술을 할 의사가 명의名醫라고 하지 않는가.

저녁 식사 후, 그녀의 팔에 주사를 놓는 간호사에게 물었다.

"대학병원은 진료받고 수술 날짜까지 많이 기다려야 되는 줄 알았는데, 꼭 그렇지도 않은가봐요. 저는 어제 진료받았는데, 내일 바로 수술 들어가는 거 보니…."

주사를 다 놓고 난 뒤 간호사는 뜻밖의 말을 했다.

"그건 환자분이 운이 좋은 거죠. 내일 아침에 뇌동맥류 수술이 예약되어 있던 환자분이 개인적인 일로 수술 날짜를 연기해서 그래요."

은혜는 간호사가 가고 난 뒤, 간호사가 한 말을 속으로 가만히 몇 번 되뇌어보았다.

"운이 좋은 거죠! 운이 좋은 거죠! 운이 좋은 거죠!"

그 순간 그 말은 세상에서 가장 든든한 말이자, 언제까지나 계속 붙들어두고 싶은 말이었다.

다음날 아침 7시가 막 넘었을 때였다. 은혜를 수술실로 데려갈 이동식 병상이 왔다. 그녀가 수술실에 도착하니 아침에 수술할 환자 몇이 병상에 누워 있었다. 옆 병상에 누워 있는 여자도 은혜와 비슷한 연령대로 보였다. 죽을 명命이었다면, 이렇게 발견되지 않았을 거라는 긍정적인 생각 때문이었을까. 은혜는 병실에서보다 오히려 수술실에 도착하니 마음이 담담해졌다. 은혜는 멍한 상태로 병상에 누워 천장만 보고 있다가, 누운 채로 고개를 돌려 수술실 내부를 둘러보았다. 모자와 마스크와 가운으로 무장한 듯한 남녀 몇이 보였다. 내부는 삭막해보였다. 고개를 위쪽으로 올려다보니 벽면 가운데에 십자가상이 부착되어 있었다. 그걸 보자 은혜는 자신도 모르게 두 손이 모아졌다. 그때였다. 누군가가 은혜 곁으로 조용히 다가왔다. 자그마한 키의 연로한 수녀님이었다. 수녀님은 은혜의 왼손을 살그머니 잡았다. 그러더니 허리를 굽혀 은혜의 귓가에 입을 가까이 하고서는 속삭이듯 나직하게 말했다.

"자매님, 주님께서 함께하실 거예요. 마음, 편히 가지세요."

더할 나위 없이 온화하고 부드러운 음성이었다. 그런 뒤 수녀님은 양손으로 은혜의 손을 살짝 잡고 짧게 기도를 하는 거였다. 그때였다. 눈물 한 줄기가 스르륵 은혜의 눈가를 타고 내리더니 귓불에 닿았다.

수녀님이 가시자 마취전문의로 보이는 한 남자가 주사기를 들고 은혜에게 다가왔다. 마취주사를 놓을 거라며 은혜에게 10까지 숫자를 세라고 했다. 은혜는 시키는 대로했다. 하나, 두울, 셋, 네엣, 다섯…. 은혜는 끝을 알 수 없는 블랙홀로 빨려 들어갔다.

깨어보니 신경계 중환자실이었다. 주변이 어렴풋이 시선에 들어오는 동시에 통증이 산더미처럼 은혜를 덮쳤다. 정신을 차릴 수가 없었다. 목이 타들어갔다. 은혜가 깨어났다는 신호가 보호자에게 간 건지 잠시 후 남편이 은혜 곁으로 왔다. 은혜는 남편에게 물을 청해 한 모금 입속으로 털어넣었다. 그러나 도로 토해냈다. 속에서 받아주지 않았다. 못견디게 통증이 일었다. 극심한 통증으로 자리에 누울 수도 앉을 수도 없었다. 혼미한 상태로 정신없이 이리저리 뒤척이기를 수없이 반복했다. 무슨 말로도 설명할 수 없는 고통이었다.

"많이 힘드시죠? 마취가 깨는 중이라서 그래요."

간호사가 은혜 곁으로 다가와서 말했다. 그러더니 팔에 진통제 주사를 놓았다. 통증은 진통제로도 잘 다스려지지 않았다.

"수술은 아주 잘됐대. 그래도 만약의 사태를 대비해 중환자실에 하루 더 있다가 다음날 병실로 옮긴다고 하네."

남편이 말했다.

은혜는 중환자실에서 깨어난 지 꼬박 하루가 지나서 이동식 병상에 실려 10층 병실로 이송되었다. 병실로 왔지만 통증은 여전했고, 주체할 수 없는 구토가 일었다.

"나, 수술하는 데 얼마나 걸렸어?"

"다섯 시간 더 걸렸어."

남편이 안도하는 표정으로 말했다.

병실로 옮긴 후 은혜의 첫 식단은 미음이었다. 구토증이 일어 도저히 먹을 수가 없었다. 먹어야 회복이 빠르다는 남편의 설득에 마지못해 몇 숟가락 넘겼다. 다 토해냈다. 간호사는 속에 남아 있는 마취제 때문이라고 했다. 그러면서 항구토제와 위보호제,라며 팔에 주사를 놓아주었다.

얼굴이 퉁퉁 붓기 시작했다. 눈을 뜰 수조차 없게 눈두덩이 부었다. 급기야 앞이 안 보였다.

"얼음찜질을 하면 붓기가 가라앉아요."

간호사가 말했다.

남편이 배선실에 있는 냉장고에서 얼음을 가져왔다. 은혜는 간호사가 말한 대로 얼음을 손수건에 싸서 얼굴에 갖다 댔다. 차가워서 감각이 없을 정도였지만 참고 부지런히 했다.

그녀가 병실로 온 지 만 하루가 지났다. 몸 컨디션은 더디게 회복되어갔다. 식사도 조금은 할 수 있었다. 때 맞춰 주사를 맞고, 약도 먹었다. 이틀 동안 수시로 눈 주위에 얼음찜질을 했다.

사흘째 되는 날은 눈두덩 부위가 많이 빠져서 붓기 전과 비슷해졌다. 그러나 수술 부위의 통증은 여전했다. 거울에 가서 수술 부위를 살펴보았다. 오른쪽 이마 안 쪽이 스님 머리처럼 되어 있다. 10센티가량 둥근 기역 자 모양으로 굵은 호치키스로 보이는 것이 다닥다닥

박혀 있다. 몰골이 말이 아니었다.

　은혜는 하루 종일 병상에 누워 있거나 잠시 앉아 있는 것 말고는 딱히 할 일이 없었다. 머리에 무리가 갈까 싶어 무심한 상태를 유지하려 애썼다. 가끔 병실 벽에 부착된 십자가상을 바라보기도 했다. 자주 창밖의 하늘을 올려다보았고, 지상의 건물들과 도로를 내려다보았다. 통증으로 숙면이 되지 않았다. 수시로 잠에서 깨어났다. 새벽 3시 경에 눈을 뜨면 달리 아무것도 할 것이 없었다. 그저 멍하니 누워 있거나 창 너머로 멀리 펼쳐진 도로를 하염없이 바라보았다. 환하게 밝혀진 가로등 불빛 아래로 띄엄띄엄, 그러나 끝없이 차들이 질주하고 있었다.

　나흘째 되는 날이었다. 은혜의 수술을 담당했던 의사가 병실에 들어왔다. 회진 중인지 뒤따르는 의사와 간호사가 함께 있었다.

　"수술은 아주 잘됐어요. 내일, 퇴원해도 되는데 어떡할래요?"

　의사가 상쾌한 얼굴로 말했다. 대수술이라 여겼는데 일주일도 안 돼서 퇴원하라니. 은혜는 못해도 열흘은 입원해야 하지 않을까 예상했었다.

　"그러면 머리에 박혀 있는 건 언제 뽑습니까?"

　"그건 열흘 정도 뒤에 뽑아요. 그 전에 머리를 감으면 안 되고."

　퇴원이 가능하다는 말에 은혜가 다시 물었다.

　"그러면 여기서 안 뽑고, 제게 소견서를 써준 병원에서 뽑아도 됩니까? 거기서 좀 더 입원하고 싶은데…."

　"그렇게 해도 됩니다. 한 달 뒤에 진료 예약해서 다시 오고요."

다음날 아침, 남편은 은혜의 퇴원 수속을 밟았고, 은혜는 처음 MRI 검사를 했던 병원에 다시 입원을 했다. 낮에는 참을 만하던 통증이 밤이 되면 심해졌다. 간호사가 마약성 진통제를 주었다. 다음날 오후에 의사가 은혜의 병실에 들어왔다. 은혜의 머리를 살펴보면서 말했다.

"내가 이런 수술 만 번도 넘게 했어요. 그 선배는 더 많고. 이제 앞으로 30년은 끄떡없을 거요."

의사는 은혜가 묻지는 않았지만 절실히 듣고는 싶었던 말을 했다. 30년 동안이라니. 실현가능성의 진위 여부와 별개로 몹시 든든한 말이었다.

병문안을 온 지인들은 은혜의 얘기를 전해 듣고는 하나같이, "하늘이 도왔네. 도왔어!"라며 입을 모았다. 은혜 역시 자신에게 일어난 일련의 모든 과정들을 생각하면, 이상하게도 우연보다는 필연에 가깝다는 생각을 떨쳐버릴 수 없었다.

다래끼 소동

다래끼 소동

세수를 하고 수건으로 얼굴을 닦다 일순, 멈칫했어요. 거울 가까이에 눈을 들이밀고 왼쪽과 오른쪽을 번갈아 살펴봤어요. 몇 번을 살펴봐도 미세한 차이가 나네요. 오른쪽이 왼쪽보다는 조금 더 작은, 짝짝이 눈. 순간 낙담이 63빌딩만큼 치솟네요. 남들은 잘 모를 수 있어요. 남들은 각자 저 살기도 바빠서 저의 눈 따위에는 일말의 관심도 없을 테니까요. 어머니조차도 그 정도는 괜찮다고, 아무것도 아니라고 쉽게 말하지요. 불쑥 또 다시 울화통이 치미네요. 제게 왜 이런 일이 생겼을까요?

때는 중2 초여름이었어요. 나름 노력해도 성적은 잘 나오지 않지, 부모님의 기대와 감시의 눈은 은근히 가슴을 조여오지, 별 것 아닌 일로 단짝과 사이가 틀어져 말도 섞지 않고 있지, 날씨는 후덥지근하지, 하여튼 그 모든 것들이 엉망진창으로 뒤엉켜 범벅이 된 느낌이었어요. 말하자면 온 세계의 고통과 번민이 제 어깨에 얹힌 것 같은 그런 기분에 사로잡혀 있었다고나 할까요.

어머니가 제 이름을 '동건'이라고 지은 것은 배우 장동건의 열렬한 팬이어서라고 하더군요. 어머니는 제가 태어났을 때부터 그 아저씨 판박이라고 우기시더군요. 제가 그 아저씨 아들도 아니면서 말이죠. 게다가 금방 태어난 아기가 그 빼어나게 잘 생긴 배우랑 흡사하게 닮았다니, 가당키나 한 말이겠어요? 착각도 이만저만이 아니죠. 그나마 어머니의 착각을 조금은 이해할 수 있었던 점은, 제가 어렸을 때 저를 데리고 밖에 나가면 사람들은 제 잘생긴 외모를 두고 그냥 지나치는 법이 없었다고 해요. 사실 믿기 어려운 말이지만, 어떤 날은 하루에도 열두 번씩이나 사람들의 입에 오르내린 적도 있었대요.

그런데 이 무슨 조홧속이죠. 공교롭게도 제가 장동건 아저씨를 꽤나 닮았어요. 설마, 라고 생각하겠죠? 도저히 먹혀들지 않을 가당찮은 소리라고요? 하하. 믿거나 말거나 맘대로 하세요.

실제로 제가 지금도 이목구비가 뚜렷한 게 한 인물 하긴 해요. 주관적으로 보자면, 장동건을 판박이한 것은 아니고 장동건과 조인성과 원빈을 삼 분의 일씩 섞은 것에 더 가까운 얼굴이라고나 할까요. 그 셋을 섞었다고 하니 어떤 얼굴인지 잘 상상이 안 되시나요? 그렇다면 당신의 상상력의 탄력성만큼 맘대로 생각하면 돼요. 그런데 사실은 제 눈은 원빈에 더 가깝다고 보면 돼요. 잘 믿어지지 않나요? 제가 잔뜩 제 멋에 겨워 유난을 떠는 것으로 보이나요? 그럴지도 모르죠. 그건 그만큼 제가 눈 하나만큼은 그 어느 누구에게도 안 빠진다는 자부심을 가지고 있었다는 의미가 아니겠어요.

이렇듯이 완벽해보이던 제 얼굴에 문제가 생긴 건 지금으로부터 삼 년 전이었어요.

아침에 자고 일어나서 세수를 하려는데 눈가가 몹시 가려웠어요. 무의식적으로 눈을 비비다 거울을 들여다봤어요. 눈시울이 발갛게 부어 있더군요. 어머니를 향해 소리를 질렀지요.

161

"엄마, 오른쪽 눈에 뭐가 난 것 같아. 붉고 가려워."

분주하게 아침밥을 차리고 있던 어머니는 대수롭지 않게 말했어요.

"밥 먹고 나서 소염제 두 알 먹고 학교 가. 약통에 들어 있어."

저는 어머니가 시키는 대로 소염제를 두 알 챙겨먹고 학교에 갔어요. 수업을 마치고 학원을 두 군데나 들렀어요. 병원에는 안 갔어요. 어머니의 반응처럼 저도 가볍게 생각했어요.

다음날은 제 15번째 생일이었어요. 아침에 일어나 거울 앞에 가서 눈을 살펴봤어요. 소염제 먹었으니 괜찮을 줄 알았지요. 그런데 그게 아니었어요.

"엄마, 만져보니 속눈썹 안쪽에 아주 작은 뭔가가 손에 잡혀요."

나는 어머니에게 내 증상이 은근히 신경쓰인다는 듯이 말했어요.

"그러면 오늘 학교 마치고 안과 가보렴."

어머니는 다래끼 정도야 별 신경 쓸 것도 없다는 듯 대수롭지 않게 말했어요. 그러더니 학교에 가려고 신을 신고 있는 제게 체크카드를 건네주었어요. 저는 이맛살을 찡그리며 약간 귀찮은 듯한 표정으로 체크카드를 받아들었어요. 그 즈음 어머니의 관심이 모두 간섭처럼 느껴졌거든요.

저는 학교 수업을 마치고 학원에 가기 전에 학교 근처에 있는 조은 안과에 들렀어요. 그 안과는 신축 건물 2층에 있었어요. 그곳은 몇 개월 전 시력검사 차 한번 갔던 곳이었어요. 의사는 몸이 비대하고 배가 많이 나온 중년 남자였어요.

접수를 하고나서 한참을 기다려야만 했어요. 환자는 그리 많지 않았는데 한 환자를 진료하는데 참 오랜 시간이 걸리더군요. 거의 준 종합병원 수준이라고나 할까요. 20여 분 만에 간호사가 제 이름을 호명했어요. 어정쩡한 걸음으로 진찰실로 들어갔어요. 의사가 무심한 표정으로 마치 껍질이라도 벗기듯 세면대에서 손을 씻고 있었어요. 저는 얌전히 환자진찰용 의자에 앉아 의사를 기다렸어요. 의사가 다가와 손가락으로 제 눈꺼풀을 까뒤집어서 살펴보더군요.

"눈이 언제부터 그랬니?"

컴퓨터 자판을 두드려 화면에 뭔가를 입력하면서 의사가 물었어요.

"그제부터요."

저는 소염제를 먹었다는 말은 하지 않았어요. 왠지 안 하는 게 좋을 것 같더군요. 의사는 두드리고 있던 컴퓨터 자판을 멈추더니, 곁에 서 있던 간호사에게 조근조근 뭔가를 지시했어요. 간호사 누나가 저에게 따라오라고 하더군요. 따라가니 수술대에 누우라고 했어요. 저는 시키는 대로 했죠. 잠시 후 의사가 제 곁으로 다가와 말했어요.

"부분마취를 하고나서, 절개하고, 속엣 것을 끄집어낸 다음 다시 꿰맬 거야."

눈두덩이 부근에 마취주사를 놓더군요. 따끔했지만 참을 만했어요. 마취 때문인지 수술하는 동안은 약간 긴장되었을 뿐 그다지 아픈 것은 못 느꼈어요.

"치료 부위에 물이 안 들어가게 조심해라."

금방 수술을 끝낸 의사는 그 부분에 거즈를 댄 반창고를 붙여주면서 말했어요. 치료가 다 끝나자 간호사가 약 처방전을 주면서 이틀 뒤에 다시 오라고 했어요.

이틀 뒤 학교 수업을 마치고 곧장 안과로 향했어요. 의사는 제 눈에 이틀 전에 붙였던 거즈를 떼어내고 실밥을 뺐어요. 치료가 끝나자 간호사는 이제 그만 와도 된다고 했어요. 따로 약 처방전도 없었어요. 저는 진료비를 치르고 얼른 쏜살같이 화장실로 달려갔어요. 오줌보가 터질 듯 소변이 급했거든요. 변기에 오줌을 갈기다가 불현듯 변기 위 벽면에 붙어 있는 거울을 쳐다봤어요. 순간, 저는 졸도할 뻔했어요. 심지어 어린애처럼 왕, 하고 울음을 터뜨릴 뻔했다니까요. 왜냐고요? 수술 치료를 한, 오른쪽 눈의 쌍꺼풀이 사라져버리고 없는 게 아니겠어요. 저는 몹시 당황하여 바지를 황급히 올리고 부리나케 다시 안과로 뛰어갔어요. 접수를 받던 간호사가 저를 흘끔 쳐다봤어요. 제가 다급한 목소리로 약간 울먹이듯 말했어요.

"제 치료한 눈에 있던 쌍꺼풀이 사라졌어요."

제 말을 들은 간호사가 저를 잠시 빤히 쳐다보더니 곧장 의사가 있는 진료실 안으로 들어가더군요. 그런 다음 간호사가 나오더니 저를 진료실로 다시 들어오라고 했어요. 의사는 다른 환자를 치료하고 있더군요. 간호사가 저에게 옆에 있는 의자에 앉아 잠시 기다리라고 했어요. 잠시 후 치료를 마친 환자가 나가더군요. 그러자 의사가 제게 등을 보인 채 컴퓨터에 뭔가를 기록하면서 물었어요.

"쌍꺼풀이 없어졌다고?"

의사 선생님 본인도 뻔히 알고 있을 사실일 텐데 제게 묻더군요. 제 눈의 실밥을 뽑으면서 이미 봤을 거잖아요. 그렇다면 그 질문은 뭐죠? 설마, 제 눈을 수술했으면서도 제 눈에 쌍꺼풀이 있었는지 없었는지도 모르시는 건 아니시겠죠? 저는 하나마나인 대답은 하지 하고 불안한 눈빛으로 의사의 등을 뚫을 듯이 쏘아보았어요. 잠시 후 의사가 등을 돌려 제 얼굴을 유심히 쳐다보면서 말했어요.

 "치료를 하다보면 가끔 이런 일은 불가피하게 발생할 수 있어. 어쩔 수 없는 일이란다."

 저는 그 순간 하도 어이가 없어서 말문이 막히더군요. 단 한번도 상상을 못했던, 난생처음 겪는 상황이잖아요. 그 말을 마친 의사가 간호사에게 가벼운 눈짓을 보내더군요. 그러자 간호사가 다음 환자의 이름을 호명했어요. 저는 진료실에서 떠밀리듯 나올 수밖에 없었어요. 병원을 나서자마자 어머니에게 득달같이 전화를 했어요. 전화 연결이 안 되더군요. 저는 온 신경이 곤두서서 핏줄이 터질 지경이었어요. 저는 학원이고 뭐고 다 팽개치고 시선을 땅에 박은 채 잰걸음으로 집에 왔어요.

 한참 만에 어머니에게서 전화가 걸려왔어요.
 "안과에서 치료는 받았니?"
 "예. 근데 큰일났어요."
 "무슨 큰일?"
 "쌍꺼풀이 없어졌어요."

"쌍꺼풀이 없어지다니, 대체 무슨 소리야?"

"아, 씨. 나도 잘 모르겠어요. 엄마가 와서 보면 되잖아요."

저는 너무나 속이 상해서 신경질적으로 먼저 전화를 끊어버렸어요. 어머니가 금세 다시 전화를 걸어왔어요. 받지 않았어요. 화풀이를 어머니에게 한 셈이었지요. 30여 분이 지나자 어머니가 다급하게집에 들어섰어요. 그리곤 곧장 쌍꺼풀이 풀린 제 눈을 이리저리 유심히 살펴보았어요.

"의사는 뭐라 하던?"

"의사 잘못이 아니라고 하던데요."

"무슨 말도 안 되는 소리를…. 의사 잘못이 아니면 누구 잘못이니?"

어머니는 약간 예민한 모습으로 어머니 방으로 들어가더니 잠시후에 다시 나와 제게 말했어요.

"안과에 얼른 다시 가자."

저도 물론 그냥 있을 수 없다고 생각했지만, 어머니 목소리가 워낙비장해서 군말 없이 잠자코 따라나섰어요. 걸어서 15분이면 갈 수 있는 거리인데 평소 어머니답지 않게 택시를 부르더군요. 그만큼 마음이 다급하다는 의미가 아니겠어요.

안과에 도착하자마자 어머니는 의사가 있는 진료실로 곧장 들어가더군요. 저도 따라들어갔어요. 마침 의사가 한 환자의 치료를 끝내더군요. 의사와 의사를 보조하던 간호사가 동시에 우리를 쳐다보더군요.

어머니가 말했어요.

"선생님, 제 아이 눈을 저 지경으로 만들어놓으면, 도대체 어쩌라는 겁니까?"

감정을 최대한 억제하는 음성이었어요.

"그건 우리 잘못이 아닙니다. 그 치료를 하려면 어쩔 수 없는 겁니다."

의사는 저한테 한 것처럼 어머니한테도 냉큼 오리발을 내밀더군요.

"그게 무슨 말씀이세요? 잘못이 없다니요? 멀쩡하게 있던 아이 눈의 쌍꺼풀이 사라졌는데…."

어머니는 흥분되는 마음을 진정시키려고 안간힘을 쓰는 것 같았어요. 다른 사람은 몰라도 혈육인 제겐 미세하게 전해져왔어요.

"그러면 치료를 하지 말아야 하지요. 치료를 안 했으면 이런 일도 안 생겼을 것 아닙니까?"

의사는 약간 성가심이 서린 얼굴로 무뚝뚝하게 말했어요.

"아니, 선생님, 무슨 말씀을 그렇게 하세요? 그러면, 눈에 다래끼가 생겨 치료를 하면 다 쌍꺼풀이 풀립니까?"

어머니의 음성이 한 옥타브 높아지더군요. 이어서 뭔지 모르는 강경한 기운이 어머니에게서 감지되더군요. 그건 평소의 어머니답지 않은 태도라고나 할까요. 제가 아는 어머니 성품은 침착하지만 여린 편이거든요. 그런 어머니가 마치 강한 어머니 배역을 맡은 연극배우처럼 당차게 행동하고 있네요. 그래요. 어쩌면 어머니는 결코 호락호락하지 않은 상대를 앞에 두고 후들거리는 가슴을 억누르고 있는지도 모르죠. 어머니로선 의사의 과실임을 밝힐 수 있는 의학적 지식도 없었고, 또 그런 상황에서 어떻게 처신해야 목적을 관철할 수 있을지 잘 알 수 없었을 테니까 말이죠. 하지만 어머니에게 분명한 것은, 무슨 수를 써서라도 아들의 눈을 원상회복시켜야 한다는 절박함이었어요. 그 점은 의심의 여지가 없었어요. 그 순간, 어느 책에선가 읽었던, 그때는 공감되지 않았던 글이 제 가슴에 번개처럼 와닿았어요.

"여자는 약하나 어머니는 강하다."

어머니가 따지듯이 말을 해서일까요? 의사도 한 치의 물러섬 없이 계속 응수하더군요.

"안 그럴 수도 있고 그럴 수도 있습니다."

"그러면 수술 전에 쌍꺼풀이 풀릴 수도 있다는 말씀을 왜 안 하셨어요? 우리 애 말로는 그런 말씀을 하신 적 없다고 하던데요."

어머니는 수술 전 설명의 문제를 들어 따졌어요. 하지만 설령 부작용을 설명 들었고, 동의서를 써야 한다고 했다면 치료를 받지 않았을지는 잘 모르겠네요. 아무튼 어머니는 희망의 끈이라면 실오라기 한 가닥이라도 단단히 부여잡을 태세였어요.

어머니와 의사 선생님이 주거니 받거니 잠깐 실랑이를 벌이고 있는데 접수를 받던 간호사와 함께 잘 차려 입은 여자가 친찰실 안으로 들어왔어요.

"진정하세요. 진료실에서 이러시면 안 됩니다."

잘 차려 입은 여자가 대화에 끼어들었어요. 흘끗 보니 어머니보다는 조금 더 나이가 들어보였지만 어머니보다는 차림새가 젊고 세련되어 보였어요. 어머니는 대화에 끼어든 그 여자와 의사를 번갈아 쳐다보며 계속 말을 이었어요. 제가 느끼기에도 그 여자가 의사와 밀접한 관계가 있는 사람이라는 직감이 들었으니 어머니도 감을 잡았겠죠.

"뉘신지 모르겠지만 댁의 아이가 지금 제 아이와 같은 입장이라면 진정하시겠어요, 지금? 제 아이 눈이 수술로 짝짝이가 됐는데, 지금 그냥 그대로 지내라는 말씀이세요? 이게 병원 잘못이 아니면 누구 잘못입니까? 지나가는 사람 다 잡고 물어봅시다."

그리고 어머니는 덧붙였어요.

"이것은 분명 의료사고예요."

"의료사고는 아닙니다."

의사가 선을 긋듯 단호하게 말했어요.

"그건 저는 잘 모르겠고요. 문제는, 아이를 저렇게 내버려둘 수는 없다는 거예요. 어쨌든 병원의 실수니까 병원이 책임을 지셔야죠. 원래대로 쌍꺼풀을 만들어주던가요. 아이 눈을 한번 보세요. 계속 저렇게 돼도 될는지. 댁의 아이 같으면 저 지경이 되었는데 그냥 내버려두겠어요?"

어머니는 무슨 일이 있어도 자신의 뜻을 관철시켜야만 한다는 절박함이 묻어나게 필사적으로 말했어요. 하지만 의사도 병원의 과실임을 인정하지 않았어요. 하기야 설령 의료사고였다고 해도 그리 순순히 인정할 리가 없잖아요.

시간이 길어지자 밖의 환자 두 명이 진료실을 기웃거렸어요. 그제야 다른 환자들이 의식되었는지 의사는 한발 물러서더군요.

"의료사고는 아니지만, 아이에 대해서는 조처를 취해주겠습니다."

의사의 그 말에 어머니도 적대감이 서린 강경한 얼굴을 못이기는 척 접고, 더 이상 말을 잇지 않았어요. 의사는 메모지에 뭔가를 적어서 어머니한테 건네주면서 말했어요.

"시내에 있는 최안과 아시죠?"

"네."

어머니가 냉큼 대답했어요.

"이것 가지고 거기 가면 됩니다. 전화를 해놓을 테니까."

의사가 말했어요. 그 의사는 쌍꺼풀 수술 같은 것은 하지 않는 듯했어요. 실력 부족인지 아니면 다른 무슨 이유가 있는지, 인생 초년병 중2인 제가 어찌 알겠어요. 사실 어머니의 태도로 보아선 그 의사가 제 눈을 원래대로 해놓길 기대한 것 같았거든요. 그런데 예상과 다르게 다른 곳에서 수술을 받으라는 거였어요. 썩 내키지 않는 타협이었지만 그 상황에서 어쩌겠어요? 받아들일 수밖에 달리 도리가 없었어요. 그렇게 어머니와 저는 조은안과를 나와서 또 택시를 타고 시내에 있는 최안과에 갔어요.

"어떻게 오셨어요?"

접수받는 간호사가 묻더군요.

"이거, 조은안과에서 여기 원장님 보여드리면 된다고 하던데요. 전화해놓는다고."

평소와 다르게 약간 빠른 어머니 말투에는 아직도 미세한 흥분의 기운이 남아 있는 듯했어요. 다급한 말투. 그건 평소의 어머니 말투가 아니거든요. 간호사가 우리가 건넨 메모지를 들고 곧장 진료실로 들어가더니 잠시 후 나와서 잠시 기다리라고 했어요. 환자 세 명의 치료가 끝나고 난 후 제가 진료실로 들어갔어요. 어머니도 저를 따라 진료실에 들어오시더군요. 하지만 어머니는 입에 자물쇠를 채운 듯 한마디 말도 하지 않고 무겁게 침묵만 지키셨어요. 이곳에서도 역시나 수술동의서 같은 것은 쓰라고 하지 않더군요.

어머니의 침묵은 제 눈을 원래대로 원상회복만 할 수 있다면 뭐라도 할 수 있다는 식의 암묵적 표현 같기도 했고, 아니면, 몇 시간 전 조은안과 의사가 이 일이 의료사고는 아니라고 빡빡 우긴 탓에 뭔가를 강하게 주장할 자신이 없어져서 그러고 있는지도 모르겠어요. 의사가 어머니에게 말했어요.

"풀린 쌍꺼풀을 다시 만들 겁니다. 찝어서."

의사는 저한테 눈 주위를 부분마취해서 수술한다고 말했어요. 시간은 20분 가량 걸린다더군요. 간호사가 저보고 수술대에 누우라고 했어요. 그리고 어머니한테는 잠시 나가 있으라고 말하더군요.

의사는 수술이 끝날 동안 제게 아무 말도 안 하더군요. 말을 아끼는 건지 아니면 지나치게 과묵한 건지 그것도 아니면 수술 때문에 긴장한 건지 하여튼 그랬어요. 사실 저는 좀 불안했거든요. 마음도 복잡하고. 그래서 수술과 관련해서 의사에게 뭐라도 좀 묻고 싶은 심정이었어요. 하지만 의사의 무표정을 보자 입안에서 맴돌던 말이 도로 목구멍으로 들어가버리고 입 밖으로 튀어나오진 않았어요. 저는 긴장감으로 하마터면 숨이 멎을 뻔했어요. 그래도 입구에 걸려 있던 의사면허증을 떠올리니 조금은 안심이 되더군요. 출신 학교가 소위 일류대였거든요. 자연산 원빈 쌍꺼풀을 날려먹고 인위적으로 이 무슨 생고생인가 싶어 마음속에선 욕이 부글부글 들끓었지만 참을 수밖에 달리 방법이 없었죠.

"1주일 있다가 실밥 뽑으러 오면 된다."

수술 후 의사가 안대를 해주면서 말했어요. 목소리가 아주 사무적이더군요. 냉담한 건지 냉정한 건지 초여름 날씨에 초겨울의 기운이 느껴졌어요. 의사의 굵은 신경줄이 몹시 부럽기까지 했어요. 의사는 곧장 세면대에 가서 비누로 손을 오래 씻더군요. 간호사가 저보고 따라오라고 했어요. 진료실을 나와 접수대 있는 곳으로 갔어요.

"집에 가서 이틀 정도 냉찜질해주세요. 그러면 부기가 빨리 가라앉아요. 이삼 일 정도 세수는 하지 마세요. 1주일 있다가 실밥 뽑으러 오면 됩니다."

의사와는 달리 간호사는 친절하고 상냥하게 말했어요.

"눈에 절개를 해서 꿰맨 겁니까?"

어머니가 물었어요.

"아닙니다. 얘는 원래 쌍꺼풀이 있었던 얘라 '절개법'을 안 하고 '매몰법'으로 했어요."

간호사가 여전히 친절하게 말했어요.

절개법이나 매몰법이란 단어가 생소해서 간호사에게 물어보려다 참았어요. 어차피 인터넷 검색하면 다 나오니까요.

나는 안대를 걷고 병원 벽면의 거울을 봤어요. 실밥 같은 것으로 쌍꺼풀 모양이 되게 눈꺼풀을 꿰매놓았더군요. 눈두덩이도 퉁퉁 부어 있었고요.

"눈은 원래대로 되겠죠?"

어머니가 어두운 표정으로 걱정스럽게 물었어요. 어머니의 관심사는 오로지 그것뿐인 것 같았어요. 사실 어머니는 제 눈에 대해 저 못지않은 자부심을 가진 분이시거든요.

"네. 표 나지 않을 정도로 똑같을 거예요. 여기 원장님이 완벽하게 잘하시거든요."

간호사가 마치 오백 퍼센트를 보장해주는 듯한 든든한 대답을 해줬어요. 그래서일까요. 저는 불안한 가슴을 한껏 쓸어내렸어요. 사실 몹시 걱정을 했거든요. 아마 모르긴 해도 어머니는 저보다 백 배는 더 걱정하셨을 거예요.

"얼마예요?"

어머니가 진료비를 묻더군요.

"그냥 가시면 됩니다."

간호사가 살짝 입꼬리를 귀에 걸며 상냥하게 대답했어요.

어쩌면 당연한 일이면서도, 또 약간은 예상하고 있었겠지만, 어머니는 치료비가 없다는 간호사의 말을 듣고 나서야 내내 경직된 듯한 복잡한 표정을 약간 풀더군요.

병원에 올 때와는 달리 집에 돌아갈 때는 어머니가 버스를 타자고 말했어요. 버스 안에서 저는 폰으로 '쌍꺼풀 매몰법'이란 단어를 검색해봤어요. 최안과 의사는 친절하게 말해주지 않던 것들이 인터넷 카페나 블로그에는 매우 친절하게 설명해놓았더군요. 물론 자기 병원을 홍보하기 위한 글들이었지만요. 맨 위에 있는 글을 읽어보았어요.

'쌍꺼풀 수술 매몰법'은 비절개법으로, 시간적 여유가 없고 부기가 빨리 빠져 자연스런 상꺼풀을 원하는 경우 사용되는 방법입니다. 수면마취와 부분마취 하에 수술 기간은 약 30분 정도입니다. 수술 방법으로는 예정된 쌍꺼풀 라인에 3~4개의 1㎜ 정도 길이의 작은 절개 창을 만들고 봉합을 피부로부터 눈 결막까지 통과시키고 다시 피부로 통과시켜 피부, 근육 밑에 매듭을 만들어줍니다. 수술 후 부기는 4~5일 만에 대부분 사라지고 몇 주 후 자연스런 쌍꺼풀이 됩니다.

저는 일주일 내내 눈이 퉁퉁 부은 채로 안대를 하고 학교에 다녔어요. 친구들의 궁금증에는 눈병이 났다고 적당히 거짓말로 둘러댔어요. 만약 제가 사실대로 입을 연다면 친구들의 관심은 도를 넘겠죠. 아마도 서로 내기를 걸지도 모르겠어요. 왜냐고요? 원빈 닮은 눈이잖아요.

생각하면 생각할수록 울화가 치밀어서 학교 수업 마치고 근처 약국에 들러서 물어보았어요.

"저기, 선생님, 다래끼가 났을 때 수술 안 하고 소염제만 먹으면 안 나아요?"

"약으로 치료되는 게 있고 수술을 해야 치료되는 게 있다."

손님이 많아 바빠서 그런지 약사가 약간은 무성의하게 건성으로 말했어요. 그 약사의 말이 맞을지는 몰라도 말투에서는 별로 신뢰감이 가진 않았어요.

지겹도록 일주일이 더디게 흘렀어요. 평소의 한 달보다 더 길게 느껴지더군요. 학수고대하다 드디어 병원에 실밥을 빼러 갔어요.

"몇 주 지나면 원래대로 될 거다."

의사가 눈꺼풀의 실밥을 다 제거하고 나서 말했어요. 약사가 하는 말보다는 신뢰감이 느껴졌어요. 실밥을 뺐지만 부기가 여전해서 제 눈이 제 눈 같지 않았어요.

다시 몇 달이 지났어요. 부기가 완전히 다 빠지자 거짓말같이 눈이 원래대로 된 것 같았어요. 원빈 닮은 환상적인 쌍꺼풀을 뜬금없이 없애놓고 인위적인 쌍꺼풀을 만들면서 하릴없이 생고생이라니. 이 무슨 마른하늘에 날벼락인 거죠? 아무튼 원래대로 됐다고 생각하면서 그땐 나름 위안을 삼았죠. 말 그대로 해피엔딩이 되었다고 믿은 거죠.

그런데 아! 이게 도대체 어떻게 된 거죠? 오른쪽 눈이 왼쪽 눈과 조금씩 차이가 나면서 짝짝이 눈으로 변해가는 게 아니겠어요. 앞에서도 말했지만 남들은 차이를 잘 모를 수 있어요. 남들은 저만큼 저에 대해 관심이 없으니까요.

그 당시에 어머니는 조은안과 의사의 처신에 대해 더 이상 문제 삼지 않았어요. 심지어 의사의 태도에 고마워하기까지 했었어요. 뭐, 하긴 그땐 저도 제 눈이 짝짝이가 될 수 있다는 생각은 꿈에도 못했으니까 말이죠.

요즘도 가끔 제가 속상해하면 어머니는 가볍게 말하죠. 그 정도는 괜찮아. 사람 눈은 양쪽이 조금씩 차이가 나게 마련이야, 라고요.

그런데 사실 저는 괜찮지 않아요. 하지만 이제 와서 뭐 어쩌겠어요. 그래도 저는 가끔 불현듯 상상해봐요. 수술 전에 의사가 쌍꺼풀이 풀릴 수도 있다는 언질을 하고 동의서를 쓰게 했다면 어떡했을까 하고요. 그랬다면 제가 수술은 안 받겠다고 했을까요? 혹시, 다른 안과에서 수술을 받았다면 쌍꺼풀이 풀리는 해괴한 불상사는 일어나지 않았을까요?

하기야 살다보면 시비를 가려야 하는 부분에서 경계가 모호한 것들이 있긴 해요. 저도 이젠 중2가 아닌 걸요. 그래서일까요? 새삼 궁금하네요. 진짜 의료과실이 아니었을까요? 그럼 누구 잘못이죠? 아무도 잘못이 없는 건가요? 아! 답답하네요! … 누가 좀, 속 시원히 말해주실래요.

어떤 24시간

어떤 24시간

1.

경선은 얼마 전부터 금토 심야드라마를 꾸준히 시청하고 있는 중이다. 기다리지 않았어도 한 주가 풀밭 사이로 흐르는 바람처럼 지나 어느새 금요일 밤이 되었다. 평소 드라마를 잘 보지 않는 그녀였지만, 드라마에 극성스런 친구의 전화를 받고 나서는 유료로 그 드라마를 지난 회분까지 죄다 챙겨봤다. 우선 〈부부의 세계〉라는 제목부터가 그녀의 관심을 끌 만했다. 어쩌면 그 제목은 '부부'라는 이름으로 묶여 세상에 존재하는 사람 모두에게 호기심을 불러일으킬 만한 어떤 것인지도 모른다.

그 드라마가 무엇보다 경선의 시선을 붙들었던 것은 주연 여배우가 그녀가 평소 좋아했던 연기파 배우라는 사실이었다. 그러나 드라마가 회를 거듭할수록 그녀는 괴리감과 피로감을 느끼고 있었다. 한때 단란했던 가족이 남편의 외도로 인해 가정이 깨어지는 것까지는 경선과 드라마 속 여주인공이 유사했다. 하지만 딱 그것까지였다. 그 외는 현실의 경선과는 거리가 멀어도 너무 멀었다. 유능한 전문직 여성에다 과감한 이혼, 자신감에 찬 거침없는 발언, 게다가 멋진 복수까지. 그 모든 게 가능한 실력과 경제력을 모두 갖춘 여의사. 그런 반면 경선 자신은 결혼 전에 자그마한 중소기업 경리로 있다가, 결혼 후 육아문제로 직장을 그만둔 뒤 내내 전업주부로 살다가, 40대 초반에 경제활동을 해야만 하는 상황에 내몰려 간신히 잡은, 학교 방과 후 교사. 그것도 매년 재계약을 해야 하는, 밥벌이가 바람 앞의 등불처럼 간당간당한 계약직. 더군다나 현재 먹고사는 게 바빠서 과감한 이혼과 복수는커녕 남편이 통장에 넣어주는 쥐꼬리만 한 돈도 매몰차게 던져버리지 못하고 애써 모른 척하고 있는 그런 상황이었다.

거실 형광등을 끈 채 소파에 엉거주춤 엉덩이를 걸터앉아 넋 빠진 시선으로 맥없이 TV를 주시하던 경선은 화장실을 향해 걸어가는 아들의 뒤통수에 대고 맥락 없이 툭, 던졌다.

"아들~ 너도 사는 게 힘들다고 느낄 때가 있어?"

목소리가 바람 빠진 타이어 같다.

"매일 느끼지."

잠시 후 볼일을 보고 나오던 아들은 그녀와 눈도 마주치지 않고 냉소적으로 씩, 웃으며 약간 퉁명스럽게 말했다. 그녀는 순간, 어리석기 짝이 없는 질문이었음을 깨닫는다.

거의 무의식적으로 툭, 입 밖에 튀어나온 그녀의 허술한 말은 아들의 냉랭하고 건조한 말과 뒤섞여 방안의 공기를 싸늘한 정적 속에 잠기게 했다. 순간, 그녀의 가슴에 비명 같은 육중한 납덩이가 하나 더 얹히는 느낌이다. 아들은 잠깐 멈칫하더니 제 방에 곧장 들어가지 않고 정수기에서 냉수를 뽑아 마셨다. 아들의 등을 보며 마치 담벼락에 대고 말하듯 경선은 다시 툭, 던졌다.

"그렇구나! 산다는 건, 누구에게나 힘든 거구나! 그런데 아들, 뭐가 그렇게 힘들어?"

감당할 자신이 없다면 묻지 않고 듣지 않는 게 최선일 때가 있다. 하지만 그녀는 왠지 물음을 멈출 수가 없었다. 무모해서가 정녕코 아니었다.

"그야 돈이지. 더 뭐가 있겠어요."

또 다시 아들은 냉소적으로 대꾸했다. 그러나 그 냉소에는 안쓰러운 체념이 역력하다. 이제 경선의 말문은 완전히 닫혔다. 그 순간 그녀는 아들의 말에 반박할 그 어떤 말도 찾지 못했다. "돈이 최고지. 돈만 있으면 세상살이 걱정할 게 뭐 있어요"라며 황금 지상주의를 외쳐대던 아들의 말에 그녀도 한때는 아들에게 인생의 목표를 돈이 아니라 좀 더 가치 있고 의미 있는 일에 두라고 열변을 토한 적도 있었다. 하지만 경선은 이제 안다. 아들을 향한 그녀의 주장이 얼마나 토대 없는 허술한 논리였는지, 얼마나 얄팍한 감상이었는지. 어쩌면 돈이 인생의 전부가 아니라고 주장할 수 있는 사람은 돈에서 자유로운, 사람만의 얘기인지도 모른다. 게다가 현대사회는 한 개인의 사회적 지위는 자신이 얼마나 많은 돈을 벌었는가, 그리고 자신의 돈이 얼마만큼 많은 권력을 보장해주는가에 의해 측정되는 게 다반사이지 않던가.

주식으로 큰돈을 잃은 남편이 집을 들락거리다 완전히 나간 지 어느새 3년이 지났다. 경선을 괴롭히던 처음의 그 분노와 좌절감도 이젠 남아 있지 않았다. 사실 그녀가 이혼을 전혀 고려해보지 않은 것은 아니었다. 하지만 한때 들끓던 파괴적 충동감을 추스르고 나니 현실이 눈 안에 냉혹하게 들어왔다. 그녀가 아무리 손익계산서를 두드려봐도 경제력 없는 40대 중반 여자는 이혼에 유리한 나이는 아니었다. 그래서 그녀는 자신을 '돌싱'이라고 생각하기로 했다. 아니 원래부터 남편이란 존재는 없었다고 스스로 세뇌했다. 그래서일까. 그녀는 이혼서류를 정리하느냐 안 하느냐의 문제보다 주체적으로 자기 인생의 주인이 되는 것이 더 중요하게 여겨졌다.

S자동차 회사의 현장에서 20여 년을 근무한 남편은 자상한 성격은 아니었지만 대체로 가정적인 남자였다. 그러던 남편이 변하기 시작한 건 노조 관련 일을 맡게 되면서부터였다. 남편에게 가정 일은 늘 뒷전이었다. 오죽하면 집을 이사할 때도 그녀가 짐 정리를 다 하고나자 집을 찾아올 정도였을까. 그리고 그 즈음부터 이런저런 이유를 대며 외박이 잦아졌다. 예전에 없던 일이었다.

그 당시 고3이었던 아들은 이제 대학교 2학년이다. 1학년만 다니고 군대를 갔었고, 올 초에 제대를 하고 나서 3월에 다시 복학했다. 아들은 복학을 하지 않고 학교를 그만두겠다고 했다. 졸업해도 어차피 취업이 보장되는 것도 아니라고 하면서. 그럴 바엔 차라리 하루라도 빨리 돈을 버는 게 낫다고 했다. 하지만 경선은 다른 것은 다 아무래도 상관없었지만 그것만은 양보할 수 없었다. 아들이 대학을 나와 취업이 되든 안 되든 그것과는 별개로 대학은 꼭 나와야 할 것만 같았다. 그것은 어쩌면 그녀에게 남은 유일한 자존심 같은 것인지도 몰랐다. 오랜 실랑이가 이어졌다. 아들은 엄마가 세상물정을 몰라도 너무 모른다고 핏대를 세우며 항변했다. 그럼에도 아들은 한사코 반대하는 그녀의 뜻을 거스르지는 않았다. 그러나 여전히 불만에 차 있어 틈만 보이면 치고 들어왔다.

중학교 때부터 아들은 수학을 좋아해서 수학선생이 되겠다고 했다. 그러나 아들의 바람과는 달리 수학교육과는 떨어지고 현재 생물학과에 다니고 있다.

"아, 학교 그만두고 돈 벌고 싶다."

아들은 물을 마신 후 제 방 입구에서 혼잣말처럼 중얼거리다가 방문을 닫고 들어갔다.

현재 경선은 경제 여건상 아들에게 최소한의 돈만 지원하는 실정이었다. 그래서일까. 아들은 돈에 유달리 집착했다. 이해 못할 바는 아니었다. 그렇다고 장단을 맞출 수도 없는 노릇이었다.

아들이 들어가고 나서 경선은 곁에 둔 휴대폰을 열어 시간을 확인했다. 자정이 지나 있었다. 드라마가 끝나려면 아직 멀었다. 그런데도 경선은 TV를 꺼버렸다. 침대로 가서 누웠으나 잠이 오지 않았다. 달갑잖은 잡념만 성가시게 들러붙었다. 어쩔 수 없이 휴대폰을 열었다. 유튜브 채널을 뒤적여 명상음악을 클릭했다. 그녀가 잠들지 못하는 날 자장가처럼 가끔 틀어두곤 하는 것이었다. 그러나 그것조차 그녀의 잠을 붙들어주지 못했다. 다른 채널을 검색했다. 이번엔 빗소리다. 얼마 전에 우연히 발견하여 가끔 틀어주고 잠을 청하곤 했다. 볼륨을 조금 높였다. 몸자세를 바꾸어 엎드렸다. 소나기 퍼붓는 소리가 끝없이 이어졌다. 간간히 천둥 번개도 쳤다. 그래도 잠들 수가 없었다.

휴대폰을 집어 어둠 속에서 시계를 확인했다. 그새 30분이나 흘러 있었다. 볼륨을 줄였다. 빗소리가 가슴으로 눈물처럼 세차게 파고들었다. 한참을 듣고 있자니 오래 전에 고인이 된 엄마가 불현듯 떠올랐다. 고1 여름이었다. 엄마에게 상처주는 말을 해대며 못되게 대들다가 따귀를 한 대 맞았다. 그것이 억울해서, 빗물이 속옷까지 모두 적시고 온 살갗을 홍건히 적실 때까지 빗속에 서서 하염없이 울었던 기억이 마치 어제 일처럼 생생하게 떠올랐다. 그때는 맘만 먹으면 안 되는 게 없는 줄 알았다. 산다는 게 이렇게 지랄 같은 것일 줄 몰랐다. 방과 후 교사인 경선은 요즘 일거리가 없다. 올 초에 발생한 코로나바이러스로 인해 학교가 개학을 하지 않았기 때문이다. 당연히 수입도 없다. 경선은 내일 엄마한테나 가야겠다는 생각을 하면서 눈을 감았다.

2.

경선은 시계를 보며 집을 나설 시간을 계산했다. 어젯밤의 생각대로 엄마에게 다녀올 작정이었다. 딱히 그럴 이유도 없었는데 사는 게 바쁘다는 핑계로 최근에 못 가고 있었다.

경선은 승용차를 놔두고 시내버스를 타고 가서 공원묘지용 셔틀버스를 환승해서 갈 계획이었다. 그래서 아침에 묘지관리실에 전화를 미리해서 셔틀버스를 환승할 장소와 시간을 알아둔 터였다.

경선은 시간적 여유를 두고 집을 나섰다. 버스를 두 번이나 타고 내려 셔틀버스 환승할 장소에 도착했다. 시간을 확인했다. 셔틀버스가 오기까지는 20분이나 있어야 했다. 그녀는 근처 편의점에 들어갔다. 생수 한 병과 캔 맥주 2개와 과자 한 봉지, 종이컵 3개를 구입했다. 계산을 하고나서 편의점 밖으로 나가려다 말고 그녀는 편의점 안에 있는 의자에 앉았다. 편의점 안이 시원해서인지 끼고 있던 마스크가 덜 답답하게 느껴졌다. 경선은 휴대폰으로 시간 알람을 맞춰둔 뒤 얼마 동안 그곳에 앉아 멍하니 초점 없이 밖을 내다보고 있었다. 편의점에 들어올 때는 못 봤는데 바로 앞쪽에 큰 느티나무가 있었다. 그 나무가 만들어낸 그늘 밑에 두 명의 중년 여자가 서 있었다. 등에 가방을 멘 안경 낀 여자와 손가방을 든 검은 재킷의 여자였다. 10여 분 후 설정해둔 알람이 울리자 경선은 편의점 밖으로 나갔다.

잠시 후 장의차와 흡사한 검은 소형 셔틀버스가 도착했다. 나무 그늘 밑에서 얼쩡거리고 있던 두 명의 중년 여자도 그 차를 탔다. 차는 12인승이었다.

차가 일행을 싣고 20여 분을 달릴 때까지 아무도 말이 없었다. 차 안에는 정적만이 감돌았다. 드디어 차가 공원묘지 입구에 이르자 운전기사가 백미러를 통해 뒤를 보며 누구에게랄 것도 없이 행선지를 물었다.

"어디에 가십니까?"

"개나리단지에 갑니다."

60대 중반으로 보이는 안경 낀 여자가 대답했다.

"아주머니는요?"

기사는 백미러를 통해 남은 여자를 쳐다보며 물었다.

"백합단지요."

50대 후반으로 보이는 검은 재킷의 여자가 말했다.

"저는 수국단집니다."

경선은 검은 재킷 여자의 말이 끝나자마자 기사가 묻기도 전에 말했다.

"개나리 몇 단집니까?" 기사가 물었다.

"개나리 1단지요." 안경 낀 여자가 대답했다.

"개나리 1단지는 꽤 오래된 곳인데요." 기사가 말했다.

"예. 한 40년 됐습니다." 안경 낀 여자가 말했다.

경선은 건너편 좌석에 앉은 안경 낀 여자를 슬쩍 건너다봤다. 죽은 지 40년이나 된 사람의 묘지를 명절 같은 특별한 날도 아니고 황금 같은 주말에 방문하다니. 약간 호기심이 일었지만 묻지는 않았다. 대신 그동안 의식하지 못했던 묘지들의 이름에 대해 잠깐 생각을 했다. 각가지 꽃 이름으로 묘지구역을 정한 것도 의미 있게 느껴졌지만 산 사람들의 아파트처럼 1단지, 2단지 같은 구분을 한다는 게 더 묘하게 느껴져서 슬며시 미소가 지어졌다.

공원묘지 입구를 지나서 산길을 한참 달리니 사무실로 보이는 건물이 나타났다. 한동안 못 왔더니 그새 다시 개축을 한 건지 외관이 깨끗했다. 운전기사는 그 앞에 차를 세웠다. 그리고 뒤를 돌아보며 말했다.

"꽃 사실 분 있으면 사세요."

두 여자는 그냥 그대로 자리에 앉아 있었다. 경선은 어쩔까 잠깐 망설이다 차에서 내렸다. 조화가 진열된 곳으로 갔다. 여러 가지 형형색색의 다양한 조화가 선택을 기다리고 있었다. 경선은 카네이션 조화를 사려다 말고 장미 묶음의 조화를 두 개 샀다. 5분쯤 지나니 차가 다시 출발했다. 경선은 장미 조화를 잠시 물끄러미 쳐다보다 창밖 먼 곳에 시선을 던진 채 생각에 잠겼다. 엄마 생전에 자신이 엄마에게 장미꽃을 선물한 적이 있었던가 하고. 기억이 나지 않았다. 물론 용돈이나 선물을 드린 적은 있었다. 하지만 아쉽게도 꽃을 선물한 기억은 나지 않았다.

'백합단지'와 '수국단지'는 같은 방향이었으나 '개나리단지'는 정반대 방향이었다. 기사는 개나리단지 쪽으로 먼저 갔는데, 코스가 몹시 가팔랐다. 묘지 자체가 계단식으로 조성되어 있으니 어쩔 수 없는 노릇일 것이다. 오르막길과 내리막길을 내달려 개나리단지 부근에 안경 낀 여자가 먼저 내렸다. 그 다음에 백합단지에 검은 재킷 여자가 내렸고, 경선은 맨 마지막으로 수국단지 입구에서 내렸다. 경선을 내려준 차가 저만치 멀어지는 것을 잠시 응시하다가 그녀는 계단식으로 끝없이 이어진 묘지를 올려다보았다. 그녀가 안 온 사이 새로 생겨난 묘지가 꽤 많이 있었다. 그래서 모친의 묘지를 한눈에 찾을 수 있을 것 같지 않았다. 잠시 넋을 잃고 묘지를 올려다보고 있는데 소변이 마려웠다. 주변을 둘러보니 그리 멀지 않은 곳에 인부로 보이는 사내 셋이 새로운 묘지 조성공사를 하는 게 눈에 들어왔다. 그리고 그 반대편에는 화장실로 보이는 건물이 있었다. 그 자리는 예전에 화장실이 있던 위치였다. 모친이 이곳에 온 십여 년 전에는 화장실 앞에 휴게실로 쓰이는 가건물이 있었다. 그런데 그 건물이 그 다음해 큰 태풍으로 인해 망가지자 다시 신축하지 않았고 아예 그냥 허물어 버려 없어져버렸다.

화장실 입구에 다다르니 건물 외관이 예전에 왔을 때보다 깨끗했 다. 입구에 손가방과 조화와 편의점에서 산 물건이 든 봉지를 놔두고 화장실로 들어갔다. 내부도 모던하게 꾸며져 깨끗해 보였다. 아마 누군가가 지속적으로 관리하는 것 같았다. 그녀는 볼일을 마치고 나 서 세면대에서 비누로 손을 씻으며 세면대 위에 있는 거울을 쳐다봤 다. 거울에 비친 모습이 몹시 허기져보였다. 아침을 먹지 않은 탓이 었다. 빈속에 커피 한 잔만 마시고 나와서 정오를 넘겼으니 배꼽시계 알람이 아니더라도 몸이 신호를 보낼 만했다. 경선은 편의점에서 산 맥주와 과자봉지를 머릿속에 떠올리며 화장실을 나왔다. 햇살에 눈 이 부셨다. 모자를 챙겨왔었다면 좋았을 걸 싶었다.

경선은 화장실 앞에 놓아두었던 손가방과 조화와 편의점 물건이 든 봉지를 집어들었다. 그리고 막 한 걸음 내딛는 찰나였다. 그녀는 악, 하는 비명과 함께 그 자리에 주저앉고 말았다. 왼쪽 발목을 접질 러버린 것이다. 그녀는 거의 반사적으로 접질린 발목 부분을 움켜잡 고 주물렀다. 통증이 몹시 심했다. 정신없이 한참을 주무르다 고개 를 들어 인부들이 일하고 있던 쪽을 건너다봤다. 사내들은 그새 자취 를 감추고 없었다. 아마도 점심때가 되었으니 식사를 하러 간 것인지 도 몰랐다. 사내들마저 사라지고 나자 주변에는 사람의 그림자는 고 사하고 쥐새끼 한 마리 얼씬거리지 않았다. 오직 무덤들만이 온 사방에 진을 치고 있을 뿐이어서 괴괴한 정적만이 감돌고 있었다. 만약 내게 위험한 일이 생긴다 해도 여기서 나를 도와줄 사람은 아무도 없구나, 라는 생각을 하자 그녀는 새삼 두렵고 슬펐다. 그런데 바로 그 순간, 아! 그렇지. 휴대폰이 있었지, 라는 생각이 스쳤다. 새삼 잊고 있었던 112나 119라는 번호가 그렇게 고마울 수가 없었다. 경선은 그 상황에서도 살아오면서 아직 112나 119에 전화를 해본 적이 없었다는 생각이 들자 뭔지 모르게 감사했다.

그녀는 다치지 않은 오른쪽 다리에 힘을 실어서 일어서보려고 안간힘을 썼다. 한참이나 용을 쓴 뒤 겨우 일어나 다치지 않은 오른발에 힘을 줘서 아주 조심스럽게 천천히 발걸음을 옮겼다. 통증은 있었지만 참고 걸을 만했다. 그녀는 뒤뚱거리며 천천히 걸었다. 모친의 묘지가 있는 쪽을 바라보았다. 일순 갈등했다. 여기까지 왔는데 엄마에게 가보지도 않고 돌아갈 수는 없었다. 경선은 차근차근 기억을 더듬어 얼마쯤 걸어올랐다. 어느 지점에 다다르자 엄마 묘지가 어디쯤인지 알 것 같았다.

그녀는 모친의 무덤가에 잠시 앉으려 했으나 접질린 발목에 통증이 심해서 앉기도 쉽지 않았다. 어렵사리 앉은 뒤에 조화를 꽂았다. 그 다음 손가방에서 A4 용지 두 장을 꺼내 나란히 폈다. 편의점에서 산 종이컵에 맥주를 한 잔 따라놓고 과자봉지를 열어 그 옆에 놓았다. 그런 다음 다시 용을 써서 겨우 일어났다. 어설픈 자세로 두 번 절을 했다. 절을 하고 나서 또 힘겹게 자리에 앉았다. 엄마 무덤을 쳐다보니 일순 코끝이 시큰했다. 남은 캔을 따서 한 모금 마셨다. 몸에서 받지 않았다. 게다가 발목을 접질린 상태에서 술을 마셔서는 안 될 것 같았다. 경선은 어떻게든 견디며 사느라고 섣불리 내뱉지도 못 해 마음의 갈피마다 겹겹이 쌓여 있는 말들을 엄마 옆에서 더할 나위 없이 편안한 자세로 내내 죽치고 앉아서 기분 내키는 대로 쏟아내고 싶었었다. 그런데 계획이 다 틀어졌다. 일순 눈물이 핑 돌았다. 울지 는 않다. 안 그래도 접질린 발목을 보고 속상하실 텐데 딸의 우는 모습까지 본다면 엄마의 마음이 얼마나 아프겠는가 싶었다. 경선은 묘지에 기대앉아 멀리 반대편 묘지들을 하염없이 바라보았다. 하늘 에 떠 있는 작열하는 태양과 구름 몇 점, 사방 천지에 진을 치고 있는 무덤들, 그리고 그 무덤가를 낮게 날고 있는 까마귀 몇 마리가 만들 어내는 풍경이라니.

경선은 그늘 한 점 없는 그곳에서 10여 분을 넋을 잃고 멍하니 주 저앉아 있었다. 정오의 열기는 그녀를 쪄서 삼킬 듯 광포하게 기승을 부리고 있었고, 햇살은 칼날의 파편처럼 눈을 찔러댔다. 경선은 휴대 폰을 열어 시간을 확인했다. 셔틀버스가 출발할 시간까지는 1시간 이상 남아 있었다. 경선은 그만 자리에서 일어나야겠다고 생각했다. 손가방과 비닐봉지를 챙겼다. 다치기 전까지는 잊고 살았던 발의 고 마움을 새삼 느끼며 천천히 발걸음을 옮겼다. 평소라면 5분여 만에 걸어내려올 수 있을 만한 거리를 15분이나 걸려서 입구에 있는 느티 나무까지 왔다. 나무 밑에는 그늘이 져 있어서 시원해보였다. 게다 가 앉을 수 있는 너럭바위까지 있었다. 경선은 손가방에서 A4 용지 를 꺼내 깔고 앉았다. 그런 후 휴대폰을 꺼내 시간을 계산했다. 셔틀버스 탈 장소까지 가는 시간을 제외하고도 40분 넘게 시간적 여유가 있었다. 시간적 여유가 생기니 마음이 한결 놓였다. 발목이 아픈데도 마음이 차분해지면서 담담해졌다. 경선은 눈을 들어 먼 곳에서부터 가까운 곳에 있는 것까지 이쪽저쪽의 다른 묘지들을 살펴보았다. 모양이 모두 고만고만해서 가까이 가지 않으면 가족들조차 그들을 알아볼 수 없을 것 같았다. 다들 어떤 인생들을 살다가 저리 속절없이 누워 있는가 가만히 응시하고 있자니, 경선은 삶과 죽음이 종이 한 장 차이라는 게 그저 하는 소리가 아니구나 싶었다. 그들은 하나같이 경선에게 인생은 빈손으로 왔다가 빈손으로 가는 것이니 너무 번민 말고 그냥 물 흐르듯이 살라고 말해주는 듯했다.

태어나는 데는 순서가 있지만 죽는 데는 순서가 없다더니 그 말은 진리였다. 막내 남동생이 물에 빠진 아들을 구하려다 급류에 휩쓸려 죽고 난 2년 뒤, 엄마마저 급작스럽게 세상을 떠났다. 횡단보도를 건너다 대낮부터 음주운전을 한 어떤 젊은 계집애의 차에 치여 허망하게 떠났다. 사람들은 흔히 죽음에 대해 말할 때 가는 잠에 가고 싶다고 한다. 그것은 죽음의 고통을 조금이라도 덜 느끼고 가고 싶다는 의미일 것이다. 그런데 가는 자에게는 그런 찰나적인 소멸이 죽는 과정의 고통을 경감시켰는지 모르겠지만 남은 자에게는 회복하기 쉽지 않은 상실을 안겨주게 된다. 경선을 누구보다 따랐던 막내 남동생의 죽음을 받아들이기도 전에 엄마의 죽음까지 받아들여야 했다. 엎친 데 덮친 격이었으니 한동안 사는 것이 사는 게 아니었다. 무엇보다 견디기 힘든 건 그리움이었다.

어디선가 달려온 바람 한 줄기가 그녀의 목 언저리를 가볍게 스치고 지나간다 싶더니, 이어서 한꺼번에 몰려온 산들바람에 나무 이파리들이 살랑거리고 있었다. 햇빛을 받으며 바람에 몸을 가볍게 뒤척이는 5월의 신록들은 묘지들 사이를 감도는 고독하고 엄숙한 침묵의 세계와는 너무나 대조적으로 싱그럽고 상쾌했다. 바람이 불어서 그랬을까. 그녀의 뇌리에 불현 듯 추모곡으로 널리 알려진 〈천 개의 바람이 되어〉라는 노래가 떠올랐다. 유튜브에서 음악을 검색했다. 팝페라가수 임형주가 부른 것을 선택했다.

　나의 사진 앞에서 울지 마요. 나는 그곳에 없어요. 나는 잠들어 있지 않아요. 제발 날 위해 울지 말아요. 나는 천 개의 바람, 천 개의 바람이 되었죠. 저 넓은 하늘 위를 자유롭게 날고 있죠.
　가을엔 곡식들을 비추는 따사로운 빛이 될게요. 겨울엔 다이아몬드처럼 반짝이는 눈이 될게요. 아침엔 종달새 되어 잠든 당신을 깨워줄게요. 밤에는 어둠 속에 별 되어 당신을 지켜줄게요.

　마치 천상의 목소리를 지닌 것 같은 가수의 노래가 그녀의 마음을 촉촉이 적셨다. 엄마 묘지 앞에서도 울지 않았는데 노래를 듣고 있으니 마치 눈물샘이 고장난 것처럼 뜨거운 것이 그녀의 볼을 타고 내렸다. 그렇다. 엄마는 여기 없다. 설령 엄마의 유골이 이곳에 묻혀 있다고 해도 엄마는 이미 이곳에 없는 것이다. 노래 가사처럼 엄마는 어쩌면 천 개의 바람이 되어 자유롭게 하늘을 훨훨 날고 있을지도 모른다. 오히려 자유롭지 못한 것은 그녀였다.

경선은 시계를 확인했다. 그새 20분이 지나 있었다. 부어 있는 발목을 내려다보니 뼈가 골절된 것은 아닐 거라는 판단이 들었다. 만약 뼈에 문제가 생긴 거라면 이 정도로도 걸을 수 없었을 것이다. 벌써 119를 불러야 했을 것이다. 그렇다면 근육 아니면 인대의 문제일 것이다. 그런 생각이 들자 얼음찜질을 해주면 좋을 텐데 싶었다. 일순 그녀의 뇌리에 셔틀버스 타는 곳 옆에 있던 식당이 떠올랐다. 경선은 자리에서 그만 일어섰다.

셔틀버스 타는 곳에 오니 차는 이미 대기하고 있었지만 운전기사는 보이지 않았다. 경선은 식당으로 가려다 먼저 화장실로 갔다. 소변을 보고나서 세면대에서 손을 씻는데 물이 손이 시릴 정도로 차가웠다. 그녀는 아! 이거다 싶었다. 그 물은 지하수였던 것이다. 경선은 접질린 발의 양말을 벗고 나서 세면대의 물을 틀어 발목에 냉수마찰을 시작했다. 발이 얼얼해질 정도로 한참을 그러는 동안에도 화장실에 들어오는 사람은 아무도 없었다. 차 시간이 걱정되어 시간을 확인했다. 시간이 많이 흐른 줄 알았는데 7분밖에 지나지 않은 상태였다. 그때였다. 누군가가 화장실로 들어왔다. 쳐다보니 개나리 1단지에 간다던 안경 낀 여자였다. 경선이 세면대에서 그러고 있는 모습을 본 여자가 걱정스럽게 물었다.

"발 다쳤어요?"

여자의 말투와 표정에서 친근함이 묻어났다.

"네. 걷다가 발목을 접질렸는데 통증이 심하네요. 냉수마찰해주면 좋을 것 같아서 이러고 있어요. 여기 지하수라서 그런지 물이 굉장히 차갑네요."

전혀 모르는 타인에게 친절한 관심을 보이는 여자가 왠지 고마워져서 경선은 낯가림 없이 공손하게 말했다.

"저런. 어쩌다가…. 내 가방에 물파스 있는데 좀 바를래요?"

여자가 말했다.

"그러면 저야 고맙겠지만…. 그런데 어떻게 물파스를 가방에 넣고 다닐 생각을 하세요?"

가방에 물파스를 넣고 다니는 사람은 흔치 않을 거라는 생각에 그녀는 약간 의아해서 물었다.

"아, 그거. 여기에 오면 벌레들이 잘 물어서 갖고 와요. 물파스를 바르면 잘 안 물거든요."

여자가 말했다.

경선은 여자를 따라 화장실을 나왔다. 그리고는 식당 옆 계단에 앉아서 안경 낀 여자가 건네준 물파스를 접질린 발목에 바르며 물었다.

"누구 산소에 오신 거예요? 올 때 차 안에서 들으니 돌아가신 분이 꽤 오래된 것 같던데요."

"시어머니 산소요. 시삼촌도 있고 여럿이 있어요."

경선은 인사치레로 물었지만 여자의 대답을 듣고 나니 진짜로 궁금해졌다. 친정부모도 아닌 시어머니 산소에 그것도 주말에 혼자 찾아오다니.

"시어머님이 언제 돌아가셨는데요."

"한 40년쯤 됐어요."

"그래요? 시어머님이랑 함께 사셨어요?"

"네. 그런데 몇 년 못 살았어요. 빨리 돌아가셔서."

여자의 말투나 표정을 통해서는 그들 고부간의 사이를 읽어낼 수
는 없었다.

"의외네요. 친정엄마도 아니고 시어머니를 그것도 돌아가신 지 40
년이나 된 분을 찾아보시다니."

"여기 찾아오는 거 좋아해서 한번씩 와요. 우리 아저씨가 다니는
걸 좋아했거든요. 옛날에는 함께 자주 왔어요."

"왜 아저씨랑 같이 안 오시고?"

말을 꺼낸 순간, 경선은 아차! 싶었다. 묻지 않으면 더 좋을 질문이
었다. 하지만 이미 쏟아낸 말을 어쩌겠는가, 도로 주워담을 수도 없
는 노릇이니.

"우리 아저씨는 이제 여기 없어요."

여자는 아무렇지도 않다는 듯이 오히려 상대방을 배려하는 듯한
미소를 띠고 담담하게 말했다.

"아저씨도 여기 계세요?"

이왕 내친김이었다.

"우리 아저씨는 선산에 있어요. 우리 아저씨 있을 때도 그랬지만
나는 이런 데 한번씩 다녀가는 게 좋더라고요"

여자가 말했다. 여자의 말을 듣고 있으니 여자만의 특별한 향기와
여백이 짐작되었다. 하지만 경선은 더 이상 아무 말도 안 했다. 주차

된 서틀버스에 운전기사가 올라타는 게 보였다. 시간을 확인하니 출발할 시간이 거의 다 되었다. 여자와 경선은 차에 올라탔다. 올 때 같이 타서 백합단지에 간다던 여자는 차에 타지 않았다. 안경 낀 여자가 운전기사를 향해 말했다.

"아까 그 분 안 왔는데요."

"아, 그 아주머니. 다른 차를 타고 나간다고 했어요."

운전기사가 말했다.

검은 묘지용 셔틀버스는 들어올 때의 그 산길을 되돌아 달렸다.

"차에서 내리자마자 근처 한의원부터 가보세요. 그런 상태로 집에까지 가지 말고."

옆 좌석에 앉아 있던 안경 낀 여자가 경선에게 걱정스런 표정으로 말했다.

"네. 그래야겠어요. 고맙습니다."

경선은 여자의 말에 가타부타 토를 달지 않고 일단은 수긍하듯 대답했다. 그녀를 걱정해주는 고마운 말이라는 것을 모르지 않기 때문이었다.

"댁은 어디세요?"

경선은 안경 낀 여자의 관심이 고마워서 인사치레로 물었다.

"부산 살아요."

여자가 대답했다. 경선은 또 한번 약간 놀랐다. 집이 근처도 아니고 멀리서, 주말에 혼자서, 그것도 가신 지 40년이나 된 시모 묘지를 찾아오는 며느리라니. 경선은 그 심리를 잘 이해할 수 없었다. 하기야 사람 마음이라는 것이 어디 한두 마디 말로 간단히 규정지을 수 있는 그런 것이던가. 삶의 방식 또한 마찬가지고. 죄 짓는 일이 아니라면 그냥 각자 살고 싶은 대로 살면 되는 것이 아니겠는가.

경선은 안경 낀 여자와 같은 장소에서 내렸다. 여자와 헤어지고 나서 경선은 근처 한의원을 찾지 않고 곧장 집 쪽으로 가는 버스를 탔다. 집에서 멀지 않은 곳에 가끔 찾는 한의원이 있었기 때문이다. 그 한의원은 예전에 어깨며 발목 통증으로 침을 맞은 적이 있었고, 또 그렇게 맞은 침으로 효과를 받기 때문이었다.

버스는 1시간 정도를 내달렸고 경선은 하차할 지점에 내렸다. 다행히 그 한의원은 버스에서 내려 많이 걷지 않아도 되는 지점에 있었다.

시계를 보니 오후 세 시가 넘어 있었다. 그녀는 한의원으로 들어갔다.

"어디가 아프셔서 오셨어요?"

접수대에 서 있던 간호사가 물었다.

"왼쪽 발목을 접질러서 침 좀 맞을까 해서요."

간호사가 그녀의 이름을 물었다. 말해주었다. 예전에 온 적이 있어서 그런지 간호사가 곧장 침을 맞을 환자용 간이침대로 인도했다.

5분쯤 기다리니 의사가 왔다. 간호사도 따라들어왔다. 왼쪽 발목을 접질렀다는 간호사의 말을 듣고 의사는 맨 먼저 경선의 오른쪽 손에 침을 놓기 시작했다. 대략 대여섯 개는 놓는 듯했다. 다음으로는 오른쪽 다리와 발목에 침을 놓았다. 바늘이 몸을 파고들 때마다 그녀 자신의 의지와 상관없이 몸이 움츠러들었다. 의사는 말했다.

"긴장을 풀고 호흡을 크게 하세요."

경선은 머릿속으로 '릴렉스'란 단어를 떠올리며 길게 심호흡을 하려고 애썼다. 생각처럼 쉽지 않았다.

"항상 호흡을 길게 하는 습관을 들이세요. 호흡이 짧으면 마음에 여유가 없어져요."

의사가 말했다. 그러나 의사의 주문과는 달리 바늘이 경선의 몸속을 찔러댈 때마다 몸은 더 긴장했다.

"1시간 정도 걸리니까 푹 쉬세요."

의사가 침을 다 놓고 나가자 간호사가 따라나가면서 말했다.

그녀의 몸은 마치 채집된 곤충처럼 침에 꽂혀 꼼짝할 수 없었지만 생각은 날개를 달고 한없이 달아났다. 멈추려야 멈출 수가 없었다. 다친 발목은 왼쪽이건만 침은 정반대인 오른쪽에 놓는 원리가 신기했다. 그리고 보니 내 몸이건만 몸에 대해 아는 게 별로 없다는 생각도 들었다. 그리고 만약 급소에 꽂힌다면 바늘 하나에도 죽을 수가 있겠다는 생각에 미치자 삶과 죽음이 정말 종이 한 장 차이라는 생각이 들었다.

치료를 하려면 의사에게 자신의 몸을 전적으로 맡겨야 한다. 거기에는 의사에 대한 절대적인 신뢰감이 있어야만 가능하다. 신뢰감이란 도대체 뭘까. 누군가를 온전히 믿는다는 건 어떤 의미일까. 인간이란 존재가 절대적인 믿음의 대상이 될 수 있는 존재일까. 경선은 그동안 남편을 신뢰할 만한 대상이라고 믿었다. 그리고 자신도 남편에게 신뢰를 주는 존재가 되고자 노력했다. 믿지 않고는 온전히 살

수 없는 게 부부이니까. 그런데 이제는 잘 모르겠다. 믿는다는 것, 그게 얼마나 허망한 것인지를 절실히 깨달았기 때문일까. 사실 믿음은, 말의 영역이 아니라 행동의 영역이었다. 또 그것은 하루아침에 형성되는 것도 아니었다. 그리고 경선은 이제 안다. 인간에 대한 믿음이라는 것이 얼마나 허약한 구조를 가지고 있는지.

한 시간이 지나자 의사가 들어와서 경선의 몸에 꽂혀 있던 침들을 다 뽑아냈다. 그런 다음 돌아눕게 해서 그녀의 허리에 두 군데 다시 침을 놓았다. 이번에는 바늘이 제법 큰 것으로 느껴졌다. 허리에 침을 놓은 다음 의사가 물었다.

"어때요? 발목 통증이 많이 없어졌죠?"

"네."

경선은 일단 그렇게 대답했다. 실제 통증이 많이 줄었는지는 걸어봐야 알 일이었다. 의사는 접질린 왼쪽 발목을 세차게 주무르며 말했다.

"심하게 많이 접질렸어요. 내일은 발목에 피를 좀 뽑아야겠어요."

침을 다 맞고 접수대로 나오니 간호사가 약을 처방해주었다. 알약과 물약 두 종류였다. 혈액순환이 잘 되게 하는 약이라고 했다. 그녀가 조금 걸어보니 한의원에 들어올 때보다는 좀 좋아진 느낌이 들었다. 그녀는 조심스럽게 뒤뚱거리며 버스에 올라탔다.

3.

경선은 다시 금토 심야드라마 〈부부의 세계〉를 시청하고 있는 중이다. 드라마가 막바지를 향해 가고 있었다. 인터넷을 검색하니 이 드라마의 시청률이 20%대를 웃돌고 있다는 기사가 있었다. 어떤 요소가 이 드라마를 이토록 뜨겁게 달구고 있는 걸까.

지난 번 드라마 속 남자 주인공 이태오는 아내 지선우에게 "사랑에 빠진 게 죄는 아니잖아…"라며 본인의 불륜을 뻔뻔하게 정당화시켰다. 그리고 그 이후의 지선우의 대응들….

경선은 생각했다. 만약 자신의 남편이 "사랑에 빠진 게 죄는 아니잖아"라고 하며 본인의 불륜을 거침없이 드러낸다면 자신은 어땠을까. 지선·우·만큼은 아니어도 노련하게 한방 제대로 먹인 다음 자신의 인생을 멋지고 당당하게 펼쳐나갈 수 있었을까. 모르겠다. 닥쳐봐야 알 일이었다. 하지만 분명한 건, 현재 그녀로선 별로 맞닥뜨리고 싶지 않은 상황이었다.

경선은 곁에 둔 휴대폰으로 시간을 확인했다. 자정을 20분 남겨둔 시간이었다. 초저녁에 잠깐 친구를 만나러 나갔다 오겠다던 아들은 여태껏 돌아오지 않고 있다. 그녀는 드라마가 끝나지도 않았는데 그만 TV를 껐다. 낮에 접질렸던 발목에 통증이 일었다. 마치 자신의 존재를 기억해달라는 듯이. 의사가 접질린 부분에 파스를 붙여두어서 얼음찜질은 할 수가 없다. 경선은 휴대폰을 집어 유튜브에서 명상음악을 클릭했다. 거실 불을 끈 채 소파에 눈을 감고 누워 10여 분 정도 들었다. 또 명상음악이 잡음처럼 신경에 거슬렸다. 그래서 전날 밤 틀어두고 잠들었던 빗소리를 검색했다. 볼륨을 약간 높였다. 천둥번개를 동반한 거센 빗소리가 마치 경선을 위로하듯 그녀의 마음을 차분히 가라앉혔다. 접질린 발목이 또 다시 신호를 보내왔다. 그녀는 불현듯 생각했다. 엄마는 내가 더 이상 그곳에 오지 않기를 바라는 걸까. 경선은 휴대폰을 통해 시간을 다시 확인했다. 자정을 넘어 있었다. 어제 그 시간이었다.

길을 묻다

길을 묻다

여자가 P철학관을 찾은 건 아들과 딸이 대학수학능력시험을 5개월 남겨둔 시점이었다. 그때 아들은 삼수에 도전하던 중이었고 딸은 재수에 도전하던 중이었다. 아이들 둘 다 수능을 준비하고 있었기에 엄마가 신경이 쓰이는 거야 뭐 당연한 일이었지만, 그보다도 여자의 마음을 설명할 수 없게 심란하게 만든 건, 아들이 뭔지 모르게 영 마음을 못 잡고 있는 듯했기 때문이었다.

삼수를 준비하는 동안 아들은 입시학원을 안 다니고 혼자서 독서실에서 공부를 하겠다고 했다. 어차피 학원 가봐야 성저순으로 반을 배정하기에 고등학교 때 성적이 안 좋은 아이는 등급이 낮은 반에 배정이 된다는 거였다. 여자는 아들과 생각이 달랐다. 하지만 여느 때와 마찬가지로 이번에도 아들의 고집을 꺾을 수는 없었다.

아들은 거의 매일 정오가 다 될 무렵에 무기력한 상태로 일어나서 독서실에 갔다. 그리고 자정 무렵에 독서실에서 돌아왔는데, 집에 와서도 공부를 하는지는 잘 모르겠으나 거의 매일 새벽 시간까지 아들의 방에 불이 켜져 있었다.

아들은 초등학교 때까지만 해도 공부를 곧잘 했다. 따로 공부하는 학원을 다니는 것도 아닌데도 반에서 선두를 놓치지 않을 만큼. 그래선지 중학교에 들어갈 때도 매우 우수한 성적으로 입학을 했다. 그러던 아들이 중2 1학기가 되면서부터 성적이 조금씩 처지기 시작했다. 그래서 입시학원을 보냈다. 처음에는 학원에 잘 적응하는 듯했다. 그러나 얼마 지나지 않아 아들은 곧 이런저런 이유를 대며 다른 학원으로 옮겨달라고 했다. 여자는 아들이 원하는 대로 해줬다. 그런데 아들은 학원을 옮겨서도 잘 적응하지 못했다. 그렇게 학원을 몇 군데 더 전전하던 아들은 급기야 학원을 그만두고 집에서 혼자 공부하겠다고 했다. 여자의 생각은 달랐다. 학원에 적을 두고 공부를 하는 게 더 나을 듯했다. 여자는 아들을 설득했다. 하지만 아들은 자신의 생각을 막무가내로 밀어붙였다. 이번에도 여자는 아들의 생각을 존중했다.

그런데 학원을 다니지 않게 되자 아들은 학교가 파하면 곧장 집으로 와서 제 방문을 걸어잠그고 밖으로 잘 나오지 않았다. 원래부터 약간 예민한 구석이 없진 않았지만, 사춘기라서 그런지 별 것 아닌 일로도 걸핏하면 짜증을 내곤 했다. 여자도 아들과 마찰을 빚는 게 피곤해서 저 하는 대로 내버려두었다. 그래선지 성적은 조금씩 떨어졌고, 졸업할 즈음에는 중간으로 밀려나 있었다.

여자는 아들에게 내신에 유리한, 집 근처 고등학교에 가기를 권했다. 그런데 아들의 생각은 달랐다. 중학교까지는 농땡이를 쳤지만 고등학교에 가서는 완전히 달라질 거라고 했다. 목표하는 대학도 서울에 있는 K대학 경영학과였다. 아들은 그 대학을 졸업해서 펀드매니저가 되는 게 꿈이라고 했다. 그래선지 아들은 전년도 K대학 합격

자를 많이 배출한 고등학교를 고집했다. 그 학교를 지원하면 내신에서 불리한데도 아들의 태도는 진지하고 완강했다. 여자는 내심 염려가 되었지만, 아들의 뜻이 워낙 확고해보여 아들을 믿고 따라주지 않을 수 없었다.

그러나 낌새를 보니 그런 아들의 결심은 두 학기가 채 지나기도 전에 흔들리는 것 같았다. 아들이 입학한 고등학교는 학교에서 성적이 우수한 학생만 따로 선별해 집중 관리하는 사립고등학교였다. 아들은 그 그룹에 들지는 못했다. 그래서일까. 아들은 중학교 때 학원시스템에 적응을 못하듯이 고등학교 생활에서도 적응을 잘 못했다. 그러니 성적이 잘 나올 리가 만무했다. 평소에 아들이 좋아하는 한두 과목을 제외하고는 내신이 하위등급에 가까웠다.

아들은 고3 때, 수능을 치기도 전에 재수를 하겠다고 했다. 아들은 자신의 뜻대로 재수를 하였지만 그 다음 해도 원하는 대학에 갈 성적은 나오지 않았다. 이번에도 여자는 수능 성적에 맞춰서 대학에 입학하기를 권했다. 하지만 아들은 다시 삼수를 하겠다고 했고, 현재 삼수 중에 있었다.

여자는 나름 착실히 신앙생활을 하는 기독교 신자였다. 그러나 평소 하는 기도만으로는 아들 걱정으로 심란한, 마음의 파도가 잘 잠재워지지 않았다. 그러던 중 가끔 연락을 주고받는 고등학교 친구의 전화를 받았다. 입시학원을 운영하는 친구였다. 현재의 여자의 심란한 마음을 전해들은 친구는 자기가 소개해주는 철학관에 한번 가보라고 했다. 가끔 자신이 찾는 곳인데 나름 도움이 된다고 했다. 여자는 뭐가 도움이 되느냐고 물었다. 친구에 의하면, 철학관에서 예상했던 대로 자신의 학원생들의 진로가 거의 다 흘러갔다는 것이었다. 그동안 여자는 그런 행위(철학관이나 점집 가는 것)를 싸잡아 몽땅 정신 나간 짓으로 취급하고 있었다. 그런데도 철학관에서 입시생들의 진로방향을 예견했다는 말을 듣게 되자 여자는 내심 흔들리지 않을 수 없었다.

　사실 여자가 그런 곳에 한번도 안 간 것은 아니었다. 십오륙 년 전 즈음 30대 초반에 딱 한번, 간 적이 있었다. 그 당시 옆집여자 말에 따르면, 그 점쟁이가 귀신같이 용하게 맞힌다는 것이었다. 여자는 뭐가 그렇게 용하더냐고 물었다. 옆집여자는 말했다. 친구랑 함께 갔었는데, 점쟁이가 자신의 고조할아버지가 두 집 살림을 한 것이며, 친구 남편이 '잡기'에 능한 것이며, 옆집여자의 남편 직장이 동쪽에 있는 것까지 맞히더라는 거였다. 여자가 듣기로는 귀신 같다는 용한 점쟁이가 맞힌 내용들이 별로 특별할 것이 없어 보였다. 고조할아버지가 사신 그 시대는 남자가 두 집 살림하는 것은 흔히 있는 일이었고, '잡기'에 능하다는 친구 남편의 경우도 따지고 보면, '잡기'라는 것의 범위가 워낙 광범위하다보니 딱히 꼬집어 맞혔다고 할 수도 없었다. 게다가 옆집여자 남편의 직장이 동쪽에 있다는 것도 사실 중심을 어디에 두느냐에 따라 방향이 달라지니, 그 귀신같이 맞춘 내용들이 하나같이 조금이라도 상식이 있는 사람이라면 누구라도 유추해볼 수 있는 것들이었다. 그런데도 옆집여자는 용하다는 걸 철석같이 믿고 있었다. 그 당시 여자는 사실 여부(용한 것이 아니라 용하지 않다

는 것에 무게 중심을 두고서)를 확인하고 싶어서 안달이 났다. 그래
서 옆집여자에게 점집을 물어서 아이들이 유치원에 간 시간에 기어
코 그곳을 찾아갔었다.

점집은 낡은 주택가에 있었다. 입구에 대나무가 꽂혀 있어서 찾기
가 쉬웠다. 좁은 골목 안쪽에 허름한 문이 있었다. 가볍게 노크했다.
안에서 기척이 없었다. 열고 들어갔다. 문을 열자 오른쪽 입구에 부
처님을 모셔놓은, 절에서 보았던 것과 비슷한 제단이 차려져 있었다.
문을 열었는데도 인기척이 없었다. 여자가 "누구 없어요?"라고 했더
니 부엌으로 보이는 곳에서 중년 여자가 나왔다. 무슨 일이냐고 물었
다. 여자가 점 보러 왔다고 하자 제단 반대쪽에 있는 방문을 열어주
며 방에 들어가서 기다리라고 했다. 아무도 없는 방에서 기다리자니
꺼려졌지만 달리 도리가 없었다. 방안을 둘러봤다. 방벽에 박힌 못
에 낡은 트레이닝 한 벌이 걸려 있었다. 5분쯤 기다렸다. 얼굴이 얼
핏 비대칭으로 보이는 젊은 사내가 나타났다. 옆집여자에 의하면, 사
내가 교통사고를 크게 당해 죽다 살아났다고 하더니 그래서인 것 같
았다. 정확한 나이는 가늠하기 어려웠지만 아무리 많아도 마흔은 넘
기지 않았을 것 같았다. 뭐가 궁금하냐고, 사내가 물었다. 여자는 남
편이 언제쯤 승진할지 알고 싶다고 했다. 사내는 잠시 뜸을 들이더니
내년 8월쯤이라고 했다. 사내의 대답을 듣자 여자는 속으로 '그러면
그렇지' 싶었고, 순간 비용을 지불할 생각을 하니 몹시 아까웠다. 예
상했던 대로 '사기'라는 확신이 들었다. 그래도 내친김이라 하나 더
물어보았다. 여자 자신이 곧 일을 시작하고 싶은데 어떤 종류의 일을

하면 좋겠냐고. 사내는 대답하기 전에 또 잠깐 뜸을 들이더니 '코팅' 관련 일을 하는 것이 좋겠다고 했다. 역시나 실망스런 대답이었다. 아니 정말 돈 아까운 대답이었다.

사실 여자의 남편은 자영업을 하고 있었기에 내년에 승진할 일은 없었다. 게다가 여자 역시 그 당시 아이들 육아문제로 직장을 다닐 수 있는 상황이 아니었다. 또 여자에게 맞겠다는 '코팅' 관련 일이라는 것도 그랬다. '코팅'이라는 용어를 차용해 쓰는 곳이 어디 한두 군데인가. 어쨌든 여자는 그곳을 다녀온 후로는 지금까지 철학관이나 점집에 단 한번도 발길을 한 적은 없었다. 그랬던 여자가 아들의 진로문제를 앞에 두고는 지푸라기라도 잡고 싶은 심정에 빠지는 것이었다.

P철학관은 여자의 집에서 버스로 1시간 거리에 있었다. 버스에서 내려 친구가 가르쳐준 대로 찾아갔더니 빌라 건물 2층에 있었다. 초인종을 눌러 용건을 말하니 문이 열렸다. 그 철학관은 오래 전에 여자가 찾았던 점집과는 분위기가 사뭇 달랐다. 일단 들어선 순간 탁트인 너른 거실 공간이 있었다. 50대 가량의 남자가 서재로 보이는 방의 책상에 앉아 있었다. 남자와 눈이 마주치자 여자는 먼저 고개를 살짝 숙여 인사를 했다. 남자는 책상 앞에 놓여 있는 빈 의자에 여자가 앉기를 권했다. 여자는 책상을 사이에 두고 남자와 마주 앉았다. 남자는 무표정한 얼굴로 곧장 물었다.

"누구 것 보시려고?"

"제 거요⋯."

여자의 입에서 뜻밖의 말이 튀어나왔다. 그곳에 들어서기 전까지만 해도 계획에 전혀 없던 것이었다. 여자는 아들의 것(소위 사주팔자)만 물어볼 작정이었다. 그런데 그녀의 입은 당찮게 자신의 것을 보겠다고 말하고 있었다. 아마도 친구의 말이 무의식에 남아 영향을 미쳤을지도 모른다. 친구는 말했었다. 그 철학관은 주역의 한 분야인 명리학을 토대로 해석하기 때문에 미신이 아니라고.

"이름과 생년월일?"

남자가 약간 사무적으로 물었다. 여자가 이름과 생년월일을 말했다. 남자가 태어난 시時도 물었다. 여자가 말해주자 남자는 자신의 옆에 놓여 있던 책자를 뒤적여서 잠시 살펴보았다. 그러더니 A4 용지 크기의 어떤 종이에 뭔가를 적기 시작했다. 한자로 적었는데, 어떤 한자는 약자를 쓴 것인지 무슨 글자인지 잘 알기 어려웠다. 멀지 않은 곳에서 차들이 쌩쌩 달리며 오가는 소리가 들렸다. 여자는 남자가 적고 있는 것을 숨죽이며 지켜보았다. 적으면서 남자가 갑자기 마른 기침을 두어 번 했다. 5분 정도의 시간이 흘렀을까. 마침내 남자가 종이에 적던 것을 멈추었다. 자신이 적은 것을 잠시 들여다보던 남자는 고개를 들어 여자에게 부드러운 표정을 지으며 나지막하게 말했다.

"현주 씨는, 이제껏 살아온 운보다, 남은 운이 더 좋습니다."

몹시 허무맹랑해 보이는 말이었다. 하지만 그 말을 듣는 순간 여자의 얼굴엔 꽃이 벌어지듯 미소가 저절로 피어났다. 남자의 말은 진위 여부를 떠나서 은근히 기분 달뜨게 하는 말이었다. 자신이 이제껏 어떻게 살아왔든 간에 남은 운이 더 좋다는 말에 솔깃하지 않을 사람이 과연 몇이나 될까. 말치레라고 생각하면서도 그 순간만큼은 돈이 아깝지 않았다. 여자의 머릿속으로는 복잡한 감정이 뒤엉켜 밀려들었으나 여자의 입가는 저도 모르게 귓가에 가 걸렸다.

"남편하고 같이 삽니까?"

갑자기 이건 또 뭔 소린가 싶었다. 사실 지푸라기라도 잡는 심정으로 그곳을 찾긴 했지만, 여자는 반신반의하고 있던 터였다. 여자가 사전에 알고 있는 상식으로 '콜드리딩' 기법이라는 것이 있다. 그것은 점쟁이나 사기꾼들이 상대의 정보를 캐내기 위해 더 많이 알고 있음을 암시하는 기법이었다. 그걸 알고 있었기에 여자는 상담자에게 어떠한 힌트도 주지 않으리라 경계를 하고 있었던 까닭이다. 그렇다고 그렇게 묻는데 거짓말을 할 수도 없는 노릇이었다.

"네. 같이 살아요."

여자는 약간 심드렁하게 대답했다.

"남편 복은 안 많아도 지금부터는 별 문제 없습니다."

여자는 아무 대꾸도 안 했다. 남자가 이어서 자신이 적어둔 한자를 가리키며 말했다.

"이 두 글자가 자식을 말하는데, 자식은 괜찮아요. 엄마에게 도움이 되겠네요."

이 또한 진위 여부를 떠나 기분 좋게 하는 말이었다. 텔레비전 같은 곳에서 보면 괜히 남편이 어떻다느니, 자식이 어떻다느니 하면서 겁주고는, 부적이나 굿을 하라고 하던데 그러지는 않으니 그것만도 다행이라고 생각했다. 게다가 일종의 덕담까지 해주니 사실 여부를 떠나 심리상담 차원에서만 봐도 크게 돈 아깝지 않을 것 같았다.

"지금 무슨 일하고 있습니까?"

"네. 어린이집하고 있어요."

"사주보니까, 지금까지는 일을 해도 돈이 썩, 잘 벌리고 그러지는 않았는데, 뭐 지금부터는 돈이 좀 잘 벌리겠네요."

이 남자는 덕담만 해주는 사람인가, 하는 생각이 여자의 머리에 얼핏 다시 스쳤다.

"그래요? 요즘 원생이 너무 줄어서 문 닫을 판인데요."

"뭐 어쨌든 사주에 그렇게 나와 있네요."

남자는 자신의 예측이 빗나가서 순간 난감한지 즉답을 피하더니 잠시 후 사주 탓으로 돌렸다.

남자는 그 말을 마지막으로 자신이 적은 종이를 두어 번 접어서 편지 봉투 비슷한 것에 넣어서 여자에게 건네주었다.

"가족 다 보는 데 3만 원이죠?" 여자가 그것을 받으면서 물었다.

"1인당 3만 원인데요." 남자가 말했다.

친구는 여자에게 사주팔자 보는 데 3만 원이라고 했다. 아마도 여자가 아들 것만 볼 거라 생각한 모양이었다. 그것을 여자는 가족 모두 보는 데 3만 원이라고 자의적 해석한 것이고. 순간, 아뿔싸! 싶었다. 정작 중요한 아들의 것을 봐야 되는데 돈이 모자라다니.

"카드 되죠?"

"카드 안 됩니다."

"어쩌죠? 친구가 3만 원이라기에 저는 가족 모두 보는 비용이 3만 원인 줄 알았네요."

"3만 원도 쌉니다. 5만 원 받아야 하는데. 이 금액도 몇 년째 안 올리고 있구먼…."

"제가 착각해서 지갑에 5만 원만 넣어왔는데, 2만 원에 제 아들 것 좀 봐주시면 안 될까요?"

그 남자는 잠시 어쩔까 머뭇거리더니 선심 쓰듯 말했다.

"그럼 간단하게 봐줄 테니 집에 가서 잘 살펴보세요."

돈만큼만 봐준다는 의미로 들렸다.

아들의 이름과 생년월일시를 말해주었다. 이번에도 여자의 사주팔자를 볼 때와 마찬가지로 그렇게 했다. 여자에게는 그 몇 분이 마치 몇 시간처럼 여겨져 속이 바짝바짝 타들어갔다. 자신의 사주를 볼 때보다 더 긴장이 되었다. 다시 길옆을 오가는 차 소리가 의식되었고, 어딘가에서 개 짖는 소리도 들렸다. 남자가 잠시 뜸을 들이더니 말했다.

"아들은 부자로 살 사줍니다. 뭐 요즘, 일이십억은 웬만하면 다 가지니까 최소한 몇 십억은 지니고 살겠네요."

점입가경이었다. 나쁘지 않다니 다행이었지만, 말치레가 너무 심하다고 여겨지니 오히려 답답했다. 도대체 그 남자의 말을 어디까지 믿어야 하고 믿지 말아야 하는지 도무지 알 수 없으니, 이 또한 참 한심한 노릇이었다. 현재 아들이 하고 있는 모습이 여자의 뇌리에 떠올라서 절로 한숨이 새어나왔다.

"선생님, 부자로 산다니 뭐 기분 나쁘지는 않은데요. 그것보다 제 관심사는 아들이 올해 대학을 갈 건지 못 갈 것인지 그겁니다."

"아들이 초년운이 나빠요. 학마살이 들어와서 공부에 집중이 잘 안 되고, 성적도 불만으로 나옵니다."

뭘 근거로 해서 그런 말을 하는지는 몰라도, 낙담으로 간이 철렁 내려앉는 듯하면서도, 이제껏 들은 그 어떤 말보다 현실적이고 사실적으로 다가왔다. 여자가 시르죽은 목소리로 말했다.

"그럼, 성적이 안 나와도 대학을 가야 합니까?"

"그럼 어쩔 건데요? 자꾸 시험만 치다가 세월 다 보낼 겁니까? 올해 나온 성적에 맞춰서 대학을 가야지요. 안 그러고 시험에 매달리면, 허송세월만 하는 겁니다."

아들의 수능성적에 대해 부정적인, 남자의 말을 듣고 있자니 여자는 몹시 심란해서 목청껏 괴성이라도 질러대고 싶은 심정이 되었다.

"어떤 과를 지원하는 게 좋겠습니까?"

여자는 반신반의하면서도 그 남자가 해석하는 것이 '명리학'이라는 학문이라고 하니 귀를 기울여보기로 했다.

"전기, 전자, 경영이 좋겠네요. 이 애한테는 학문도 도움이 됩니다."

"학마살이 끼어서 성적이 잘 안 나온다면서요."

"그거 하고는 별갭니다."

그러면서 남자는 아들의 사주팔자를 적은 것을 2번 접어서 봉투에 넣어 여자에게 건네주었다. 사실 그런 말을 다 믿는 것도 아닌데도,

아들에 관한 말을 듣고 나니 마음이 복잡해졌다. 여자는 혹 떼려다 혹 붙인 것 같은 느낌을 안고서 그곳을 나왔다. 버스 정류장에서 타고 갈 버스를 기다리고 있는데 길 건너편에 있는 은행이 눈에 들어왔다. 그러자 뜬금없이 은행에서 돈을 찾아 남편 사주랑 딸애 사주도 한번 봐볼까 하는 충동이 일었다. 순간 갈등이 생겼지만 에라, 모르겠다, 하는 심정이 되었다. 그래서 마음을 정하는 데는 그리 오랜 시간이 걸리지 않았다. 까짓것 처음이자 마지막으로 가족 모두 한번 보는 것도 그다지 나쁘지 않겠다는 생각도 들었다. 소위 사주팔자라는 것이, 자신의 뜻과 상관없이 운명적으로 주어진 것이라지 않는가.

여자는 은행에서 10만 원을 찾아 다시 P철학관을 찾았다.

먼저 딸애의 사주를 봤다. 남자는 이전과 같은 수순을 밟았다.

"얘도 돈 어렵지 않게 살겠네"라고 남자는 말했다.

"딸도 올해 재수를 하는데 원하는 대학 가겠습니까?"

사실 여자가 듣고 싶은 관심사는 부자로 산다는 허울 좋은 말치레가 아니라 좋은 성적을 받아서 아이가 원하는 대학에 붙는 것이었다.

"얘는 수능 날짜가 좋아서 성적도 괜찮게 나오겠고, 자기가 원하는 대학에 가겠네요. 아들보다는 수능 날짜가 좋아서…"

대체 뭔 소린가 싶었다. 아들과 딸은 같은 날 동시에 수능을 친다. 그런데 아들은 수능 날짜가 안 좋고 딸은 수능 날짜가 좋다니.

다음에는 남편의 이름과 생년월일시를 말해주었다. 똑같은 수순을 밟았다.

"남편은 직장생활 합니까?"

"네."

남편은 결혼 초에는 자영업을 하다 그만두고 회사에 다니고 있었던 터였다.

"아저씨는 손재가 있으니 투자 같은 것은 하지 말라고 하세요." 남자가 말했다.

남편이 이미 투자를 해서 재산 손실을 보고 있던 터라 여자는 순간 귀가 솔깃했다. 그러면서도 마음 한편으로는 요즘 세상에 돈 벌려고 투자하는 사람이 어디 한둘일까? 또 투자를 하다보면 벌 때도 잃을 때도 있는 것이 사람살이건만 투자 자체를 하지 말라니, 그 조언 역시 어디까지 받아들여야 할지 난감했다. 아무튼 자기 가족에 대해 아무것도 모르는, 일면식도 없는 사람을 찾아가서 고민거리를 털어놓는 것도 우스운 짓거리이지만, 무엇보다 그가 진실을 말하는지 거짓을 말하는지 확인할 수 없으니 이런 식의 말들은 이현령비현령이지 싶어 씁쓸했다. 그래서일까. 자신이 참 쓸데없는 짓거리를 하고 있구나, 하는 자책이 밀려들었다. 여자는 그 남자가 챙겨준 봉투(말하자면, 사주단자)를 챙겨서 맥없이 집으로 돌아왔다.

그런데 묘하게도 P철학관을 다녀온 후에는 그곳에 가기 전보다 더 혼란스러웠다. 그 남자가 한 말 대부분이 말치레에 지나지 않는다 해도 풀리지 않는 의문 한 가지가 여자의 뇌리에서 떠나지 않고 맴돌고 있었기 때문이었다. 그것은 바로 아들과 딸이 같은 날 동시에 수능을 치는데도 아들은 수능 날짜가 안 좋아서 성적이 안 나오며, 원하는 대학도 가기 어렵겠다고 하고, 딸은 수능 날짜가 좋아서 원하는 대학을 가게 될 거라니. 궤변 중의 최고의 궤변으로 느껴지는, 정말 믿기 어려운 발언이었다. 그것도 생년월일시에 따라 좌우된다니.

여자의 고민이 깊어졌다. "아는 게 병"이라고 차라리 안 들었으면 좋았을 걸 싶었다. 무엇보다 그 남자의 말을 어디까지 믿어야 되는지 가늠할 수 없다는 게, 문제라면 가장 큰 문제였다. 그런데도 여자는 그 남자가 한 말에 영향을 받고 있었다. 생각을 거듭했다. 일주일 뒤, 여자는 다른 철학관에도 한번 가봐야겠다고 생각했다. 다른 곳에서는 뭐라고 하는지 들어보면 마음이 어느 정도 정돈될 것도 같았다. 인터넷을 검색했다. 이왕이면 많이 알려진, 잘 하는 데서 보고 싶었다. 홈페이지가 있었다. 고민을 거듭하다 마침내 승용차로 40분이면 갈 수 있는 Q철학관으로 결정했다. 약력을 보니 복지관 강의도 한 적이 있다고 했고, '명리학'을 한 지도 40년이 넘었다고 적혀 있었다. 홈페이지에 적혀 있는 번호로 전화를 걸었다. 어떤 남자가 받았다. 가격을 물었다. P철학관에서 겪은 일이 생각나서였다. 1인당 2만원이고, 가족 다 보는 데는 5만원이라고 했다. 예상했던 것보다 가격이 저렴해서 기분이 좋은 반면, P철학관에서 바가지 쓴 것 같아서 언짢았다.

예약 날짜와 시간을 정해서 그곳을 찾아갔다. 70대 후반으로 보이는 남자였다. P철학관과는 달리 주택이었다. 대나무가 꽂혀 있지 않았고, 제단이 차려져 있지 않았을 뿐, 십오륙 년 전쯤에 딱 한번 간 적 있었던 점집과 집 구조도 방 크기도 비슷했다. 그 남자는 좌식 테이블에 앉아 있었다. 방 천장이 매우 낮았다. 방 벽에는 초서체로 쓰인 대형 부채가 걸려 있었다.

여자는 먼저 목례를 하고 자리에 앉았다. 남자는 앉아 있었지만 키가 매우 작아보였다. 몸도 야위었고 얼굴에 주름이 자글자글했다.

"비용 내놔봐."

남자는 대뜸 반말로 사주 보는 비용을 탁자에 내놓으라고 했다. 여자는 가방에서 돈이 든 봉투를 꺼내 탁자에 공손하게 놓았다. 남자가 봉투를 가져가서 돈을 꺼내 확인했다. 여자는 봉투에 5만 원을 넣어 두었다. 이미 전화로 요금을 확인한 터였기 때문이다.

남자가 척보면 다 안다는 듯한 눈길로 표정 없이 물었다.

"뭐 물어보려고?"

"가족들 사주팔자 보려고요."

여자는 자연스럽게 보이기 위해 약간 미소를 띠면서 대답했다.

"왜 웃어? 운명을 보는 자리에서…."

남자가 의식적으로 얼굴에 힘을 주는 게 느껴졌다.

"사주팔자는 1인당 10만 원인데."

남자가 방 한 면에 적혀 있는 가격표를 가리키며 말했다.

"제가 어제 전화해서 비용 물어보니 1인당 2만 원이라고 하셨잖아요. 가족 모두는 5만 원이고. 그래서 봉투에 5만 원만 넣어가지고 왔는데요."

"그건 한해 신수 보는 금액이고."

여자는 생각보다 요금이 너무 비싸다는 생각에 당황했다. 1인당 10만 원이었다면 애당초 오지도 않았을 거였다. 그런데도 거기까지 갔는데 헛걸음하자니 그것도 속상했다. 여자는 난감했다. 그렇다고

1인당 10만 원씩이나 한다니 보고 올 수도 없는 노릇이었다.

"보고 싶어도 볼 수 없겠네요. 가지고 온 돈이 5만 원밖에 안되니."

여자는 탁자에 놓아둔 돈 봉투를 집어 도로 가방에 넣으며 자리에서 일어섰다. 그 순간 갑자기 남자가 호통을 쳤다.

"말 한마디에 천 냥 빚을 갚는다고, 말만 잘하면 그냥 봐줄 수도 있건만, 어찌 그리 경솔한가. 자리에 앉아봐."

계속 반말이었다.

"돈 다시 내놓고."

여자는 순간 웃음이 빵, 터져나오려는 것을 간신히 누르고 살짝 미소를 지으며 자리에 다소곳이 앉았다.

"왜 자꾸 웃어? 운명을 보는 자리에서."

"자꾸 야단치시니까 겁이 나서 그렇죠."

사실 겁이 나서 미소를 지은 것은 아니었다. 그냥 그런 분위기에 압도되어 기죽기 싫어서였다.

"몇 명 보려고?"

"가족이 4명인데요."

"다는 안 되고 3명만 봐줄 테니 생년월일 말해봐."

남자는 계속 반말을 지껄였다. 아버지뻘로 보여서 그럴까. 여자는 그다지 기분 나쁘지는 않았다. 대신 이상하게 자꾸 웃음이 터져나오려고 해서 곤혹스러웠다.

먼저 아들의 이름과 생년월일시를 말해주었다. 남자는 좌식 테이블 앞에 놓인 컴퓨터에 생년월일시를 적어넣는 듯했다. Q철학관 남자는 P철학관 남자와는 다른 방식으로 사주풀이를 하는 듯했다. 오래 걸리지 않았다. 1분도 채 되지 않아서 남자는 A4 용지에 뭔가를 프린트했다. 그러더니 스테이플러로 몇 장의 프린트된 A4 용지를 찍었다. 그런 다음에 컴퓨터 옆 탁자에 놓았다.

"또 다른 사람 것은?"

여자는 자신의 것과 딸의 것을 차례로 불러주었다. 역시 똑같은 방식으로 컴퓨터에 이름과 생년월일시를 적어넣더니 A4 용지에 프린트를 해서 스테이플러로 찍었다. 3부를 그렇게 만든 뒤 여자에게 넘겨주었다. 3부 다 하나같이 첫 페이지는 이름과 생년월일 외에는 다 한자로 적혀 있었다. 여자가 한자에 익숙하지 않은 점도 있지만, 그보다는 읽어낼 수 있는 한자조차도 무슨 뜻인지 잘 알 수가 없었다. 예컨대 '用神'이라거나 '十神', '幷納音五行' 등등.

여자는 두 번째 페이지를 넘겼다. 평생운, 초년운, 중년운, 말년운, 부모운, 배우자운, 자식운, 직업운, 건강운 따위의 제목 아래 이런저런 글들이 적혀 있었다. 두 번째 페이지부터는 이해하기 어려운 것이 없어보였지만, 첫 페이지에 있는 것은 이해하기 어려웠다.

"선생님, 첫 페이지 것은 도대체 무슨 말인지 하나도 모르겠어요. 설명 좀 해주세요."

"내가 왜 그걸 설명해줘야 하는데?"

남자의 말투는 숫제 시비조였다. 그런데도 여자는 이상하게 기분이 나쁜 게 아니라 웃음이 자꾸 터져나오려고 했다.

"무슨 말인지 통 이해가 안 되어서요."

"그냥 뒷장부터 보면 돼. 앞장은 설명해줘도 무슨 말인지 몰라."

여자는 남자의 불친절한 태도가 돈이 적은 데서 비롯된 것이라 이해했다. 남자가 그렇게까지 나오니 아들과 딸의 수능에 관한 질문은 꺼내기조차 망설여졌다. 어쩔까 잠시 갈등하고 있는데 남자가 뜬금없이 말했다.

"아이들의 이름이 별로야. 50점짜리 밖에 안 돼. 이름을 바꿔주는 게 좋겠어."

남자의 말을 듣는 순간, 돈 뜯어낼 속셈이로군. 늘 써먹는 수법이지, 싶었지만 여자는 내색하지 않고 태연하게 물었다.

"아, 그래요? 이름을 바꾸는 비용은 얼만데요?"

"한 명에 30만 원. 둘이 하면 50만 원에 해줄 수도 있어."

순간, 물욕이 목구멍까지 들어찬 늙은이의 시커먼 속이 한눈에 들어왔다. 이미 가진 것도 서서히 내려놓을 나이건만, 하는 생각이 드니까 더 이상 묻고 싶은 것도 알고 싶은 것도 없었다. 그러나 내친김이었다.

"이름을 바꾸면 운명이 달라지나요?"

"그렇지! 이름이 얼마나 크게 좌우하는데."

"아, 네. 그럼 좀 생각해보겠습니다."

말은 일단 그렇게 했다. 그곳을 지푸라기 잡는 심정으로 찾아오긴 했지만, 여자는 아들, 딸 이름까지 바꿀 생각은 추호도 없었다. 5만 원을 지불하고 여자와 아들과 딸의 것(이른바 사주팔자)을 가지고 집에 돌아왔다. 집에 돌아와서 찬찬히 살펴보았다. 그런데 이상하게 프린트된 내용들이 그럴 듯하게 느껴지는 거였다. 특히 여자 자신의 것에서는 더 그랬다.

여자는 P철학관에서 준 것과 Q철학관에서 준 것을 비교해서 살펴보았다. 모르는 것은 인터넷을 검색했다. 두 곳의 스타일은 전혀 달랐지만 내용 면에서는 나름 공통되는 부분도 있었다. 그래서일까. Q철학관에서 아이들의 이름을 거론하며 바꿔주는 게 좋다고 하니 그 또한 마음에 걸렸다. 여자의 의식은 개명을 거론한 것은 그 남자가 돈 벌 목적으로 낚시 미끼 던진 것에 불과하다고 말하고 있었지만, 의식 저 너머에서는 혹시나, 혹시나 하는 마음이 자꾸 고개를 드는 것이었다. 세상의 어느 부모가 자식 문제에 있어서 그런 류의 말을 들었을 때 초연해질 수 있겠는가. 특히나 아들이 마음을 못 잡고 있는 상황에서.

약간 고민하다가 여자는 P철학관에 전화해서 물어봐야겠다고 생각했다. P철학관에서는 개명하라는 말은 일체 없었기 때문이었다.

발신음이 전해지자 P철학관 남자가 전화를 받았다.

"선생님, 안녕하세요. 저는 한 일주일 전에 거기에 가서 사주 봤던 사람입니다. 박현주, 라고…."

"아, 네. 무슨 일이세요?"

"다름이 아니라, 제가 며칠 전 어떤 모임에 나갔는데요. 참석한 한 분이 말씀하기를, 이름이 사람 운명에 크게 영향을 미친다고 하시더라고요. 그 말이 사실인가 해서요. 선생님은 저번에 제 아이 이름에 대해서는 아무 말씀이 없으셨잖아요."

그녀는 Q철학관에서 그러더라는 말은 하지 않았다.

"그때 제가 말씀 안 드린 건 중요하지 않기 때문입니다. 이름은 그냥 듣기 좋고 부르기 좋은 이름이면 됩니다. 개중에 돈 벌려고 개명을 권하는 사람이 있던데, 저는 이름이 운명에 크게 영향을 안 미친다고 생각합니다. 다만, 어떤 이유로든 자신이 꼭 바꾸고 싶으면 바꾸는 게 좋겠지요."

"아, 네. 알겠습니다. 감사합니다."

P철학관 남자의 말을 듣고 나니, 얼마 동안 여자의 가슴을 묘하게 짓누르던 어떤 것에서 벗어난 듯 홀가분해졌다. 그러나 다른 한편으로는 전혀 검증할 수도 없는 타인의 말 몇 마디에 일희일비하는 자신의 모습이 우스꽝스럽기도 했다. 그래서일까. 철학관과 관련된 여자의 관심은 딱 그 정도에서 그쳤다. 대신 아들과 딸을 믿고 기다리면서 기도에 정성을 쏟았다.

수능 날이 되었다.

아들과 딸이 수능을 치기 위해 집을 나선 직후, 여자는 곧장 교회로 달려갔다. 여자가 그 시간에 아이들을 위해 할 수 있는 최선은 오직 전지전능하신 하나님께 기도하는 것뿐이라고 생각했기 때문이다.

드디어 수능이 끝나고 딸이 집에 돌아왔다. 그런데 아들은 집에 오지 않았다. 휴대폰도 꺼져 있었다. 여자는 애가 탔다. 아들은 자정을 넘기고서야 지친 기색으로 집에 돌아왔다. 걱정으로 가슴 졸이고 있었지만, 여자는 아들의 얼굴을 보는 순간 어떤 말도 나오지 않았다.

아들 역시 엄마와 눈을 마주치지 않으려는 듯 고개를 푹 수그린 채 말없이 제 방으로 곧장 들어갔다. 여자는 아들의 방문을 두드리고 싶었지만 참았다. 초췌한 아들의 모습이 떠올랐기 때문이었다.

아들은 이튿날 오후까지 화장실을 오가는 것 외는 밥도 먹지 않은 채 제 방에 틀어 박혀 꼼짝도 하지 않았다. 여자는 그냥 내버려두었다. 그게 좋은 처신 같았다. 저녁을 짓고 있는데 식탁 위에 놓아둔 휴대폰으로 아들의 문자가 날아들었다.

— 엄마, 죄송해요. 수능을 치다 말고 그냥 중간에 나왔어요. 첫 시간, 시험을 치는데 내용이 하나도 눈에 안 들어왔어요. 정말 죄송해요.

기가 막혔다. 수능 치고 난 후의 아들의 태도로 보아 약간의 불길한 예감은 없지 않았다. 하지만 그건 어디까지나 성적이 자신의 기대만큼 나오지 않아서 그런 거라고 짐작했었다. 그런데 이건 전혀 다른 판이었다. 꿈에도 예상하지 못한 난감한 상황이었다. 여자는 아들을 야단쳐야 될지 위로를 해야 할지조차 판단이 서지 않았다. 재수도 아니고 삼수가 아니던가. 그런 애가 어떻게 시험을 치다 말고 수능장을 빠져나올 생각을 한단 말인가. 여자로서는 도저히 이해할 수가 없었다. 부모가 재수, 삼수하라고 억지로 등 떠민 것도 아니고 제 스스로 시험에 응했으면 성적은 둘째치고라도 그동안 투자한 시간이 있는데 일단은 시험을 끝까지 다 치르고 나와야 하는 게 상식이 아닌가. 아들의 문자를 보고 여자가 몹시 낙심하여 어찌할 바를 모르고 있는 바로 그 순간, 여자의 뇌리에 P철학관에서 한 말이 불현듯 떠올랐다.

"아들이 초년운이 나빠요. 학마살이 들어와서 공부에 집중이 잘 안 되고, 성적도 불만으로 나옵니다."

공교롭게도 P철학관 남자의 예언처럼 그해 아들은 대학을 가지 못하고 군대에 지원했다. 반면에 딸은 자신이 원하는 대학에 입학을 했다.

그래서일까. 그 즈음 여자의 머릿속을 내내 맴도는 생각 하나.

'도대체 이게 뭐지? 우연이었을까? 필연처럼 보이는….'

나름 독실한 기독교 신자인 여자가 '명리학'에 관심을 갖기 시작한 것은 아들이 군에 입대하고 난, 한 달 후부터였다.

'흔들리는 몸'의 수사학과 남루한 생에의 위로

윤애경/ 문학평론가, 창원대 교수

　최미래의 첫 작품집이 상재되었다. 여기에 수록된 작품들을 일별하다 보면 무엇보다 병원이라는 공간과 병을 앓고 있는 수많은 인물들에 주목하게 된다. 특히 생의 가운데를 건너가는 중년 여성들이 육신의 병증으로 병원을 드나들며 고군분투하는 상황은 묘한 긴장감을 불러일으킨다. 한편으론 백세시대라고는 하나 중년의 나이쯤 되면 병 하나 안고 사는 게 뭐 그리 대수일까 싶다. 탄탄했던 몸의 한 축이 일순간 기울어지면서 이런저런 병들과 대면하게 되는 두려움의 시간들은 중년의 몸이 익숙해져야 할 자연스런 순리이기도 할 테니 말이다. 문제는 몸이 위태롭게 흔들리자 평화로워보였던 그들의 일상에 심각한 균열이 생겨나기 시작했다는 점이다. 그 속에서 미처 아물지 못한 묵은 상처들이 불현듯 고개를 디미는 상황은 그 자체로 한 존재의 존립을 순식간에 흔들어놓기에 충분하다.

　작가는 자신의 첫 작품집에서 다양한 인물들의 삶을 담아놓는 가운데 중년 여성들의 흔들리는 몸이 풀어놓는 저마다의 삶의 굴곡들을 응시하는 데 온 정성을 쏟고 있다. 그리고 그들의 상처를 담담히 위로하고 다독이며, 그들이 더 이상 과거의 기억이나 미래의 어떠한 두려움에도 얽매이지 않고 이 순간에 충실하기를 염원한다.

중년 여성들의 흔들리는 몸에 관한 작가의 깊은 응시와 사유는 삶의 진실에 가닿는 과정이거니와 우주적 존재로서 온전히 자기 삶을 살아가는 존엄한 인간으로의 회복에 관한 여정이라 할 수 있다.

1. 흔들리는 몸과 불가항력의 삶

「삶이란, 우주의 룰렛」에서 '나'는 병원에서 일하는 간병인이다. 나의 일상은 병실에서 주로 이루어진다. '나'가 일하는 혹은 살아가는 이 공간에는 여섯 명의 환자들로 가득 차 있다. 뇌를 다친 식물인간 노인 외에 치매, 뇌경색, 전립선암 말기, 후두암 말기, 뇌졸중과 같은 병명을 가진, 거동을 못하는 중증 환자들이다.

외부와 거의 단절된 채로 살아가는 간병인의 생활 역시 생의 활기를 불러일으킬 어떠한 극적인 사건도 없이 지극히 고요하기만 하다. 그러나 '나'의 일상은 사실 평화롭지 않다. 생生보다는 죽음에 가까운 환자들 속에서 생의 물기 없이 살아가는 가운데 내면 깊이 묻어두었던 고통스런 기억과 상처들이 끊임없이 예리한 칼날을 드러내고 있기 때문이다. 특히 '나'가 간병하고 있는 노인의 몸과 낯선 환자의 기저귀를 처리하고 있는 마른 장작 같은 자신의 몸을 통해 과거의 고통스런 기억은 암울하게 소환된다.

불의의 사고와 그로 인한 딸의 죽음은 소박했던 가정의 평화를 송

두리째 무너뜨렸고, 이후 삶의 매 순간이 지옥이었으며, 그로 인해 내가 지녔던 모든 가치가 일시에 뒤흔들리는 커다란 충격을 받게 된다. 게다가 딸에게 닥친 사고와 죽음을 자책하던 남편의 연이은 허망한 죽음은 인간이 어찌해볼 수 없는 생의 불가항력을 처절하게 각인시키는 폭력적인 사건으로 다가온다. 영원히 함께 행복할 것이라 믿었던 가족을 한순간에 잃고 예상치 못한 간병인으로 살아가는 자신의 처지나 사회적 명망과 재력을 갖춘 노인이 건강을 끔찍이도 챙기다가 그로 인해 식물인간이 되고만 아이러니한 처지는 삶의 끝없는 미궁을 환기시킨다. 오랜 신경쇠약과 무력감을 겪으면서 알 수 없는 삶의 향방으로 이끌려온 현재의 나의 일상은 그럼에도 불구하고 '마치 백 년 전의 전설처럼 아득하다가도 마치 어제 일인 양 생생하게' 떠오르는 과거의 기억 속에 결박되어 있다.

소박한 평화가 깔린 행복한 일상이 착하게 살아가는 사람들에게 주어지는 필연적인 보상이 아님을 그들의 처지가 명백하게 보여주고 있으며, 삶은 곳곳에서 허상에 가린 자신의 진실을 무자비하게 일깨운다. 그런 가운데 변치 않는 행복이란 허상일 뿐이며 합리적 이유 없이도 언제든지 허상은 깨질 수 있는 것이 삶이라는 것, 어찌해볼 수도 없고, 이해할 수도 없는 그러한 삶에 대해서도 기꺼이 제 몫의 풍랑을 묵묵히 견뎌내고 살아내야 하는 것이 삶임을 '나'는 하루하루를 살아내는 병실의 환자들을 통해 깨닫는다.

「다만 시절인연을 따라」는 평범해보이는 가정을 꾸리고 살아가는 중년 여성이 오랜만에 어린 시절의 친구를 만나면서, 회피해왔던 어린 시절의 고통스런 기억을 소환하게 되는 내용을 담고 있다.

여기에 등장하는 중년 여성 'Y'는 특이한 편두통을 앓고 있다. 그녀에게 어린 시절 친구가 느닷없이 나타나면서 발병한 증상이다. 그것은 일종의 자기방어기제로, 자신의 결핍을 알고 있는 그 친구와의 껄끄러운 만남에 대해 그녀의 몸은 편두통으로 강한 거부반응을 표출한 것이다. 이렇게 흔들리기 시작한 몸은 일시적인 이상증세를 넘어 기어코 그녀를 오랜 세월 깊숙이 묻어두었던 과거의 불행한 기억 속으로 끌고 들어간다. 그리하여 그녀는 철저히 삭제하고 싶었던 황량한 어린 시절의 결핍을 다시금 소환하기에 이른다. 양부모의 폭행으로 파양되었던 고통스런 기억, 온전한 가족에의 열망. 극복했다고 믿었던 어린 날의 그 상처가 중년의 나이에 다시 심상찮은 통증으로 불거지는 것은 그토록 소망해왔던 단란한 가족에의 욕망이 무너질 위기에 처해 있기 때문이다.

남편의 일방적인 신뢰 파기와는 별개로 어떻게든 가정을 지켜내고자 하는 'Y'의 간절한 바람은 어린 시절 상처의 깊이와 비례한다. 그러나 애써 외면하고자 했던 일상의 균열은 흔들리는 몸과 소환된 과거의 상처를 통해 여지없이 폭로되고 만다. 흔들리는 몸을 통해 수면 위로 떠오른 과거의 상처들은 이미 아문 흔적이 아니라 애써 일군 가정의 성벽이 흔들리는 지금 이 순간에도 강렬한 통증으로 그녀의 삶을 옭아매고 있다.

이제 그녀는 편두통을 안고 자신의 결핍과 상처를 응시하며 현재의 갈등을 온전히 마주하기에 이른다. 고통스런 기억을 심연에 묻어

두고 벗어나려 애를 써도 그것은 오롯이 자신이 감당해야 하는 또 다른 자기 삶의 진실일 수밖에 없기 때문이다.

「어떤 24시」에서도 중년 여성의 흔들리는 몸은 과거의 아물지 않은 기억을 소환해내고 일상의 균열을 직시하게 한다. 이 작품은 코로나 상황으로 일거리가 없는 방과 후 교사 '경선'이 친정어머니의 산소에 들렀다가 발목을 접질려 한의원에서 치료를 받고 돌아오는 하루 동안의 여정을 그리고 있다.

코로나 상황이라는 전 세계적 팬데믹의 현실은 삶의 기반이 취약한 계층에 더 큰 충격과 흔적을 남긴다. 일이 중단되고 수입이 끊긴 방과 후 교사 '경선'의 마음 역시 갈수록 지치고 우울해진다. 즐겨보는 드라마의 상황에도 괴리감을 느낄 수밖에 없다. 혼란스런 현실은 그녀가 대학생 아들과 근근이 생계를 유지해가야 하는 가장으로 무엇보다 내세울 만한 경력도 부재한 계약직의 중년 여성이라는 점에서 그녀의 생에 더욱 가혹하게 작용한다. 남편의 은폐된 외도와 무책임으로 경제활동전선으로 내몰리게 된 40대 중년 여성에게, 세상은 그리 호의적이지 않다. 그래서 그녀는 부당한 남편의 행태에 과감한 이혼과 복수 대신 그가 넣어주는 쥐꼬리만 한 돈도 야멸차게 거절하지 못한다. 마냥 장밋빛 미래를 꿈꿀 수 있는 젊음의 패기도 현실의 삶을 달관할 수 있는 늙음의 지혜도 가지지 못한 중년의 나이는 어린 시절엔 절대 알지 못했던 삶의 폭력적인 민낯을 온몸으로 시시때때로 맞닥뜨려야 할 만큼 고달프다.

이처럼 삶이란 늘 기대를 배신하는 것임을 어쩔 수 없이 수긍하면서도 그것을 감당하기는 쉽지 않다. 쉬 잠들지 못하는 불면의 날들이 잦아지면서 '경선'이 찾아나선 친정어머니의 산소행은 그녀가 찾아든 삶의 막다른 출구이기도 하다.

하지만 어머니 산소를 눈앞에 두고 발목을 심하게 접질린 그녀는 고인에게 고달픈 심사를 털어놓는 대신 잊고 있었던 과거의 아픈 기억을 소환한다. 급류에 휩쓸려간 막내 남동생의 죽음에 이어 음주운전 차량의 사고로 들이닥친 어머니의 허망한 죽음이 안겨준 깊은 상실감은 세월의 더께에 묻혀 치유되었다 여겼지만, 고즈넉한 삶과 죽음의 경계에서 그것은 여전히 그리움과 고통의 기억으로 남아 접질린 발목의 통증 사이로 상기되고 있다.

접질린 발을 끌고 찾아들어간 한의원에서 침으로 통증을 다스리는 동안, 그녀의 흔들리는 몸이 풀어내는 사유들은 인간 간의 절대적인 신뢰에 관한 문제들이다. 남편의 신뢰 파기에서 기인한 사유의 파편들은 다시 현재의 갈등상황 가운데로 그녀의 의식을 부려놓는다. 남편의 외도와 당당한 가출에도 애써 평정을 지키고자 했던 그녀의 일상이 실은 허상에 불과했음이 이렇게 흔들리는 몸을 통해 위태롭게 폭로되고 있다. 균형 잃은 몸은 과거 소환의 과정을 거쳐 현재 상황을 더 이상 외면하거나 회피할 수 없음을, 이 역시 자기 몫으로 온전히 감당해낼 수밖에 없음을 통증의 감각으로 생생하게 확인시켜준다. 결국 육신으로 불거져 나온 병증은 과거의 결핍을 소환하며, 회피하고 은폐하고자 했던 금 간 일상의 현실로 그녀를 되돌아오게끔 이끌고 있는 것이다.

중년 여성의 흔들리는 몸이 가닿는 과거의 아물지 않은 기억들을 통해 삶을 사유하는 또 다른 작품으로 「재천在天」을 볼 수 있다. 이 작품은 한 중년 여성이 헬스장에서 당한 우연한 사고로 자기 뇌에 자리잡은 중증질환을 발견하게 되는 아이러니한 상황으로부터 시작된다.

러닝머신에서 순식간에 벌어진 사건으로 머리를 세게 부딪친 '은혜'는 자신의 병증이 애초에 걱정했던 뇌출혈이 아니라 뇌혈관이 꽈리처럼 부풀어 파열 직전에 있는 뇌동맥류임을 판정받는다. 자각증세가 전혀 없었던 그녀는 병원을 찾게 되기까지 자신에게 일어난 일련의 과정들이 우연보다는 필연에 가깝게 느껴진다. 수술 일정이 일사불란하게 정해지고 치료 과정들은 너무나 순조로웠으나 이미 그녀의 흔들리는 몸은 삶과 죽음의 경계에서 극도의 두려움과 초조에 떨며, 수년 전 고인이 된 친정 모친에 대한 기억으로 이끌려들어간다.

급성 췌장염이 발병한 지 3일 만에 의사의 예상보다 더 일찍 고통스런 죽음을 맞았던 어머니는, 며칠 동안 천운을 타고난 환자로 살았던 그녀의 삶보다 더 극적인 삶의 잔영을 남긴다. 가족들은 3년 전, 같은 병을 앓았던 병력을 근거로 어머니의 회복을 믿어 의심치 않았다. 거기다 그녀의 입장에서는 작은 아이의 왼쪽 발목이 골절되어 병원 치료를 다니고 있던 터라 어머니의 입원 소식은 뒷전이 될 수밖에 없었던 상황이다. 그러나 가족의 기대는 어머니의 급작스런 죽음으로 허를 찔리고 만다.

그녀는 묵은 기억 속에서 죽기 전, 그렇게 목말라하시던 어머니께

드리지 못한 물 한 모금을 놓고 어떤 선택이 옳았을지 무엇이 최선이었을지 여전히 알 수 없어 헤맨다. 그리고 그것은 죄책감과 함께 풀지 못한 숙제처럼 그녀의 내면 깊은 곳에 똬리를 틀고 있다. 그녀의 운 좋은 발병 확인과 어머니의 급사라는 대조적인 에피소드들은 삶의 아이러니와 그로 인해 상실의 상처를 끌어안고 살아갈 수밖에 없는 고독한 인간 존재의 단면을 제시하고 있다.

2. 남루한 생에의 위로와 우주적 존재로의 일어섬

한순간에 가족을 송두리째 상실한 누군가는 낯선 환자를 돌보며 살아가고, 또 누군가는 상대의 은밀한 상처를 알고 있다는 사실만으로 거만한 우월감과 속물스런 행태를 거리낌 없이 쏟아내며, 또 한편에서는 믿었던 배우자의 부당한 외도를 감지하면서도 통쾌한 복수는커녕 그가 넣어주는 알량한 몇 푼의 돈조차 거절하지 못하고 살아가야 하는 누군가의 삶도 있다. 우리가 살아가고 있는 삶은 이처럼 고달프고 남루하다.

가족을 잃었거나 잃을 위기에 처한 그녀들에겐 자신들이 감내해야 할 남루한 생을 균형 잡고 살아가기란 쉽지 않다. 그런 까닭에 그녀들의 몸은 다분히 위악적이고, 위협적인 삶으로부터 이런저런 병증으로 흔들리며 자기방어에 나선다. 그녀들의 흔들리는 몸은 내면 깊숙이 묻어두었던 고통스런 기억들을 소환하면서 다시 힘겨운 현실과 직면하도록 이끈다. 흔들리는 몸을 통해 그녀들이 다다른 깨달음은 매 순간 기대를 배반하는 삶임에도 불구하고 그것을 온전히 자기 것으로 충실히 살아내야 한다는 것이다.

남루한 생 앞에 흔들리는 그녀들에게 '괜찮다, 다 괜찮다' '네 마음을 내가 다 아니 아무 걱정 말아라'는 작가의 전언은 불가항력적인 생 앞에서 일렁이는 불안과 두려움을 잠재우고 그들을 다시 일어서게 이끈다. 어찌해볼 수도 없이 무방비 상태로 생의 폭력 앞에 휘청이는 자기 존재를 흔들림 없이 지지해주는 이 공감의 위로는 그래서 눈물겹다.

이 땅에 존재하는 모든 생물은 때가 되면 옮겨가게 마련이다. 우주의 어딘가로. 그들이 비가 되었거나, 흙이 되었거나, 바람이 되었거나… 다, 괜찮다.

당신은 사랑 받기 위해 태어난 사람/ 당신의 삶 속에서 그 사랑 받고 있지요/

피아노 선율은 그 무엇보다 애잔하게 Y를 위로하고 다독였다. 네 맘을 내가 다 안다고, 괜찮다고, 다 괜찮다고. 잘 될 테니 염려말라고. 어떻게도 할 수 없다고 해서 절대 미쳐서는 안 된다고. 고독은 인생의 영원한 후렴이라고.

이제 그녀들은 오랜 세월 침잠해 있던 고통스런 기억들과 대면하고 단단한 슬픔의 응어리를 풀어낸다. 삶과 죽음의 경계에서 자신을 옭아매었던 과거 기억으로부터의 해방은 오롯이 자기 자신으로의 회복을 의미한다. 삶의 불확실성을 인정할 때, 매일의 삶이란 기적의 다른 이름이며, 죽음 역시 소멸이 아니라 '또 다른 모습으로 계속 이어질' 그 무엇임을 깨닫는 그녀들은 남루한 삶을 살아가는 자신들의 태도에서 변화의 조짐을 드러낸다.

환자들의 식사가 끝난 뒤 시작되는 간병인들의 아침 식사는 대부분 각자 알아서 해결하는 것이지만 언젠가부터 '나'는 김 여사와 정 여사와 더불어 먹기 시작한다. 이 짧은 시간 동안 그들은 서로의 시름을 공감해주고 어깨를 내어주는 연대를 이어간다. 병실 내의 작은 변화는 그들의 마모된 삶에 생기를 더해주고 주어진 생에 충실해야 할 자기 자신을 지켜나가게 하는 동력이 된다.

굴곡진 생에 흔들리는 몸들이 나누는 공감과 위로는 더 이상 소멸이 아닌 죽음과의 관계에서도 다양하게 펼쳐진다. '나'는 매일 3층 병실에서 장례식장을 나서는 운구차를 내려다보며 죽은 자를 보내는 나름의 의식을 치른다. '수고, 했노라고' 마음의 손을 가만히 흔들며 그를 떠나보내는 의식은 죽은 자에 대한 위로의 인사일 뿐만 아니라 산 자인 자기 생에 갖추는 경건한 예의이기도 하다.

망자들 역시 생의 질곡에 휘청이는 산 자를 다독이며 위로한다. '인생은 빈손으로 왔다가 빈손으로 가는 것이니 너무 번민 말고 그냥 물 흐르듯이 살라고'. 경제적 어려움과 신성한 신뢰를 깨뜨린 배우자에 대한 배신감, 온전한 가정을 위협하는 자로부터 일말의 경제적 도움을 받을 수밖에 없는 모멸감으로 울화가 쌓인 경선에게, 사방에 진을 치고 있는 무덤들은 생의 무게를 내려놓으라 한다. 망자들은 천 개의 바람이 되어 한없이 자유로운 데 반해 오히려 산 자인 '경선'은 망자에 대한 고통스런 기억과 회피하고픈 현실의 비루함으로부터 자유롭지 못하다.

그녀는 문득 간헐적으로 이어지는 발목의 통증에서 고인이 된 어머니가 전하는 위로를 감지한다. 망자를 찾아온 딸에게 죽은 자들에 의한 상실감으로부터 자유로워지기를, 그리고 자기 삶을 두려워 말고 감당해나가기를 바라는 어머니의 전언은 죽음이 깃든 공간에서 발병한 몸의 생생한 통증을 통해 전달된다. 흔들리는 그녀들의 몸은 일상의 균열 사이로 그녀들을 얽매고 있는 과거 기억들을 소환하는 매개로서 뿐만 아니라 금 간 일상을 끌어안고 살아가야 할 산 자들을 위로하는 망자들의 매개로 역할하고 있는 것이다.

이처럼 생을 살아가는 혹은 이미 살아갔던 이들이 생사의 경계를 넘어 서로에게 전하는 위로와 다독임은 그들에게 주어진 생이 남루하다 하더라도 자기 존재의 고귀함을 지켜나가기를 다시 일깨우는 행위라 할 수 있다. 이 상징적 행위를 통해 흔들리는 몸의 주인들은 다시 자기를 확인하고 스스로의 존귀함을 일으켜 세운다. 영원하리라 믿었던 '온전한 가정'이나 '평화로운 일상'이 깨어지는 생의 소용돌이는 다름 아닌 생의 본질을 드러내는 역설적인 사건이며, 그것을 살아내는 가운데 무엇보다 중요한 것은 스스로를 중히 여기는 것, 흔들리지 않고 자기 삶을 세우는 일이다.

자유인으로서 자기 존재와 자기 삶의 확인은 가족을 한꺼번에 잃고 오랫동안 몸을 추스르지 못했던 '나'(「삶이란, 우주의 룰렛」)가 우연히 접한 영성치유자의 가르침에서 고스란히 전달된다.

우리의 삶은 이 순간에만 가능하다. 과거는 이미 지나갔고, 미래는 아직 오지 않았다. 내가 살고 있는 것은 오직 한순간일 뿐이다. 그것은 지금 이 순간이 다. 따라서 내가 가장 먼저 할 일은 지금 이 순간으로 돌아오는 것이다.
강낭콩 하나는 우주 전체를 포함한다. 그 속에는 햇빛과 비, 지구 전체, 시간과 공간, 의식이 들어 있다. 그대 또한 우주 전체를 포함하고 있다. 지옥 또한 우리 몸의 모든 세포 속에 들어 있다. 무엇을 선택하는가는 우리에게 달려 있다.

영성치유자의 전언대로 삶은 '이 순간'에만 가능하며 미래나 과거에 붙들려서는 '지금 이 순간'을 살 수 없다. 그러므로 내가 가장 먼저 해야 할 일은 자유인이 되어 '지금 이 순간으로 돌아오는 것'이다. 이때 '나'는 두려움으로 맞닥뜨렸던 불가항력적인 생에 대해 더 이상 수동적인 객체가 아니라 자유로운 주체로서, 흔들림 없이 굳건하게 자기 삶을 세울 수 있다. 그것이 가능한 것은 개개의 인간 존재가 그 자체로 우주 전체를 안은 존귀한 존재이기 때문이다.
위태롭게 흔들리는 몸을 통해 자신을 옭아매고 있는 과거의 고통스런 기억들로부터 자유로워진 그녀들은 이제 이 순간의 자신을 본다. 딸과 남편을 한꺼번에 잃고 절망과 후회, 고통에 빠져 있었던 '나'

는 제 몫의 풍랑을 견뎌내고 생의 질곡을 넘어가는 숱한 존재들을 지켜보며 누구나 때가 되면 우주의 어딘가로 옮겨가게 됨을 깨닫는다. 그리하여 이제는 영원하리라 믿었던 행복한 삶도, 분노와 회한으로 가득 찬 고통스런 삶도 연연하지 않기에 이른다.

이제 내게 매일의 삶이란, 기적의 다른 이름이다. 그리고 언젠가 내게 다가올 죽음이란, 또 다른 모습으로 계속 이어질, 첫날이다.

(……)

그 순간 또 딸애가 생각난다. 나는 가만히 읊조린다. '딸, 잘 지내고 있지? 우리 이다음에 꼭 다시 만나자. 꼭!'

삶의 허상에 대한 미련도, 감당하기 힘든 고통의 무게도 모두 내려놓은 '나'는 진정으로 평온한 상태에 들어선 것이다. 오직 투명하게 깨어 있음으로 이 순간에 충실하고자 하는 '나'의 변화는 과거의 고통에 붙들려 제 몫의 삶을 건사하지 않았던 이전의 모습과는 매우 대조적이다. 그것은 곧 이 순간을 딛고 우주적 존재로서 일어섬에 해당한다.

자기 삶의 원죄와도 같은 질곡과 인간의 허약한 신뢰가 던져준 현실의 무게에 휘청거리던 'Y' 역시 이 순간의 참 자기를 보기 시작한다. 흔들리는 몸으로부터 시작된 생의 이해로의 힘겨운 여정 끝에서 그녀는 더 이상 고통스러웠던 혹은 고통스러운 자기 삶을 애써 평온으로 가장하기를 멈춘다. 자기 몫의 어둠과 대면하면서 오랜 세월 이어진 자기부정으로부터 벗어나기에 이른 것이다. '스스로를 소중히 여기는 것' 그것은 자기 존재의 긍정에서부터 가능해진다. 자기가 감당해야 할 생의 진실을 끌어안고 온전히 살아내는 것이 전 우주를 안고 있는 자기 존재에 대한 존중이며 예의라는 것을 그녀는 깨닫는다.

'경선'도 앞선 그녀들과 마찬가지로 흔들리는 자기의 몸에서 시작된 고통스런 기억과의 조우와 성찰의 과정을 통해 이 순간의 자기 존재를 확인하게 되는 변화를 갖게 된다. 그것은 짓눌리는 삶의 무게를 초월한 망자의 세계에서 응어리진 회한과 부정하고 싶은 남루한 자기 삶을 인정하고 그것들을 끌어안음으로써 이루어진 결과이다.

천둥번개를 동반한 거센 빗소리가 마치 경선을 위로하듯 그녀의 마음을 차분히 가라앉혔다. 접질린 발목이 또 다시 신호를 보내왔다. 그녀는 불현듯 생각했다. 엄마는 내가 더 이상 그곳에 오지 않기를 바라는 걸까.

이 순간의 자기 삶을 투명하고 정직하게 살아낼 용기를 갖게 된 그녀의 변화는 불안한 현실의 무게와 배신과 모멸감으로 뒤엉킨 삶의 순간들에서 늘 한 발 물러나 회피해왔던 자신으로부터의 벗어남을 뜻한다. 이제 아물지 않은 내면의 상처나 걷잡을 수 없는 일상의 균열은 그것을 온몸으로 살아내는 그녀의 깨어 있는 의지로 더 이상 그녀를 묶어둘 수는 없을 것이다.

이렇게 나날의 삶 속에서 걱정과 절망, 과거에 대한 후회, 미래에 대한 두려움에 사로잡혀 위태롭게 흔들렸던 그녀들의 몸은 남루한 현실 속 자기부정으로부터 벗어나 자기 삶을 오롯이 살아가는 우주적 존재로의 회복을 꿈꾼다.

그녀들의 흔들리는 몸을 응시해온 작가의 시선은 그녀들이 거쳐온 쉽지 않은 여정에 기꺼이 동행하며 우주적 존재로의 귀환을 지켜봐주고 있다. 그리고 세상의 풍파에 흔들리며 자기부정을 겪는 숱한 삶들에 귀 기울이고 있다. 중년의 작가가 세상에 처음으로 묶어내는 이 과정의 기록들은 그래서 더욱 따뜻하고 깊은 울림을 전해준다.

최미래 소설집

삶이란, 우주의 룰렛

지은이_ 최미래
펴낸이_ 조현석
펴낸곳_ 북인
디자인_ 푸른영토

1판 1쇄_ 2021년 10월 28일
출판등록번호_ 313 - 2004 - 000111
주소_ 121 - 842 서울 마포구 서교동 467 - 4, 301호
전화_ 02 - 323 - 7767
팩스_ 02 - 323 - 7845

ISBN 979 - 11 - 6512 - 036 - 8   03810
ⓒ 최미래, 2021

**이 책은 경남문화예술진흥원의
문화예술지원을 보조받아 발간하였습니다.**